大魚讀品
BIG FISH BOOKS

让日常阅读成为砍向我们内心冰封大海的斧头。

Sixty Seconds

悠长的告别

（澳）杰西·布拉凯德 著

赵桦 译

北京联合出版公司
Beijing United Publishing Co.,Ltd.

为助于理解一个游泳池如何运行，你应该思考一下人体是如何工作的：心脏在体内循环血液的方式和离心泵在游泳池中循环水的方式大致是一样的；肝脏和肾脏清除血液中的有毒废物，就像是过滤器清除池水中的垃圾一样；正如静脉和动脉从心脏输入和输出血液，水管中输入和流出的水也是如此。

——汤姆·格里菲斯《泳池完整参考手册》第二版

序言

男孩踏入白昼，正如白昼归他所有，就好像他是上帝，在早餐前随手一挥，幻化出这一切：极其蔚蓝的天空，喜鹊在走廊柱子上发出一阵鸣叫，澳洲水龙在温暖的岩石上晒着太阳，散开鳞片，立着头，朝着他的方向眨动着黄色的眼睛。

他呼吸着，急促地吞吐着，将白昼如养分一般吸进肺里，仔细考虑着他的王国。今天，该去哪里，做些什么？他光着脚，脚下的地面潮湿而充满活力。虫子顺着这份湿润蠕动到地表，到处都是泥土的气息，青草向下延伸着它的根茎，青蛙从迷人的睡眠中醒来，它们干涸的皮肤就此裂开。他闻到在洪水中幸存下来的蚁群发出的一小撮释然的蚁酸味，还有白色花朵散发的黏稠的甜香。

另一只脚落了下来，地面反作用力将其向上弹起，像是欣喜于他带来的压力。

这一刻的无限可能性将他的注意力转移到泛起涟漪、舞动着的某物上，映射的强光刺痛了他的眼睛，引诱着他。他平静而自信地走了出来。当他走近时，他渴求的目标物填满了他的视野，呼唤着他。

栅栏竖立在他面前，挡住了去路。他将手指绕在栏杆上，晃动着它。栏杆摇晃着，但没有屈服于他。他把脸压进缝隙里，试图挤过去。栅栏的另一边，水面分裂成耀眼的棱镜。它渴望他。他的内心对此确定无疑，这感觉令他牵肠挂肚，池水承诺会给他所渴望的一切。他记得那份失重的感觉，那份飘浮在宇宙中的喜悦。池水承诺会将这一切都再次给他，把他放在中心，成为漂浮着的造物之主，耳朵里是流水有节奏的拍打声。

泳池那边传来嘶嘶的声响和刺鼻的臭气。他知道那股味道，也想要那股味道。

"爹地，"他呼唤着，伸出手来，"爹地！"

第一部分

芬恩

后来，芬恩再回忆起那次变故，时光都能追溯到那个下午，他站在暮色中，用细砂纸沿着侯恩松的曲线打磨。随着粗糙的表面被打磨得平整光滑，木头渐渐露出了它隐藏的螺纹状的纹理。他掀开砂纸，吹散细细的灰尘，将手覆盖在木材表面。木材在他指下起伏，仿如活物。

随着几乎消失的光线，空气中终于稍微带上一丝凉意。芬恩身上的汗水已经干了，在皮肤上凝结成一层混合着盐和锯末的硬壳。那些看不见的小动物——青蛙、蟋蟀，他从不曾知道它们是什么——突然在他窗外爆发出一片鸣响，迎接夜晚的到来。

他拿起一块油布放在木头上弄平，回报他的，是在最后一丝光线中发着光的成品。他把它放到地上，怀着一阵刺痛的内疚感将那堆乱七八糟的废金属抛到一边——那些本应该是他的工作对象。他的经纪人确信发条装置能带来突破。但那并不是真正的雕塑，不像是他的雕刻品。

事情的起因是：芬恩从厨房走到工作室实在太不方便了——得

双手并用，笨拙地拉开门闩，推开泳池门，再通过游泳池和工作室之间的一扇推拉门，他想解决这个问题。考虑到泳池栅栏涉及的安全原则，又要添加一些机械特性来逗托比高兴，他制作了一套机械装置——埃德蒙德在视频通话里看到的作品：第一部分是壁挂式的滑轮和齿轮装置，外形被设计成猫头鹰，当芬恩拉动黄铜杆时，装置会优雅地打开并自动关闭走廊和游泳池之间的门；第二部分装置被芬恩设计成龙的样子——带有龙头和展开的双翼，用来控制连接工作室和游泳池的滑动门。对，他把它们建得很好——由超大号齿轮、抛光的金属和锁链组成的看似笨拙，却又令人充满兴趣的生物。当它们被装好并投入使用后，完全吸引住了托比。但是，在埃德蒙德宣称它们为艺术品，并命名它们为"猫头鹰哨兵和龙侍卫"之前，芬恩只考虑了它们的实用性。

埃德蒙德要求制作一件特殊的作品，他坚信他能卖出去一件，就像"猫头鹰哨兵"，或者"龙侍卫"那样的，他催促着。但迄今为止，芬恩只收集到一些废金属、老旧的机器部件和齿轮，全都堆在工作台上。

房子里传来了谈话声，他望向窗外，夕阳映着天空似靛似橙，这是个属于亚热带的傍晚，布丽姬特一定已经到家了。当他专注于木雕时，外界于他，恍若无声。他从不将钟表放在工作室，以免它短小的指针让他脱离雕刻的状态。所以，无一例外地，他迟到了。他留下孩子们自己玩玩具，现在，她回家了。今天是星期五，这就意味着在晚餐时会来上一瓶酒，也许她会想要借做爱来将这一周的琐碎抛之脑后，而他的欲望，则来自一整天里手中木料带来的愉悦感。他们会庆祝从工作日过渡到周末的时光，也庆幸他们的婚姻仍然是完整的。至少，他们的性生活没有受到影响。谢天谢地，原来他们仍然渴望对方的身体，不会介意他凸起的肚腩、正在谢顶的脑袋和她的拇指囊肿。

他本应该去吃晚饭，但他需要先游个泳。不用开灯，他快速地纵入水中，冲洗掉身上的灰尘和汗水，这比洗澡更惬意。他拉动"龙侍卫"沉重的拉杆，伴随着齿轮发出的"叮当"声，工作室的滑动门被推开了，他进入了游泳池区域。

十个月过去了，他仍然难以相信布丽姬特会同意买下这座紫色的檐板屋。它镶着红边，歪歪斜斜的门没有上锁，四周角落曲折蜿蜒，花园里长满了色彩鲜艳的热带植物：淡紫色的蓝花楹、红色的凤凰木、粉色的鸡蛋花、黄色的牵牛花。如此不同于他们在霍巴特住的旧砖房，也不同于他们做出这次巨大改变时布丽姬特脑中曾想过的空气清新的海滨房。

他在泳池边脱掉工作服和内衣，俯下身，倾身入水，双手在水面钻出一个洞，身体顺势而入。他在水下揉搓着他的手臂、脸、头发，掉下的灰尘在水中散落，顺着微小的涡纹和气泡漂浮。

贾拉

"加瓦，图书[1]。"

"我忙着呢。"

"图书。"

"爸爸能给你读。我要做作业。"

"图——书。"

"好好好。"

我"啪"的一声合上数学书，为这个借口高兴，然而我叹了口气，像是费了多大劲才站起身。下午通常都是以此收场。爸爸忙着他的艺术，妈妈忙着重要的事情，还没下班回家，我试着做作业，托比试着打断我。换了城镇并没有改变这一点。

我"扑通"一声倒在床上，托比吃力地爬起来，扑到我的胸口，开始跳上跳下："骑马马！"

"嘿，我们是来读故事的。"我让他跳了几次，然后伸手

---

1 孩童口齿不清，原意为"贾拉，读书"。下文同。

从床头柜上拿起那本破旧的书，那是他最喜欢的书，"《怪兽之王》？"

他发出一阵兴奋的叫喊。他从未厌倦过这个故事。我深吸了一口气，调整了一下嗓音，开始读。

托比扭动着身子依偎在我身旁，头枕着我的手臂，等待着。当我读着故事书时，他湛蓝的眼睛紧盯着书页；当我装出怪兽低沉、粗哑的嗓音时，他边颤抖边尖叫着。

如果这个故事让他如此害怕，他怎么还是这么喜欢它？

我翻到最后一页。

"还要！"

如果我把那本书连着给他读上二十遍，托比也会很高兴。我又夸张地发出一声疲倦的长叹，拖出那句话来逗他笑："啊——好。"

事实上，我不觉得无聊。我感受着他小小的身体靠在我身边，感受着他的专注，感受着他发间混合着的一股甜咸的味道——当只有我和他在一起时，有什么东西在我体内翻涌，我几乎无法忍受。

读到第三遍时，光线变暗了，妈妈还没有回来，爸爸一定已经忘了时间。我感到托比放软了身体，呼吸变沉。他的腿抽动了一下，我停下来，低头看着他。他睡着了，而他的午睡时间早就过了，他一只手张开放在我的胸口上，另一只手抓着我的一缕头发。

他是我最好的朋友有两个原因。首先，显而易见，他是唯一从不评价我的人，他从不会奇怪地看着我，从不认为我有什么问题。

我听到车道上的引擎声，闭上了双眼。我能倒数出余下的平静时刻。我听到妈妈拉上手刹，熄火，解开安全带，打开车门，从前座的座椅上抓过手提包。她的鞋踩在碎石路上嘎吱作响。托比和我最多还有五个时刻在一起。当她走到走廊，推开纱门，还剩四刻。三，她进门了。二，她开始上楼。一，她喊出声。

"哟！孩子们，过家家呢？"

即便在睡梦中，托比也能听到我们母亲的声音。他猛地一动，睁开双眼，一下子立起身。

"姆妈[1]！"他扭动着身子爬下床，冲到门口。我听到他光脚跑着发出有节奏的"噔噔"响声，听到他在楼梯口看到她时发出的尖叫声，听到他跳到她的怀里。我听到他们紧紧拥抱着、亲吻着，说着无意义的话。我感受到忌妒的刺痛。

没有人会因为我忌妒托比而责怪我。他比我小十三岁，像是凭空出现的。在那之前，我曾是我们小宇宙中唯一的太阳。

"嘿，贾拉。"妈妈站在我房间门口，边踢掉鞋边用腰稳住托比，"你爸爸在游泳池里。我猜他又忘了时间吧？"

我坐起来，挠了挠头发："看起来是的。"

她笑了："至少今天是星期五。吃泰国菜？"

"比萨？"我反驳道。

"披洒[2]？"托比插嘴道，边投我一票边用他的小手拍着妈妈的脸，"游泳吗？"

她转了转眼珠："你们赢了。但是下次我来选，好吗？贾

1　原意为"妈妈"。
2　原意为"比萨"。

拉，作业呢？"

我冲她翻了个白眼，她笑了。

"是，去他的作业。我们游泳去。"

"好。"

她走到床前，托比仍然盘着她的腰，朝我微笑着。她有一张漂亮的脸蛋——我不只是因为她是我母亲才这么认为——还有卷曲的黑发、白皙的皮肤、湛蓝的眼睛。她伸手拨弄着我的头发——又卷又黑，和她的一样。

"你今天过得怎么样，小伙子？"

我摆出一副傻样："还行。"

托比戳了戳妈妈的脸颊，她笑了："我得脱下这身衣服。谢天谢地，到周末了。"

她带着托比，转身大步走出房间。他越过她的肩头看了我一眼，然后就消失在我的视线中。

这就是我们：妈妈在她新的梦寐以求的工作中研究考拉栖息地，爸爸边照顾我们边做他的雕刻，我升入十年级。

不，我不忌妒托比。我们家里发生了很多事，但不包括这件事。

而我一直保密的第二个原因是，我希望我的声音能把他拉出梦境，回到真实世界。我希望他最爱我，就像我爱他一样。我希望他是我的。

芬 恩

憋到第四个呼吸时，芬恩的世界炸开了。水冲进他的眼睛和鼻子里，水浪拍打着他。三个人的头浮出水面，他妻子大笑起来。他们用水弹袭击了他。托比抓着他的母亲，大口喘着气，似哭似笑。

"你要去跑腿买比萨了，先生。"布丽姬特把托比从水中推到贾拉的怀里，水滴溅到芬恩身上，"晚些时候你会为忘做晚餐付出代价。"

他一个跃身，抓到她，吻了她一下："真的吗？"

"快去！我们都饿着。"她俯身过来，低声说，"带上贾拉。"

芬恩抬起头，看向他的大儿子，他正上下抛着怀里的托比："贾[1]，一起去吗？"

"好的。"

---

1 贾拉的昵称。

"我！我！"托比要求着。

"去吧，带上所有男孩。我需要一些女孩时间。"布丽姬特潜下水，将自己从他身边推开，在水下划出一道黑纹。

芬恩游到台阶旁，将自己拽出水面，很高兴已是黄昏。他们一家人对裸露身体都很自在，但最近他意识到，贾拉已经长大了——快十六岁的男孩最不想看到的就是他的父母光着身子。真遗憾，在这种炎热的气候下，芬恩喜欢这种随意性。他飞快地跑去拿毛巾。

"快点，"布丽姬特在泳池的另一头提醒着他，"我已经订好了，我都能听到砧板上西班牙辣香肠发出的呜咽声。"

他匆忙地穿上衣服，冲到车旁，为托比系好他儿童座椅的安全带。为了方便布丽姬特，芬恩移开了一些碎石，加长了车库位置。他们是男孩，而今天是星期五。

当他们转到郊区大街上时，他瞥了一眼贾拉。光线在贾拉的脸上投下阴影，一瞬间，仿佛根本不是他的儿子坐在那儿，而是一个年纪大些的陌生人坐在副驾驶座上。

"贾拉？"

他们经过一盏街灯，贾拉向他转过身来，用一种轻松又熟悉的方式，微微扬起一边眉毛。那一瞬间消失了。

"嗯？"

芬恩吞了下口水："关于晚餐我很抱歉，伙计。但是，瞧，你逃过了吃我做的饭。"

"嗯。"贾拉转过身，望着外面快速掠过的车库、车道、挂着窗帘的窗户。

"有什么周末计划吗？"

贾拉仔细调整了车窗："没有。做作业，可能和学校里的孩子一起去看电影。"

芬恩涌起一阵无助感。直到一年前，他还了解他的儿子。他是全职爸爸，他生活中的每一天都会或多或少地看到贾拉。但从那件事之后，他就失去了他。他仍然不确定，在布丽姬特发现后，贾拉是否听到卧室内愤怒的低语声；对于他们突然做出搬到北方的决定，贾拉又明白多少。他有没有想过为什么没有人再提起诺依曼一家？

当他们经过另一盏灯时，他又瞥了一眼贾拉的脸。他们已经改变得够多了，芬恩不想再出现更多变化。

"爹地，"托比在后座上问道，"我们住在哪里？"

芬恩深吸了一口气："准备好了吗，男孩们？"

"哦，不。"贾拉翻了个白眼。

"坦博根路48号，穆——里——安——巴[1]……"

托比还不能很好地发出这些音节，他握着拳头敲打着车座："还有！"

"新南威尔士州，澳大利亚，地球，银河系……"芬恩停下来：他们会和他一起说吗？

"宇宙的中心！"

托比含糊地用他能发出的最大声音跟着喊。贾拉至少加入了，虽然不是很热情。芬恩感到肩膀松了下来。一切都很好。他们都很好。

---

1 原意为"莫维伦巴"。

布丽姬特

手机响起信息提示音，你条件反射地拿起手机。他从没发送过任何你不能大声读给芬恩的信息，没有对任何事情表示过任何暗示，但你还是会内疚。他不应该现在发短信，在下班时间，在一个周五晚上，在即将开始享受家庭周末的时候。他应该知道的。

不，那是愚蠢的想法。为什么同事不能在下班后发短信？无论如何，"上班时间"已经是20世纪的概念了。现今，工作已经融入了生活。午夜的电子邮件、周日下午的加班，这一切都很正常；即便对于生活在北海岸的、生活发生了巨变的阶层来说，这类事情也包括在内。

"希望她今天记得你。:)"

你又倒了一杯酒，意识到你在五分钟内就喝完了第一杯酒。等芬恩带着比萨回来时，他不会注意到你已经喝上第二杯了，他不会说什么。

你通常会在周四下班后去养老院看望你的母亲。但是你昨天错过了，今天才挤出时间过去。芬恩心不在焉，贾拉活在他自己的青少年的世界里，他们都不会过问她怎么样。选择北海岸，有一部分原因是让你的母亲更靠近她曾度过童年的地方，希望这对她衰退的记忆有所帮助，或至少让她感觉熟悉。但是今天情况很不好，她根本认不出你。

只有陈问过你的感受。这没什么不对，不是吗？毕竟，在你的生活中排除桑德拉后，陈填补上你最好的朋友的位置。你们都是科学家：他是生态学家，你是优秀、细致的生物学家。你们有相似的幽默感和乐观态度，这在你的职业中很少见。

但是你知道问题在哪儿：他比你小九岁，当他穿短袖衬衫时，你会发现自己盯着他结实、光滑的胳膊；你们妙语连珠的对话；最近，只要你们眼神相交，笑话都不用说出来就能相视而笑。

这条短信，是踏出的新的一步。在周五晚上，还是单独发来，蕴含太多深意。这是危险的。你搬到这儿，是想让你十八年的婚姻生活有个新开始。你同意将发生过的事情抛到脑后，到目前为止，一切都在正轨上——大部分是这样。但是你没有阻止陈，你回复他的短信，偷看他的手臂，你们俩都笑得有点太多了。没有人说过什么——他没有，你没有——当然，这一切可能是你想象出来的。

但是你不这么认为。

你会轻松随意地回复一条短信："不，她以为我是护士。"然而当你打字时，你意识到这并不有趣。

第二杯酒也像第一杯一样被喝下肚。你换上了矿泉水，他们现在随时会回来，你振作起来，开始收拾桌子，摆放餐巾和杯子。

当座机响起时，你吓了一跳，碰倒了杯子。你抓过一块布，边擦拭边接电话。

"布丽姬特，我是埃德蒙德，芬恩不接电话。"

"去买比萨了。"你不确定你喜欢埃德蒙德，而他似乎已经成为芬恩新一任的最要好的朋友，并且可能能从你丈夫身上赚到一些钱。

"该死的，见鬼。他真的会很想听到这个消息。"

埃德蒙德喜欢夸张。你翻了个白眼："什么消息？"

"码头雕塑展有人刚刚退出，我走了些关系，如果芬恩能在周四前完成那件作品，他就能参加。"

你用抹布吸干了大部分的酒，然后走到水槽边，把电话夹在肩膀和耳朵之间，拧着抹布："听起来不错。"

"不是不错，布丽姬特，我们在说的是重大突破。你知道有多少人在新年期间看这个节目吗？他选择了蒸汽朋克主题。他会按传统方式那样，由他来养家糊口。"

你笑了，尽管没带恶意。芬恩的雕塑赚的钱从不曾比它花出去的多。但是它让他很开心，而且由他照顾孩子们意味着你能追求你的事业。正如埃德蒙德所知，这一切都很顺利——突如其来的艺术突破并不在你计划范围内。

"我是认真的。这是件大事。你必须得赶快了。"

过了这么多年，埃德蒙德仍然能激怒你。"这是什么意思？"

"把他放在第一位。至少在这一周，让他能赶上截止时间。看看会发生什么。"

他不知道芬恩去年出轨的事——至少你认为他不知道。你喉间升起不平，几欲作呕："听着，我已经——"

"就这么定了。你知道我什么意思。让他过线，好吗？现在你去告诉他，这也会是你的幸运。"

你挂断了电话。过了一会儿，你听到关门声，然后是跨上走廊台阶的"噔噔"的脚步声。芬恩走在最后面，跟在托比身后。托比因为饿着肚子，即将发怒。贾拉则刻意摆出一副青少年的空洞表情。

芬恩放下比萨后看向你："怎么了？"

你对他笑了，调笑着说："我应该让你等一等……"

"什么事，女孩？"他问道。

"埃德蒙德刚打来电话，你被选上上一个悉尼的小节目。嗯，叫什么来着？码头什么之类的？"

他盯着你，然后放松下来："哈，得啦。他们几个月前就选好人了。"

"有人退出了，埃德蒙德认识管事的人。周四前完成那件作品，你就能上。"

他表情的变化告诉你这消息对他来说有多重要。他蹒跚着穿过厨房，经过桌子时还敲一下，一把抓过你，给你一个芬恩式的熊抱。当他举起你时，你肺里的空气都被挤出来了。你拍打他的背，他松开手将你放下来，笑得像个孩子。

你心里有些东西松动了，那块坚硬的、紧紧打成死结的东西。你说过你会原谅他，也许，你真的已经原谅他了。你们的吻缠绵着，带着未来的承诺。

"哦，去房间吧。"贾拉做着鬼脸说道。

你立刻回给他一个鬼脸："你爸爸刚上了悉尼最新户外雕塑展，孩子。这值得庆祝。现在去把托比收拾好。"

贾拉费力地把烦躁的托比抱到高椅上，托比用拳头用力地拍击着高椅上的托盘，就要发脾气。你迅速在托盘上放上一片比萨，芬恩开了瓶啤酒，重新斟满酒杯，给贾拉开了瓶可乐。

你高举起杯子："敬蒸汽朋克精神，干杯。"

芬恩举起酒瓶和你碰了一下杯，和贾拉的饮料瓶也碰了一下："朋克什么东西？"

你耸耸肩："说的是你，埃德蒙德是这么说的。"

芬恩两口吃完第一块比萨，嘴里含满吃的冲着你笑。他是一个高大强壮的男人，像是中世纪某个村里来的铁匠，有着宽阔的肩膀和大肚子，他的一切都高大结实。你回以微笑，做出决定。你会放下和陈的事情，你今晚不会回复他的短信，你不会想起他的胳膊；你会成全芬恩的这次机会，在背后支持他。这么多年来，他在工作室里虚度时光，到处卖作品，这是他应得的机会，上帝知道，他有才华。这些年来，他一直雕着木头，而他本应做些金属加工类的，仅此而已。他现在找到了两全其美的方法。

你意识到一切将发生巨大的变化。谁来照顾托比？如果这真的是芬恩的重要时刻，你需要做出调整。你可能会需要一个保姆，或一个清洁工，或者，求你了，上帝，得有人来接过做饭的活儿。

周末有足够的时间来讨论这个问题，但不是在今晚。今晚只关于庆祝，关于情爱，关于回家。你会关掉手机，你不再犹豫不决，你会将自己交给他。

你现在还不知道，要过多久，你才会再次这么做。

贾拉

妈妈总是那么明显。"跟锤子一样不明显。"奶奶活着的时候这样说过。好像我没看到是她在泳池里跟爸爸说悄悄话后，爸爸才邀我和他一起去取比萨，好像他只是突然想到而已。

我知道是怎么回事。她声称选择不送外卖的大白鲨比萨店的原因是他们家的卡布里乔莎比萨更好，而且托比喜欢他们家前门上画的张开的大嘴。真正的理由是，大多数周五的晚上，劳拉·菲尔德曼会在那儿上班，而我喜欢她。我猜，妈妈认为她是在帮我。

劳拉·菲尔德曼已经注意到我了，足以发现我喜欢她。我，贾拉·布伦南，一个书呆子；她，十年级那群长腿、长发、充满自信的女孩里领头的，她们存在于另一个宇宙。就在两周前的操场上，我从她们身旁经过时，劳拉·菲尔德曼的那群朋友发出一阵哄笑。我脸上一阵滚烫。那是一种会在夜间浮现，让你辗转反侧，用被子蒙住头希望你已经死了的灼热感。

当我们把车停在停车场，爸爸关掉引擎，把他的钱包扔到我腿上时，我的预感得到了证实。"你们能搞定吗？"

他见过我在劳拉面前结结巴巴地点比萨。我猜他是不想妨碍我，或者是觉得看着我在那儿像傻瓜一样太过尴尬。我很紧张，于是我开始和托比嬉闹。我逗了他一会儿，站在车门外假装不去开门。当他开始皱起眉头时，我一把拉开门："骗到你了！"

我时间掌握得刚好，他笑了。我把他从安全带里费力地拽出来，抱起他，放到地上："准备好看鲨鱼了吗？"

托比看了看门口龇着獠牙的大嘴，打了个寒噤。他伸出双臂："加瓦。"

我抱起他，走过去，几乎不留给他准备的时间。当我们走近时，他靠得越来越紧，半是害怕，半是激动。

"觉得自己勇敢吗？"我在他耳边低声说。

我紧紧抱住他，咆哮着冲进鲨鱼的嘴里，推开门，摇摇晃晃地走了进去。托比在我的怀里尖叫着，门上的门铃在我们头顶叮当作响。我们直起身，笑了起来。

"看，'小妈妈'来了。"

我在外面没看到他们。五个人，坐在靠窗的位置看着我们。我僵住了。

"你的宝宝怎么样？"

总是会有一个人领头。他叫戴夫，我很确定，在学校比我高一年级。在操场上我能感受到他看向我的眼神，知道他是个麻烦。我一直躲着他，现在，我无处可躲。

"姆妈？"托比困惑地问道。

他们五个都笑了，托比也跟着笑了。我必须让他离他们远点。劳拉·菲尔德曼站在柜台后，面无表情。很难说哪个选择更糟糕。

"去吧，'小妈妈'，去拿你的比萨。"

托比扭动着想下去，弓起背，踢着腿。我让他滑到地上，但是抓着他的手，祈祷他不要发脾气。我拖着他走向柜台，感受着他们盯在背后的视线和窃窃私语——像是在尝试些新的侮辱我的词。

"需要些什么吗？"劳拉肯定听到了，但她没有任何表示。

我的声音像吱吱的虫鸣："啊，嘿，有外卖吗？姓氏是布伦南？"

她看了看最上方两个盒子的标签："大份夏威夷？大份卡布里乔莎？"

托比抬头看着她："夏歪[1]？"

她的脸上露出笑容，他咧嘴一笑，毫不费力地露出所有牙齿。这算是开了个头吧。

"是我们的。"我抱起托比，这样她看着他时必然也要看着我。托比一直对着她笑，我一手掏出爸爸的信用卡，试着找点说的："烂透了的数学考试，是吗？"

一阵讥讽的笑声从门边隔间座位上传来。"烂透了的数学考试，是吗？"一个尖尖的声音学着。

劳拉·菲尔德曼将目光从托比身上移向我。她停顿了很长一段时间，久到我被她透着光泽的黑发所吸引，它们被拢到身后扎成马尾辫，她的眼睛是恰到好处的棕色。然后她说话了："还不算太坏。"

1　原意为"夏威夷"。

她看回托比，我输入密码。像是过了一百年，机器才吐出收据，她收好一张，将第二张拍到比萨盒上。我犹豫着，没有勇气面对坐在隔间的那群男孩。

"说再见，托比。"我命令道。

"巴巴[1]！"托比又笑了，劳拉笑得咧开了嘴。

门开了，响起铃声，另一家人走进来，冲向四处的孩子给了我掩护。我将托比托在腰上，用空着的手抓起盒子，转过身。我不时弯腰躲闪着，让那家人隔在我和那群男孩之间。但这没什么用。

"再见，托比。再见，'小妈妈'。"

"巴巴，"托比说着，然后说道，"爹地。"

逃跑开始了一会儿后，我们被爸爸在门口拦住了。"对不起，"他说，"我想要些蒜蓉面包。""太久了，比萨会凉掉。托比已经玩够了。"我把托比塞到爸爸怀里，推他离开。我听到戴夫在我身后喊着"再见，孩子们！"——用那种虚伪的声音，好让家长听到。

我懒洋洋地坐在前座上，爸爸在后排给托比系上安全带。隔着停车场，我能看到他们透过窗户嘲笑着我。快走，快走，快走。

爸爸坐到我旁边，发动引擎，慢慢地开出来："学校里的朋友？"

他知道吗？"并不算是。"我说。

"那个女孩呢？她不是在你班里吗？"

1　原意为"拜拜"。

"有一两门课是。"

"她看起来挺漂亮。"

"嗯。"我回答着，想结束话题。她当然漂亮，爸爸，如果你不是十年级微不足道的人，如果你没有在她面前被人喊成"小妈妈"。

我打开收音机，把音量调大。车里响起20世纪80年代流行的摇滚——爸爸最喜欢的电台。我懒得换到喜欢的频道，只是将车窗开到最大，将脸伸到风中，在回家的路上看着街道呼啸而过。天渐渐黑下来，比萨透过盒子烫着我的腿。

我曾多次被叫成"基佬"。任何不合群的人都是基佬，我已经习惯了。但这次不一样：他们看到我和托比在一起，不知怎么，他们知道了。

芬恩

芬恩恍惚着挂断了电话。周六的早晨闷热持续，试图创造另一个最热春天的纪录。埃德蒙德打电话说接到一个新委托，第二个委托也有机会拿到。

"高达四位数，"他说，"我很快就会让你升到五位数。"

芬恩的肚子里翻腾着一股陌生的兴奋和紧张感，也许是酷热让他眩晕。他回到泳池边，孩子们在水里玩耍，布丽姬特躺在躺椅上，读着周末的报纸。他告诉她。

她抬起太阳镜盯着他："你说多少？"

"埃德蒙德说坚持住，让我好好享受这趟旅程。"芬恩瘫坐在豆袋椅上，抓着头发，将头发拉直扯起头皮，"这种事其他人身上也发生过，布丽姬特。"

"这是你的突破性时刻，'蒸汽朋克'，"布丽姬特听起来好像不太相信，"你能做到吗？"

芬恩压下一股内疚，他把本该做金属制品的时间用来雕刻。他计算着："'龙侍卫'花了三周时间……埃德蒙德五天内要拿到参加码头雕塑展的作品……之后我会尽快完成委托。"

"天啊。"布丽姬特眨了眨眼睛,"你已经在做那件新作品了,是吗?"

"是的,"芬恩慢吞吞地说道,"算是吧。"

布丽姬特又放下了眼镜:"我最好看看我能不能请假,我们可能需要找托管所。"

"你这是什么意思?托比能像以前一样和我待在一起。"

布丽姬特笑着摇摇头:"现实点,这是'大联盟赛'。你照顾不了一个连路都不会走的幼儿。"

芬恩向后靠在豆袋椅上,低头瞥了一眼游泳池里和托比玩闹的贾拉。托比像往常一样,咯咯笑着,尖叫着。贾拉是严肃的。他很早以前就这样了。自从他上学以来,又或者更早之前。真有趣,兄弟俩能如此不同。

芬恩曾为了贾拉成为全职爸爸,而布丽姬特则在完成她的博士学位后,开始长时间的工作,带本科生,批改改不完的作业。他曾喜欢这样,尤其是当贾拉还小的时候。他喜欢用背包背着他行走在霍巴特蜿蜒起伏的街道上,或者徒步攀登威灵顿山,贾拉则在一旁挥着拳头咿呀学语。他喜欢把贾拉放到工作室安全范围内的地板上,陪着他一起雕刻。他对一切都很擅长,除了做饭。布丽姬特降低了她对食物的期望,贾拉也尝不出不同。

芬恩曾想要更多的孩子。他梦想有一个爱尔兰式的天主教大家庭,像他的祖先孕育形成的那样。布丽姬特考虑过——算是吧——尽管她的时间表安排得不一样:她需要更多的时间来在工作中得到认可。在贾拉五岁时,他们暧昧地尝试着要第二个孩子。然而那时她的父亲去世了,母亲的身体也开始走下坡路。芬恩做梦也没想到在过了九年，经历过一次流产后，他们几乎准备放弃时，托比终于来了。芬恩再没有尝试过。看起来有两个孩子可能是最好的了。

一股水打在他脸上。

"爹地！"托比拿着一把水枪，贾拉帮着瞄准。

"好吧！"芬恩站起来。他蹲下身，挥舞着手臂，跳起来，腿缩起来贴着肚子，以最大面积入水。他知道自己能溅起大量的水花。伴随着"砰"的一声，他落入水中。他潜入水下时，听到布丽姬特的惊呼和托比的尖叫。

他浮出水面，咧嘴笑着。她浑身湿透了，试着露出恼火的样子，却又笑了。

"抓到你了。"他说。

托比从贾拉的怀里挣脱出来，芬恩伸出手，抓住他，把他甩到肩上，然后伸出手："来吧，布丽姬特。"

她摇了摇头，然后没有任何提示，直接从坐的那儿扑过来，又把他们溅了一身水。连贾拉都笑了。

"今天下午我带孩子们去海滩，你能完成一些工作。"布丽姬特说道，"我们会在回来的路上顺便去看看妈妈。"

"但是今天是周六！"周六是神圣的，即便在她工作忙碌时，即便在她读博期间。

"蒸汽朋克没有周六，或周日。"

芬恩把托比从肩膀上拉下来，交回给贾拉。他蹚水走到台阶处，爬上去，踏出水面时，湿透的衣服沉甸甸地挂在身上。

"嘿，记住，这是个好消息。"她在他身后喊道。

它是，确实是。但这一天突然变得沉重起来。托比太小了，不能去全日制托管所。他只有两岁半。芬恩曾希望过几年再把他逐渐交给外界，他还没准备好放手。

"我会给你带杯咖啡，"她笑着说，"现在快去吧！"

看到他沮丧的表情，她游过去，站起身，给了他一个拥抱："轮到你了，芬恩。我们都和你在一起。放手去做吧。"

她的头发束在脑后，睫毛湿润。天哪，她美极了。他紧紧抱住她，将她从水中拉出来："我爱你，女人。"

"我也是，'蒸汽朋克'。现在，去让我们自豪吧。我们去海滩前，我会给一些托儿所打电话。也许我们能在第一周招来一个保姆之类的。"

工作室整个上午都关着，空气憋闷。芬恩打开窗户，不情愿地穿上坚硬的工作服。在此之前，艺术从不曾被压迫过，但是埃德蒙德会盯着他。得知芬恩进度落后时，他很慌张，但也从实际出发，建议芬恩组装一个能打开并关上一扇门的独立机械装置——一扇不大的门。观众能穿过它，作为户外雕塑体验的一部分；当展览结束后，它可以被改装重组，做成第一件委托作品。它正好能提供客户想要的东西：一件安装在锻铁大门上的开启装置，从街上能看到，却无法开启；只有房子里的人确定他们想让拜访者进来，才会用远程控制的方式开启它。这本身就代表了一种芬恩想象不到的生活方式。

汗水从腋下滴落。先不焊接，他决定了。那是只有在清晨还凉爽时，或夜间才能干的活。他把零件铺在地板上，看看他还需要什么，希望上帝能让他复制出像《猫头鹰哨兵和龙侍卫》一样的作品。

他会习惯这种炎热吗？芬恩心爱的皮夹克开始在衣柜里发

霉，这么靠北边的地方，几乎不需要过冬的衣物。而现在还没到夏天。九个月前，在二月份，他们就算好了到达的时间——为了配合开学时间，也刚好赶上最后一场热浪，当时他几乎快热死了。冬天则很舒适，夜晚凉爽，白天温暖。如果能一直像那样，他会很高兴。

他听到泳池里飘来的声音：溅起的水花声、托比愉悦的尖叫声，还有布丽姬特的欢笑声；贾拉的声音几乎没有响起。不论艺术品有什么作为，都无关紧要，他提醒着自己：看看你已拥有的。

他再也不会忘记。在塔斯马尼亚，他把他的家人视为理所当然。他没想过他是冒着什么样的风险，也并不想冒险失去一切。桑德拉·诺依曼是布丽姬特最好的朋友，两个家庭经常聚在一起。芬恩非常喜欢她的丈夫汉斯教授，尽管他们并没有多少共同之处。贾拉和他们的儿子奥利弗一起玩耍。多年来一直是这样。芬恩不知道为什么，在诺依曼家里，在一个漫长的醉醺醺的夜晚，他和桑德拉之间发生了一些变化。他跟着她进了厨房，帮忙打扫，当他们在水池边臀部撞到一起时，他们都咯咯地笑起来，接着他们就像疯了一样亲吻。

他拉开她——比欲望行动得快，比理智清醒得慢——他像一只从水里出来的狗一样晃着头，他的下身胀痛着。他的妻子和她的丈夫就在隔壁房间，他们的孩子睡在楼上。

桑德拉盯着他，内疚地皱着眉头，突然间变得十分迷人："这种事不能再发生了。"

但是它又发生了，还是两次。每一次都更热烈，更危险——更多的摸索，更多的肢体相缠，更多的碰触。

这件事让他大吃一惊。诚然，托比出生后，他们的性生活一直很平静——但他确信一旦他们再次开始正常的睡眠，他们的性生活就会恢复，就像贾拉出生后一样。他不知道桑德拉为什么突然变得这么有魅力，直到他意识到布丽姬特已经很久没有那样渴望地看着他了。

芬恩捡起一个齿轮，用手沿着边缘转动着。塔斯马尼亚是他的旧生活：高纬度地区漫长的白昼和漫长的夜晚、那些盘桓几小时的黄昏、那股寒冷，那些木制品、皮夹克和篝火，还有家人——兄弟姐妹、父亲。他想，是他们的爱尔兰血统的原因，布伦南家生来就属于塔斯马尼亚。

金属制品，似乎是他的新生活。跟住在看得到那些高大的塔斯马尼亚森林的地方相反，他现在定居的地方，是在热和压力的作用下熔化形成的。一座死火山弯曲的核心俯瞰着城镇，绵延数英里。现在他是一个焊工，而不是一个雕刻家，这个数字世界需要他的机器，需要这些榫和齿轮，需要一个装配工和车工变身的艺术家来提醒他们事物是如何机械运转的。

那就来吧。他在塔斯马尼亚一直都很快乐，他讨厌和其他的家人分开。但在布丽姬特发现他和桑德拉的事情后，她要求他们离开霍巴特。在感到有失去她的可能后，他会去任何她想去的地方。

贾拉

我并不是真的很想去海滩，但是妈妈坚持要去。她也想带着托比和我在回家路上去看望外婆。于是我拿上东西，把给托比带的一些物品塞到袋子里，将他在汽车座椅上系好。通常我会在前座背《怪兽之王》，他在后排把书放在腿上翻看。但是今天我打开收音机，戴上太阳镜。

"我应该问你是否想带个朋友来。"当我们把车停在金斯克里夫的停车场时，妈妈说道。

"没关系，比利今天忙着做作业。"比利很少去我们家，这意味着，当提到或需要出现朋友时，他就是我现在的"朋友"。

我抱着托比走过柏油路，热风席卷而来。妈妈背着包随后走了过来。根本不值得带上沙滩伞，在这样的风里没必要。

我从没告诉过她，我讨厌海滩。我在静止的水里游泳还行，但是海滩太可怕了。目之所见，海浪拍打着海岸。我在塔斯马尼亚长大，皮肤白皙，偶尔才游泳。我擅长的运动是跑步，而不是水上运动。现在已经来不及学了。

冲浪俱乐部前方的海面上挤满了自信的男孩——其中有一小撮儿女孩——用窄小锋利的冲浪板划开海浪，随后跑到沙滩上，甩干被晒褪色的头发里的水滴，躺成一排，全都是有着平坦小腹、全身发亮的游泳者。

这不是我喜欢的场景。在妈妈和托比的陪伴下，我变得非常显眼。

我们放下毛巾时，一阵风吹过海滩，扬起一片沙尘。托比揉了揉眼睛，准备放声大哭。通常我会抱起他，擦拭他的眼睛，把沙子清理干净。但是现在不会了，我必须小心一点。即使在有风的天气，海滩上还是挤满了人。这里肯定会有学校里的孩子，那些酷到不参与周末运动的孩子。我转过身，开始在手臂上涂抹恶心的防晒霜。

"加瓦！"

我假装没听见，盯着海浪，在白皙的皮肤上擦上这些脏东西。我由着托比从小声的哭叫变成大声号哭，直到最后妈妈把他抱起来，拍抚着他，为他拂去沙子。她看了我一眼。

"你涂完后能给你弟弟抹上些吗？"

"我很热，我不能先去游泳吗？"

不等她回答，我就把防晒霜瓶子塞给托比，留下他们站在那儿。我沿着海滩走去，感觉自己过于苍白，不适宜人群。我踏入浪花中，假装要往远处游去，然而当水淹到我的大腿时，我又躲回人群中。

我玩了一会儿水，保持低调，低着头掩饰自己。我只希望我们能回家去，不用被曝于人前。当我估计时间过得差不多了，我走回沙滩，经过戴着大墨镜、皮肤晒得黝黑发亮的男孩女孩们，回到妈妈和托比身边，妈妈正抱怨着。

"他眼睛里还有沙子。我去快速地游个泳，然后我们去吃冰激凌。"妈妈说。

我点点头，坐了下来。妈妈大步走开，扬起一阵沙。托比拿起铲子在塑料桶上重重地敲打着，示意我应该帮他盖沙堡。我知道这个游戏：我做好一个，然后他把它砸碎。只要我愿意，这个游戏就能一直玩下去。

"今天不行。"我戴上太阳镜，在肩上搭上一条毛巾。

托比更用力地敲打着桶，我扭开头。我正需要他大发脾气。

"加瓦！"

"闭嘴，托比！"我对他发出嘘声。

他的嘴唇颤抖着，哭了起来。我知道如果我把他抱到膝上，能安慰好他。我强迫自己坐着不动，不理睬他。我花光所有的力气才做到。

当妈妈回到海滩时，他还在哭。"天哪，贾拉。"她说着，抱起他，"想去游泳吗，托比小子？"

他停止了哭泣，厌恶地看了我一眼，紧紧抱住她："不，冰七淋[1]。"

"嗯，我和你想的一样，"她说，"我们离开这儿吧。"我几乎快跑着离开海滩。我们走到冰激凌店里，我认为这是一个高度危险的地方，就像比萨店和海滩一样，于是我站在柜台的另一端，远离妈妈和托比。我没有环顾四周，眼睛一直盯着冰激凌。妈妈不想让托比的冰激凌滴得满座位都是，于是我们坐在冰激凌

---

1 原意为"冰激凌"。

店常有的那种傻乎乎的白色金属椅上，我看着托比把巧克力滴到自己的光肚皮上，在最后一些掉到地上前，他配合地发出了尖叫声。

我让妈妈抱着他回到车里。妈妈费劲地把他放到儿童座椅里，他到处乱扭着，满脸通红地怒吼着。我坐在前面一言不发。她终于给他系好了安全带，滑入驾驶座。我们开车驶出，托比的尖叫声阻止了所有的谈话。

疗养院在城外，托比半路上就安静了下来。外婆的健忘对他来说没什么关系——不论外婆有多健忘，她一直爱着托比。

妈妈停下车，转过头去。"噢，小家伙。"她轻声说。

我回头看了看，托比已经睡着了，头垂到一旁。

"如果你想进去，我会在这儿陪着他。"我说，"反正她从不记得我。"

妈妈犹豫了一下。"我们回家吧。"她最后说道，"我昨天看过她了。我们能下次再来，嗯？"

"好的。"

她倒出车，开上路，朝着城里开去，我知道要发生什么事。

"一切都好吗？"我们开车的时候，她总是问这样的问题。

"是的，很好。"

"真的吗？"

"是的。"

"你知道你可以随时和你爸爸或我说任何事情。"

"我知道。"

前方，沃宁山出现在视野里，让我有可看的东西。

"我们必须齐心协力帮助爸爸，"妈妈接着说，"我需要你帮我照顾托比，尤其是在新的日程安排好之前。我能指望你吗？"

"可以。我们能打开收音机吗？"

我为爸爸感到高兴，不是我不帮忙，但是我计划少和托比在一起，而不是更多地和他待在一起。我选好电台，声音大到我们无法再交谈，尽管她让我把声音调小点，不要吵醒托比。我觉得浑身黏糊糊的，满是沙子和晒伤，即便我在皮肤上涂了那玩意儿。

"小妈妈。"

我们到家的时候已经很晚了。妈妈在门外停好车，回头看了看。"看看他。"她轻声说。

我转过身。托比垂着头，肚子上粘着冰激凌，睫毛上、头发上和脚上都覆着一层沙。他凸着下嘴唇。

"我去拿上所有的东西，"妈妈嘟囔着，"你能把他抱进去吗？你擅长让他不哭不闹地醒过来。"

她从后备厢拿出一堆湿透的、沾满沙子的东西，走进门，穿过草坪。我轻轻地打开托比的车门，低头看着他。

人们喜欢看到熟睡的孩子，但是不论他是睡着还是醒着，他都能让我胸口隐隐作痛。我控制不了，我太爱他了。

我环顾四周，确定只有我一个人，然后把手放到他头上。

"托比？醒一醒？到家了——到家了——咯吱——咯吱——"

他动了一下，眨了眨眼，睁开了眼睛，看着我。

有那么一刻，他似乎知道我做了什么。但也许是我想象出来的，因为他又眨了眨眼睛，伸了个懒腰，然后微笑着伸出双臂："加瓦。"

　　没有人看到我解开他的安全带，把他拉出来，紧紧抱着他，不顾黏糊糊的冰激凌把我们粘在一起；没有人看到我亲吻着他的头顶，而他搂着我的脖子，紧紧地用力地贴着我；没有人看到他身上突然涌起的甜蜜。

　　"对不起，托比。"我低声说，"对不起。"

　　我花了点时间抱着他穿过草坪。我不想让妈妈或爸爸惊讶我为什么红着眼。

布丽姬特

　　周一早上醒来，托比似乎知道某些不同之处。第一束光刚亮起，你就听到他比平时更早地跑向你的卧室。他钻过门，爬上床，扑到你身上，压得你发出"呜呼"一声，他戳着你的眼睛，试图翻开你的眼皮。他要求给他读故事，你闭着眼，低声背诵着，他躺在你身旁翻着书。

　　"再来！再来！"

　　"去找你哥哥。"

　　当托比冲出房间，芬恩翻了个身，疲惫地叹了口气，试着把你拉近些。你扭过头去看向床边的闹钟："别想撒娇赖床。该起床了。""我是一个'蒸汽朋克'，记住，"他在你颈边低声说，"我的最佳时间是晚上，像吸血鬼一样。"

　　他当了太久的业余艺术家，你怀疑他是否知道自己在做什么。他必须在截止日期前完成工作，就像你这么多年来做的一样。他真的有才华吗？该实行严厉的爱了，你这么想着。

　　"噢，不，你不是，先生。四天，记得吗？所以快起来，煮上咖啡，开始干活。"

你推了他一下。就他的体型，没有任何影响，但他叹了口气，翻到另一边。

"真残忍，"他伸着腰说着，"残忍，非同寻常的惩罚。"

"是的，这就是成功的代价，伙计。你的妻子必须提前一小时起床，安排好家人，把托比送到一个不认识的保姆那儿，然后上班迟到，她还不习惯这一切。你听到我说'咖啡'了吗？"

"好，好！"他将腿伸到床外，坐起来，"我将在获奖感言中记下这一刻，我要感谢我的妻子，鞭策、支持着我。"

走廊里回荡着托比的高呼声，你判断出贾拉也失去了阅读的耐心。你掀起床单，站起身。事实上，这对你来说并不比平时早多少，但一直以来是芬恩做好早餐，并打包好午餐。你只需要吃完东西，就能出门了。

今天，会是你来做早餐和午餐，并把托比送到莫维伦巴唯一一家托儿所，把他挤进去，照顾上三天，直到你找到一个能更长期看护他的地方。你会在第四天请假休息，待在家确保芬恩能在周四完成工作，然后你会制订出长期计划。你看了看时间，决定去游个泳，来代替把你唤醒的热水澡。

清晨，池水清澈凉爽，空气中响起伯劳鸟悠扬动听的歌声。你踏进水里，倒吸了一口气，潜入水中，游了几圈。在户外淋浴喷头下冲洗干净，套上裤子和衬衫，走去厨房。芬恩已经耐心地用他心爱的原子咖啡机做好了咖啡，他递给你一杯，又少又浓又黑，然后上楼洗澡去了。贾拉已经穿好上学的衣服，正和托比在地板上玩。他们都满怀期待地看向你，在那奇怪的一刻，你不知道该做什么。你几乎完全依赖芬恩处理家庭事务。一种对家务的无能感，这种和女人比起来通常在男人身上更典型、更容易出现的感觉，已经悄悄降临到你身上。

"地球人，该吃早饭了。想吃什么？"

"又不是多复杂的事，妈妈，"贾拉站起来，把托比抱上高椅，走向橱柜，拿出一盒新康利麦片、红糖和碗，抓过一根香蕉，"我会给他做麦片，然后他喜欢抹上咸味酱的烤面包。你会做吗？"

"我能——试着做。你呢，吃什么？"

"和托比一样，但是面包不用烤，从中间切开就行——不用沿着对角切。"

贾拉是在嘲笑你吗？你微笑着，试着放松些："午餐呢？"

"爸爸通常会给我做三明治，加点奶酪和火腿什么的。"

"好的。看来不只是我被宠坏了。"你打开冰箱，"面包放在哪儿？"

"在冰箱里，妈妈。为了保鲜。"

"放我一马吧，贾拉。"

他回给你一个小小的微笑，对此你心存感激。当你做三明治时，孩子们开始吃饭——托比把他的大部分食物都撒在高脚椅周围——你意识到你不确定贾拉是怎么去上学的。你作为早起的人，总是先离开家。芬恩开车送他吗？他自己乘校车？也许他是骑自行车去。又或者三者都有，依天气而定，如果他还有运动的话。他曾经在霍巴特参加田径运动，但搬家后，出于某些原因，他没有再继续。他在学校有踢足球，这点你是知道的，或者至少今年早些时候他有踢过。这个赛季还在继续进行吗？

不知道这些事情是否证明你是一个粗心的母亲？

芬恩踏着重重的步子穿过厨房，跟你吻别，然后走了出去。
"努力工作，'蒸汽朋克'。"你在他身后喊道。

"需要搭车吗？"你随口一问，贾拉正把他的碗放进洗碗机里。

"不用。"他走到门口，书包吊在肩上，"再见。"

你转身："吻呢？"

他走回来，在你脸颊上匆匆一吻。他身上散发着青少年的味道——像发胶一样的甜味，在那股气味下，是一个正在成长的少年。他洗过澡了吗？

"你也许该喷些除臭剂。"你笑着指出来。

"真是谢谢你了，妈妈。"

"从我这儿听到总比从别人那儿听到好。只要进去喷上就好，要不了多久。"

他不情愿地走进洗手间，你忙着拿盘子，做托比的烤面包，感觉你已经通过了某种测试。合格的母亲不会让她们的儿子散发着臭味去上学，不是吗？你会熟悉的，这些事不是太难。

你听到洗手间的门"砰"的一声关上了，他穿过厨房，沿着台阶往花园走去。当他把自行车从车棚里推出来时，你听到自行车发出的微弱的"咔嗒咔嗒"声，然后是花园门关上的铿锵声。一个谜题已解决。

"图故事。"托比坐在高椅上说。

你转向他："除非你吃下更多烤面包，小家伙。来，让我们把头发里的麦片弄干净，嗯？"

你拿着一块布走向他。当你擦拭时，他会扭动着躲开，之后你松开他时，他会回给你微笑。你情不自禁地笑着回应他，带着一股熟悉而又令人惊异的爱的冲动。

　　这个孩子是从哪里来的？他远远不只是你们体内部分构成的总和，比你和芬恩的任何基因组合都要漂亮得多。这不仅是作为一个母亲才这么说，你在贾拉身上没有这种怀疑。也许是因为你等了太久，几乎快要放弃，但是你发誓，托比是特别的。街上挡住你路的陌生人在转身时看到他，也会融化在他的笑容里。

　　"他会是个万人迷。"上周就有人这么说。

　　你不希望他是，你不认为托比的美会用在残忍的事上，他身上一些美好的本质闪耀着光芒。

　　也许芬恩的突破性发展不是一件坏事。你已经错过了托比大部分的童年，如果芬恩真的成功了，也许你可以少做一点工作，可以在家工作或之类的。你已经当了多年的"全职科学家"，也许你需要改变一下。

　　"图故事？"

　　你看了看表。还有清理的活儿要做，你自己还需要吃点东西，换好上班的衣服，然后给托比穿好衣服，收拾好去托儿所要带的包。你从每次外出时，芬恩整理好让你带着的鼓鼓囊囊的包裹的大小能看出这不是一件小事。清晨的时间已经飞速流逝，你原本打算给芬恩做个快手煎蛋培根卷，这通常是周末才有的待遇，但时间已经来不及了。

　　你再次把托比擦干净，把他从椅子里抱出来。"去拿上你的书。"你告诉他，他冲向走廊。你把碗碟放进洗碗机，直到楼梯那儿传来沮丧的尖叫声。你跑上去，在贾拉的卧室里找到那本破旧的书，把托比抱下楼。你"扑通"一声把他放到地上，把书摊在他面前，然后转身回到水槽边。你在梦里都能背出这本书，而他也是一个翻书的老手了。

芬恩的浓缩咖啡发挥了它的作用，当洗碗机里已堆好碗碟时，你需要在早上去厕所报个到了。天啊，你都忘了这个最简单的成人行为——洗个澡或上个厕所——在有幼童在身边时是多么难做到。

"待在那儿，托比，我会在洗手间里给你读。"

"再图一遍。"

"好，好，行。"你说。

你让他坐在阳光下的地板上——地板该擦了，你在脑中记下这点——你顺着走廊走进洗手间，开着门，提高了背诵的声音。

阳光顺着洗手间的窗户照进来，预示着一个大热天。你试着加快速度，咒骂着你消化系统选的时间，朝着托比的方向说着故事。

你冲完马桶，提上裤子，扣好扣子，洗过双手，瞥了一眼镜子：你没化妆，头发干得像鸟窝一样。刷牙前会有时间拿过梳子梳理一下吗？

你停下故事："该刷牙了，托比。"

你拿起电动牙刷，挤上牙膏，竖起牙刷，开始刷牙，然后吐出一口泡沫："托比？"

你关掉电动牙刷。厨房外的伞树上，吸蜜鹦鹉绕着猩红色的花茎刺耳地鸣叫着，掩盖住他的任何声音。他的故事被打断了，他不会坐得这么久。你又启动牙刷，迅速地刷完牙，然后抓过他的牙刷，挤上牙膏。

"托比？刷牙了。"

没有回答。你放下牙膏，朝厨房走去。鸟儿仍在外面喧闹，随着你走过走廊，听到它们越发吵闹的鸣叫声。在厨房的拐角处，阳光下，他的书孤零零地躺在地板上。

你的腹部一阵痉挛。

花园四周全部用篱笆围起来与道路隔开；花园里，泳池全部用栅栏围起来。这是你选择这个地方的原因。他一定是逛到外面，或在楼上闲逛。一定是的。

"托比！"你那尖厉的声调一定会让他急忙跑过来。

你推开纱门，来到走廊上。在你的左边，游泳池的门紧闭着，芬恩精巧的齿轮装置靠在墙上一动不动。你一步越过通往花园的短台阶，你脑海中的一角注意到这一天天气极好，天空的颜色是如此生动，看过去几乎刺眼。吸蜜鹦鹉吵闹着飞远，剩下温和鸟儿回旋婉转的啾鸣声弥漫在空气中。你深吸一口气，平静下剧烈跳动的胸膛。托比是不是突然大到会玩捉迷藏了？

你在花园里搜寻着："托比！马上出来！"你试着压住声音里的愤怒，愤怒他吓到你，愤怒你没有把他放到洗手间门外，在那儿你能看到他。

他不在花园，除非最近他躲藏的能力提高了。他一定在房子里。于是你奔跑着，穿过客厅，爬上楼，呼喊着他的名字。你走到他房间门口，但房间是空的。你的胸膛剧烈跳动着。有些不对劲，有些不对劲，有些不对劲。他太小了，不会像这样躲起来。你从一个房间跑到另一个房间，疯狂地寻找着，透过你卧室的窗户，有什么东西让你注意到泛着蓝色光芒的游泳池，那么耀眼的蓝色，比你儿子眼睛的颜色还要耀眼。

贾拉

一连好几个星期，戴夫和他的那些朋友都会漫不经心地围着我转，打量着我。我尽量避开他们，尤其是在午餐时间，有时我会逃一节课或整个下午不去上课。下雨天我才会坐校车，大部分时间我骑自行车上学。戴夫的一个朋友乘我那班校车，坐在车上的那段时间简直就是自找麻烦。我在塔斯马尼亚学到了这一点。

第二节数学课上到一半，有人敲响教室门把艾迪生先生叫出教室。他离开的时间久到教室里开始起哄。当他再次回到教室时，他直直地看向我，我知道我逃学被发现了。比被发现逃学更糟糕的是他的表情，那可不是一副逮到你逃了一次学的表情。

他来到我的桌前，俯下身："收拾好你的东西，贾拉。"

即便对于逃学来说，收拾好东西也表明事情的严重性。我不知道我还做了什么，但还是感到十分内疚。

我合上书本，无视周遭的打量和偷笑声朝门外走去。艾迪生先生紧跟在我身后。我打开储物柜拿出书包，把书本一股脑塞进去，听到身后教室里传来越来越大的议论声。奇怪的是，他并不在意。我提起书包转向他。

"校长要见你。"他说道，我听不懂他的语气。

他陪我穿过走廊，爬上楼梯，经过学校办公室区来到校长办公室的门前。我的胃里火烧火燎的，那股灼热感冒到了嗓子眼。被送到校长办公室已经够糟糕了，但是被陪同着带到这儿意味着会有更大的麻烦——类似叫家长来校的麻烦，被留堂、停课、开除的麻烦。

他停下脚步，敲了敲门。卡尔森先生将门拉开一道缝隙，点头示意了下，走出来后迅速带上身后的门。

"贾拉。"他说道。

我来回打量着他俩，试图发现事态糟糕到什么地步。

卡尔森先生摘下了他的眼镜，不戴眼镜的他看上去像是半盲的。我想知道一副眼镜怎么能让人看上去那么可怕。

"你父亲在这儿，"他戴回了眼镜，好像他拿着它不知道还能做什么似的，"他非常难过。"

卡尔森先生打开办公室的门，示意我进去。他试着警告我，但没有什么能让我准备好面对里面的一切。

爸爸用手捂着脸，缩成一团浑身颤抖着。他抬起头，我看到我伟岸的父亲一片片地崩塌破碎。

我不记得我是怎么穿过房间的。紧接着我试图用我的双手将他再次拼凑起来，我抓住他的肩膀，呼喊着"爸爸，爸爸，爸爸"。

他发出声音向我靠过来，我伸出瘦弱的胳膊圈住他，他叫了我的名字，叫了两次。我不能问。我想时间多停留一刻，不想知道发生了什么让他变成现在这样。

他哽咽着说出一个词："托比。"

我抱紧他的肩膀，阻止他再说下去。

"托比掉到游泳池里了。"

有那么疯狂的一刻，我觉着一切都很好：如果托比掉进游泳池，一定有人把他救起来，不是吗？那是我童年的最后一刻。瞬间（甚至不到一秒）过后，我脑中的成人部分立刻就知道他们没能救出他。

"他走了，贾拉。"

他再次抓住我，好像他也是第一次听到这句话。他发出的声音可怕极了。我想我从没见过爸爸哭，除了在奶奶的葬礼上，但我几乎记不起来了。

这让我有些事情可想，因为我无法理解托比走了意味着什么。我要去见妈妈，那是我唯一的想法。

"我们走。"我直起身。

爸爸抬起头，露出那张因悲伤而变形的脸，好像他才是个孩子，而我知道该怎么做。我走到门口，打开门，校长和艾迪生先生仍然等在门外。

"我们要回家。"

"是警察送你父亲过来的，他们在外面等着送你们回家。"卡尔森先生把手放在我肩上，"这并不容易，贾拉，你必须坚强。""是的，先生。"我将曾经的学童时代的贾拉深深埋进心底。

"如果你有任何需要，就给我打电话。"他说着，好像这个说法一点也不奇怪。

"谢谢你，先生。"

　　刺耳的铃声响起，我转身走回那个房间。我扶着父亲站起来，他把一只手臂搭在我的肩上。他的衣服湿透了，鞋子走过的地方留下带着水印的足迹，是游泳池里的水。这是现在最糟糕的东西。

　　我带着他，跌跌撞撞地走到门口，来到走廊上。卡尔森先生和艾迪生先生像保安一样站着，伸出手来挡住走廊里蜂拥而出的学生，不让他们靠近我们。喧闹的声音安静下来，他们停下脚步，注视着我们。

　　我转过身，引着父亲走到另一边，我们拖着脚步沿着走廊走到马路上，向等候着的警车走去。在数百双眼睛的注视下，我走进了我的新生活。

　　回家的路上我们没有说话。爸爸开始颤抖，我知道他又哭了。我从后座上伸过手，握住他的手。颤抖慢慢停下来，他用手背擦拭眼睛和鼻子，然后盯着他的腿。

　　我直直盯着前面的座椅头靠，上面露出警察竖立着的黑发。今天早上我和托比吻别了吗？我只记得妈妈是怎样让我去洗手间喷除臭剂的。也许在那之前我有和托比击掌？也许我只是挥了挥手就出门了？不论我回想多少遍，我都记不起来了。

　　汽车停在我们房子外面，旁边是另一辆警车。没有人动。

　　"爸爸？"我把手放在他肩上，摇了摇他。他眨眨眼，像是刚醒过来。他看清了我们在哪儿，然后看到另一辆警车。他动作第一次如此迅速：他抓住门把手，推开门，转身，在吐出来之前，设法把头伸出车外。

　　我从另一侧下车，绕过车身冲了过去，将我的手放在他的肩上。我想跑进房子里，但同时又想逃开：直到我进去看到妈妈的脸之前，这一切都不会是真的。

爸爸站起身，靠着车，像是会摔倒一样。他站了一会儿，呕吐物散发出一股臭味。坐在副驾驶座上的警官伸出手，像是会给他带路。

"来吧，爸爸。"我迟疑着是否需要帮助他，但他深吸了一口气，站直了身子，抬起肩膀，微微点了点头，开始向前走。

我们穿过草坪，走上台阶。游泳池区域被蓝白相间的胶带封锁起来，更多的警察蹲在栅栏旁，拍照，做记录。我冲进走廊，推开门，跑进厨房，刹住脚步。

她坐在桌子旁，直直盯着前方。她的双眼通红，但她没有哭。一个我不认识的女人站在她旁边。

我想叫"妈妈"，嘴里说出来的却是"托比"。

她的头猛地转向我，急促地吸了一口气："他走了。"

她又垂下了头。她弯着腰，缩成一团。"我很抱歉。"她低声说。

爸爸跟在我身后走进来，那个奇怪的女人走上前："布伦南先生，我是埃文斯探长。对您的不幸，我深表遗憾。"

爸爸只是盯着她。

"你的妻子已经向我们提供了证词，我们需要你也提供一份证词。我们可以现在做，或者等到明天。"

爸爸像是点了点头，她示意他走到客厅。

"需要我过去吗？"我问他。

那个女人摇了摇头："你一定是贾拉吧？我需要和你父亲单独谈谈。"

他们走出去，关上门，留下我独自和妈妈在一起。我最想问的是：你怎么让他离开了你的视线？而我也最明白不过，我决不能问这个问题。

电话响起，我们都吓了一跳。我看向妈妈，她没有动。

"可能是医院打来的，"我说，"他也许会没事的。"

她还没来得及说话，我就抓起了听筒："你好？"

"喂？是你吗，芬恩？"

微弱的声音穿过安静的房间，妈妈用手捂住耳朵。

"他不能接电话。"我说。

"贾拉？我是埃德蒙德，我有一些好消息要告诉你爸爸，要等很久吗？"

我无助地看向妈妈，她没有回应。

我吸了口气："是托比，他死了。"

这些话一离开我的嘴唇，我就知道爸爸为什么会呕吐了。我大声说出来了。妈妈发出像是呛到了的声音。

埃德蒙德一开始没有回答。"哦，天啊。"他终于说道，他的声音颤抖着，"天啊，贾拉。什么？你的父母在哪儿？"

"在这儿，爸爸正和警察说话。"

妈妈站起身，从我手里抢过电话，用力按着按键，直到挂断电话，然后把听筒扔在桌子上。"几点了？"她问我。

时钟就在那儿，她为什么不自己看？"快12点了。"我说，"那件事什么时候发生的？"

她用双手揉搓着脸："嗯，大概在9点。"

托比在三小时前就溺水了。医院还没打来电话，告知他们已经救活他的消息。而我已经见到了她，我知道这一切是真的。

她捂着脸，一动不动地坐着。爸爸又吵又闹地哭着。唯一能看出妈妈在哭的迹象是她顺着手腕流下来的眼泪。和爸爸在一起，我知道要去安抚他；和妈妈在一起，我毫无办法。

我不曾哭。我不能哭。我不知道接下来该做什么，不知道该如何活在没有他的世界里。

芬 恩

　　他的左手手背上有一小块灼伤的痕迹，一定是焊枪留下的。一个小水疱正在皮肤下成形。

　　芬恩研究着放在腿上的手，就像它们是别人的手一样。只要他仔细观察着手，他就不曾去学校里告诉贾拉这个消息；只要他研究着他的手，他就不用去回答探长向他提出的问题。

　　"你能先告诉我今天早上发生了什么吗？"

　　他看过她的胸牌，但没有给他留下印象。每一次他闭上双眼，那些画面就再次浮现。

　　"布伦南先生？"

　　芬恩微微地摇了摇头，镇定下来："我接到一个新工作，有截止日期，布丽姬特必须早起照顾好孩子们。"

　　他断断续续地描述了上午的经过：他早早去了工作室，接着是焊枪发出的嗞嗞声，然后他好像听到什么声音盖过焊枪声；然后他如何跑出工作室，当他跑出来后，他看到了什么；然后他拨出了"000"的报警电话。

当他说完后，那位女探长递给他一杯水和一张纸巾，一直等到他镇静下来。

"你知道托比是怎么进入游泳池区域的吗？"

芬恩大声地呜咽着，不能自已地发出声音，摇了摇头。

"你的妻子告诉我们，她去洗手间的时候，把托比留在厨房里。当她从洗手间出来时，他已经不见了。她检查过游泳池的门，是关着的。她没有在游泳池里看到他，直到她在楼上找他，看向窗外时才发现。"

一切都慢了下来。芬恩听到厨房里的布丽姬特从盒子里抽出一张纸巾，喘着气。他能听到第二名警察在走廊里的脚步声，以及相机快门发出的轻柔的"咔嚓"声。他的血液顺着他的血管循环奔流、咆哮着。布丽姬特留下托比，无人看顾，而不知怎么，在那个时候，托比进到游泳池里。怎么会？怎么会？怎么会？

几小时前，在工作室里，他一直背对着泳池焊接。如果他转过头，哪怕是一点点，就会看到托比。

有一件事他记得很清楚：那天早上他没有穿过游泳池。那天是垃圾回收日，他递给布丽姬特咖啡后，从厨房里拿走垃圾，穿过花园把它扔到垃圾桶里，然后把垃圾桶推到路边。那时他离工作室的后门更近，那扇他几乎不怎么用的、不甚灵活的、笨重的后门。尽管他想去游个泳，但是他意识到布丽姬特的新日程规定。他拉开工作室的后门，开始干活。布丽姬特是那天早上唯一游过泳的人，唯一穿过那扇门的人。

"布伦南先生？"

芬恩伸手去拿水："稍等一下。"

"当然可以。"

在她的余生，布丽姬特都会背负着这件事，这太沉重了。他不容许她这么做。他咽了口唾沫，颤抖着深深地吸了一口气。

"我们有一个能自动开关门的设备。"

"是吗？"

"它有时会出现故障。我本来想把它修好的，但我搞不清楚到底出了什么问题。今天早上我穿过游泳池区域的时候，我脑子里想的都是这份新工作。我没有考虑到……"

探长等待着。

"很显然，它在我经过后没有关好，我也没有注意到。这是托比能进去的唯一原因。它一定是在托比进去后又关上了。"

"我知道了。"她慢慢地说道。她在笔记本上潦草地写下一些东西，然后仔细地看着他："布伦南先生，我现在必须提醒你，你不必回答任何问题，任何你所做或所说的都能成为呈堂证供。"

"什么？"芬恩摇了摇头，试图弄明白。

"如果你愿意的话，我们能在律师陪同下继续这次询问。"

"不。"芬恩说道，"我情愿现在就结束这件事，我没有什么可隐瞒的。"

"你能带我去看下那个机器吗？"

芬恩站了起来，探长跟着他穿过纱门，来到走廊上。他们弯腰绕过封锁带，另一名警察从游泳池区域出来，加入他们。探长介绍说他是科学调查员。芬恩拉动铜杆，展示"猫头鹰哨兵"是怎么运行的。通往死亡的大门缓缓打开，几秒钟后，它"砰"的一声关上了。

当调查员拍下更多的照片时，探长晃了晃门，检查它是否锁住了："它现在运行正常。"

"显然，并不是每次都发生那种情况，否则我就修好它了。"

这东西可能真的出现过故障，芬恩想着。托比还能用其他什么办法进到游泳池区域内？这是唯一能说得通的原因。

"这就是我们现在全部需要知道的。"她退后一步，合上笔记本，"你通知完家人后能尽快告知我们吗？"

他们必须开始告诉别人。他必须打电话给他的父亲、兄弟姐妹、他在塔斯马尼亚的朋友。谢天谢地，母亲已经去世了。这个消息会要了她的命。

他不得不停下来：他无法想象拨出的第一个电话。

她向他递来名片："如果你记起别的事情，请告诉我们。殡仪馆可以帮你安排这些事宜。"

殡仪馆。她难道不知道这是他的儿子吗？在三小时前，他还在房子里蹦蹦跳跳，要求有人给他讲故事。

调查员抬起封锁带，示意芬恩跟着他们出来。"请保留封锁带不动，不要越过它。"他说，"我们可能在今天晚些时候或者在明天撤掉它，弗洛卡警官会留下来，保护现场。"

芬恩不能看向泳池。他必须进房子里，必须和布丽姬特和贾拉待在一起。他只想紧紧抱住他们。他胸口疼痛着，转过身，沿着走廊往回走。他遥想着，他的心脏是否会就这么停止跳动？那样，他就会和托比在一起，沉静、忧郁且凉爽。而托比不会孤独，不会像现在这样孤独，躺在某个金属抽屉里。

他走到厨房的玻璃门前，向里面看去。他看到布丽姬特坐着，她的肩膀在颤抖，贾拉站在她旁边。这个孩子仍然没有哭，但他脸上的表情比哭过还要糟糕。

他们是留给他的最宝贵的东西，为了他们他愿意做任何事，任何事。他会扛过布丽姬特身上的重担，绝不再放下。

布丽姬特

　　你需要你的母亲。你记得，你生孩子时也有过同样的感受，像是一种原始的需要。你生贾拉的时候，她陪着你，但是等到托比用力来到这个世界的时候，她已经开始徘徊在因痴呆而产生的迷雾中。如今，随着阿尔茨海默病的发展，她实际上已经离开了你。

　　当芬恩和警察谈完话后进来时，你们三个人在沉默中达成一致，走进客厅，在沙发上坐成一排。芬恩坐在中间，贾拉在右边，你在左边。芬恩用力握着你的手，都把你的手抓疼了。而通过那些传到身体上的微痛感，你知道你还存在着。

　　你注意到对面扶椅下散落的乐高积木，你的视线一直盯着它们。如果你一直坐在这儿，一动不动，保持沉默，不哭出声，然后你会醒过来，有可能发现这一切都没有发生过。

　　每隔几——刻钟？——分钟？你会神游天外，然后为什么你会坐在这儿的记忆会随着另一股厌恶感再次冲刷过你全身。你大脑的某些部分记录了整个应激过程：先是肾上腺素，然后是皮质醇，再是降肾上腺素在身体里分别涌起。扶椅下的三块乐高积木，一块蓝色，一块红色，一块黄色；沙发上坐着的三个人。你的生活现在是以三为单位来衡量的。

"砰，砰，砰"，玻璃门上响起三下敲门声，如此突然，如此大声，你差点闭过气去。一个女人握着双手靠在玻璃上，朝里面看着。你们三个人盯着她看了好一会儿，直到最后贾拉站起来，让她进来。

"我感到非常、非常遗憾。"她说。

她是谁？是芬恩认识的人吗？她年纪很大，穿着保守。你无法接待她。

"我是梅瑞迪斯·安德森。我是医院的志愿护工，我代表'关心友'，一个帮助失去孩子家庭的基金会。你今天早上去医院的时候我还没上班。"

你不明白她的话是什么意思。最后，当没有人会回应她的话这一情况似乎清晰可见时，贾拉说："好的。"

"你一定是贾拉吧？"她对他说，"然后是芬恩，布丽姬特？我知道你们来镇上的时间还不久，我是来帮忙的。"

她的嘴唇颤动着，你希望她能离开。一切事物正从你的指间溜走，新的世界以惊人的速度涌入，取代了旧世界。

她走向你，靠过来，将手放在你的肩上，在你退缩的时候收回手："我知道这是什么感觉。"

没人能懂这是什么感觉。

她用一种审视的眼光扫视着你们三人："贾拉，你能给我们沏杯茶吗？"

这个女人是谁，使唤你的儿子？你张开嘴想抗议，但是她再次捏紧了你的肩膀。她是对的，你确实需要帮助，在这个离家两千英里的陌生小镇上，你没有真正的朋友。

梅瑞迪斯不害怕沉默。她坐到一张扶椅上，你们三个人看着贾拉有条不紊地沏茶。当他用托盘端来茶时，你知道如果嘴里喝进任何东西，你就会吐出来，尤其是梅瑞迪斯不经询问就在每杯茶里加上一勺糖才递过来。你接过杯子，环握住，暖着手。尽管天气很热，你还是很冷。

"我知道你还在震惊中，但有些事情你们今天必须做。"她的声音很温柔。

"好。"贾拉替你答道。

"芬恩，我知道你已经在医院确认过你儿子的尸体，并同意进行尸检，你和布丽姬特都向警方提供了证词。你需要做的下一件事是在你的家人和朋友通过其他方式得知之前，通知他们。"

一个词跃出口："尸检？"

她点了点头："在意外死亡事件中有这个要求，医生已经给芬恩解释过了。"

你试着去理解托比现在已经是一具尸体。

"通知你的亲人是最重要的事情。"她继续说，"如果你愿意的话，我能帮你列个名单，帮你打电话。"

你的肠道一阵痉挛。布伦南一家，他们所有人，迄今还不知道。

"警方只有在你的家人得到通知后才会公开托比的名字，但这件事会很快在新闻里出现，这种事情在社交媒体上很快就会传开。我知道这很难。我能帮你列名单吗？"

她从手提包里拿出一个笔记本和一支笔。

你难以想象你要通知布伦南一家人，你沉默了。很显然，芬恩也没法说话，于是贾拉开始列出名单："嗯，我爸爸的家人，我想一下。我的祖父、康纳叔叔、玛丽姑姑和卡梅尔姑姑。"

随着那个女人记下名字，贾拉转头看向你："外婆怎么办？"

你摇了摇头。你曾痛恨阿尔茨海默病偷走了你的母亲，但突然间，这似乎是一种祝福。不用急着告诉她。

那个女人还不肯放弃："我能帮你记下号码，我在哪儿能找到电话号码？"

"妈妈的手机里有。"贾拉说，"手机放在哪儿，妈妈？"

你把头转向厨房，他的身影消失在那个方向。你觉得芬恩一定又开始哭了，因为你能感觉到他在你身边颤抖着，你应该紧握他的手或做些什么。

贾拉拿着你的手机回来了："你公司有人发了短信，说你错过了一个会议。"

"让我来通知他们。"梅瑞迪斯说，"如果你还不出现，你的同事可能会担心。"

你并不想要一个陌生人给陈打电话，但是在她脸上露出的怜悯之情下，你让步了。

"你和芬恩打第一个电话的时候，我和贾拉一起去整理厨房，好吗？如果你们需要帮助，我就在这里。如果你们愿意的话，在你通知他们后，你可以把我介绍给大家，帮他们安排事宜。"

"谢谢你。"芬恩说。这是自从她来后，他说的第一句话。

"在那之后，"她继续说，"你们能一起休息一会儿。"

芬恩抓住你的手臂，像是要拽着你一起，当你们单独在一起时会发生什么？当你们看向对方的眼睛时会发生什么？因为你们都看到托比死了，你们无处可藏。在今晚或明天，有人会划开他的皮肤，检查他的器官——采集样本。

梅瑞迪斯把名单递给你："我就在隔壁，和贾拉在一起。"

贾拉跟着她走去厨房，像是一个能干的陌生人。你的家庭发生了些什么？

贾拉

这种事发生在电视里的人身上，或者是我学校里那些高大的黑人孩子身上——那些苏丹人，他们失去了他们的母亲、父亲和其他所有人，除了一个阿姨或什么人以外。他们不在我班上，因此我不认识他们，但我听到过这些故事。那些失去家人，甚至整个家庭的人是如何熬过去的？是将同样的痛苦加倍放大吗？甚至有熬过去的可能吗？

厨房里，托比的书在地板上摊开着，他落下的烤面包皮散落在高椅的托盘上。

那个女人——她的名字是什么来着？——拍了拍我："你认为你能收拾好洗碗机吗？我去外面给你妈妈单位打个电话。"

她疯了吗？我瘫倒在椅子上，听着她在走廊外面打电话。高椅上印着一个沾了咸味酱的手印。

她一会儿就回来了："最好是做点什么。"她打开洗碗机，飞快地绕过厨房，递给我一些东西。在盘子的"叮当"声中，我竖起耳朵听妈妈和爸爸打电话的声音。我听到低沉的声音，但听不清说了什么。然后我听到爸爸开始哭泣。

那个女人听到哭声，停了下来，闭上眼睛。然后她有点颤抖，递给我托比的塑料面包盘。她红了眼眶："我为你的家人感到心碎。我们的基金会提供大量的帮助和支持，你不必自己单独承受。"

我把托比的盘子塞进洗碗机："好吧。"

当洗碗机装满后，我将它启动。我擦拭长桌，她甚至让我清理灶台。当隔壁变得极其安静时，她走过去看了看，几分钟后又回来了。

"我送你父母亲上楼了，"她说，"他们说你准备好了再上去。你有想和谁打电话吗，贾拉？一个能过来的朋友？"

"我很好。"

有人敲了敲玻璃门，她让他进来了，是妈妈工作上的那个人。我曾见过他一次。她向他做了自我介绍。梅瑞迪斯和陈，这就是他们的名字。他迟疑了一下，朝我点点头。

"我简直不敢相信。"他说了两遍。我猜他哭过了。

"他们正在休息，"梅瑞迪斯说，"也许你能过会儿再来？"

他摇摇头："我想做点什么。我能做些吃的。"

她点了点头，他开始把东西从橱柜和冰箱里拿出来。真是奇怪的景象。

"你想给陈帮忙吗？"她对我说。

"不，谢谢。"

她把手放在我肩上："我只是想帮忙，贾拉。你可以来找我帮忙，这是免费的。我知道你现在还处在震惊中，但在接下来的日子里，这会有所帮助。"

她的意思是接下来的日子里，事情会变得更糟糕吗？我看向外面。整个游泳池区域都被警用胶带包围着，在微风中轻拍作响。棕楸树下的树荫里还有一个警察。他只是坐在那里，盯着水面。

"你饿了吗？"陈问。

我摇摇头："我上楼了。"

"好的，"那个女人说，"和你的父母一起。你们应该待在一起。"

我留下他俩待在厨房，踮起脚尖爬上楼梯。上了楼后我停下来。走廊那端，妈妈和爸爸的卧室门半开着，里面十分安静。他们知道我正站在楼梯口吗？

他们中的一个人犯了有史以来最糟糕的错误。我决不会让这种事情发生，但他们其中一个让它发生了。他们中的一个弄丢了我的弟弟。

我的耳朵听到自己响亮的呼吸声。我不能进去，我的脚不能动。相反，我转到左面，沿着地毯，悄悄爬到走廊另一端，藏在倾斜的天花板下的、敞开着门的、属于托比的那个小小房间。

他那熟悉的气味首先击中了我，属于托比的真实的分子仍在空气中盘旋。托比的睡衣躺在地板上，托比的床单在他的小床上皱巴巴地堆着——这张床三个月前才搬进来——就好像他可能就藏在下面，跟我们玩恶作剧。托比的毛绒怪物玩具，脏兮兮的，上面还沾着他的口水。

当我的脚能移动了，我走进去，关上门。妈妈和爸爸拥有彼此，我只有空气中残存的托比的气息。

父母的痛苦一定是最沉重的，对吗？

我抓起毛绒怪物玩具，提起托比睡觉时曾盖着的棉被，爬上床。我拉起被子盖住头，紧紧地缩成一团，被他的气息包围着。然后我拿起怪物玩具塞进嘴里，堵住我的哀号声。

贾拉

今天，感谢你们来此哀悼托比·布伦南，悼念他短暂的一生，对他家人的不幸，致以安慰。他的母亲布丽姬特、他的父亲芬恩和他的哥哥贾拉来我们这里生活还不到一年。今天到场的人向布伦南一家传递出一个信号，尽管你们是新搬来的住户，你们也是我们这个充满关爱的社区的一员。在这悲伤的时刻，我们的心与你们同在。

我再次近距离见到托比是在周五上午10点，他死后的第四天再过一小时，我们走进火葬场的小教堂。他就在那里，离我只有几米远，躺在一具白色的棺材里，看上去小得装不下他。

这周早些时候，那个什么基金会的女人——我一直记不住她的名字——询问我们是否想要瞻仰遗容。托比的尸体完成尸检后，会在周三送回来，那时能有时间，她说。

爸爸只是闭上眼，摇了摇头。

"你也许想留出选择的余地，你也许会改变主意。这会是治愈你伤痛的一个重要部分。"

我想见托比吗？这是个可怕的想法。但是如果我见到他，我可能会相信他已经死了。

"这是一个说再见的机会，"那个女人继续说道，"托比看上去会很安宁。"

"在他被解剖后吗？"妈妈厉声说道。我想她可能忘了我在场。

我脑中闪现过托比的模样，他闭着眼睛，皮肤苍白。我瞥了一眼妈妈和爸爸，但是他们都看着地板。如果我说我想见托比，是不是意味着我在责怪他们？我需要他们的许可吗？甚至我是否有足够的勇气？我害怕死去的托比会占据我的脑海，成为我唯一能记得的东西。

去看托比的想法再也没被提起过。在人们开始到来时没有提过，在房子里挤满了布伦南家的姑姑、叔叔和堂兄妹时也没提过，他们日夜做着吃的，喝着酒，哭泣着，擤着鼻子，不停拥抱我，然后又是做饭，吃饭，做饭，喝酒。桌子上总是摆着吃的，每天送来的食物越来越多，直到我们开始往外扔。没有人提起去看托比，或是没在我面前提过，不过也许这就是厨房里小声交谈的内容，那些当我走进去就会突然停止的交谈。

反正我也不想听到他们在说什么。我需要听到的和我难以忍受听到的是到底发生了什么。谁让托比离开了他们的视线？是他们中的哪一个？

没有人谈到这件事。

然后，突然间就到了周五。不知何故，我们在葬礼上迟到了，突然间，一切都很匆忙，没有人能收拾好。我们可能是最后到那儿的人，当我们走过过道时，所有人都看着我们。我们排成一队，坐到第一排，棺材就在那里。仪式结束后，托比就会被火化。这是较为礼貌的说法。我没有机会改变主意了。

我从没见过尸体，没见过人类的尸体。在霍巴特时，我见过我们的猫被车轧过后的样子。这给我带来一连串的噩梦，我们再也没有养过猫。我也做过一个跟托比有关的噩梦，就在那个女人询问是否瞻仰遗容后的那个晚上。我知道那是托比的尸体，但我认不出他。我被憋醒了。也许幸运的是我最后一次见到托比，他还活着；也许幸运的是，我只能想象发生了什么，想象他看上去会是什么样子。

我就在这儿，在在场所有人的注视下，而托比在前面白色的箱子里。妈妈坐在我们这排的最右面，我坐在中间，爸爸在我旁边。前两排都坐满了爸爸的亲戚，康纳叔叔坐在他旁边，靠得很近；然后是爸爸的姐姐玛丽和她的女朋友伊迪；然后是他的另一个姐姐卡梅尔和格雷姆叔叔。堂兄妹们——大多比我大，我不太了解他们——坐在后一排。

康纳和我们住在一起，睡在沙发上，他的妻子海伦没有来。埃德蒙德睡在另一张沙发上。其他人都住在宾馆里，他们大部分时间待在我们家。爷爷没有来。

"他年纪太大了，"我问到时爸爸说，"应付不来。"

那位不记得名字的女人这周一直过来问我是否需要帮助，我是否有朋友，我是否需要咨询，她试着表现关心。但每一次她问我，都会让情况变得更糟。是，我没有朋友。最接近朋友的人，比利，也是和我一样受到排斥的人。他在这周给我发了信息，读起来就像是他妈妈让他发的一样，仅此而已。

我的姑姑、叔叔和堂兄妹们都为我感到难过，但感觉他们好像并不认识我。"你长得高多了。"每个人都这么说着。我没有，我只是突然间看上去变老了，我从镜子里能看出来。他们中的大多数人自从年初我们离开塔斯马尼亚后，就没再见过我们；那时托比还不到两岁。他们不知道他是怎样开始说话的，不知道突然间那个小身体里住进了一个人。他们不知道他能说出些什么，让你看着他，然后想：原来是这么一回事啊。

我也好像不再认识任何人，尤其是爸爸和妈妈。事后那天爸爸有让我坐下来，试着告诉我发生了什么。他几乎无法言语：泳池门不知怎么没有锁住，和他那个小发明有关；托比不知怎么钻进游泳池里；又不知何故，没有人及时看到。这是一个意外，他说，是一个可怕的意外。

那具白色的棺材、司仪的声音、我身后人们的哭泣声。

这一切没有发生在我们身上，这是发生在其他人身上的事。

这种想法很愚蠢，但它无法从我的脑海中消失。我曾在报纸上读到过一些不好的事情，我会替生活被毁的那些人感到难过，然后忘记他们。现在我们成了他们。

当司仪停下来时，我偷偷地回头看了一眼。学校里我们班的孩子坐了差不多五排，劳拉·菲尔德曼坐在第三排中间，直直看着我。

芬 恩

我和认识托比的家人和朋友们交谈过。在他短暂的一生中，他影响了他遇到的每一个人。在他亲密的大家庭的爱护下，托比是一个热情、兴奋、爱冒险的小男孩。托比的父母请求他的康纳叔叔代表他们说几句话。

芬恩从没想过他的父亲会不来。但自从在第一个电话里，芬恩彻底崩溃，试着转达这个消息后，他再也没有和他父亲说过话。他打过电话，但是约翰从来没接过电话。海伦一直待在霍巴特陪着他，接电话时，她试着安抚芬恩："他还在震惊中，你知道如果他可以的话，他会去的。"

埃德蒙德和康纳，他的经纪人和他的兄弟，都坚定不移地陪着他。他们直到深夜才放他走，那时他会拖着脚步爬上楼，与布丽姬特做伴，麻木而沉默地躺着。芬恩会摩挲着她的手，或者把她拉入怀里，他们会一起哭泣——尽管她好像魂游天外一般。

即便在今天，当他们匆匆跑到教堂前排时，布丽姬特让他先进去，然后让贾拉坐在他们中间。对他们破碎的家庭而言，任何安排都不太适宜，但是芬恩希望布丽姬特坐在他身边。可他甚至看不见她。

司仪冲着康纳点点头，示意该他上台说话了。当康纳站起来时，芬恩回头看了一眼。他们走进来时，他大致注意到教堂里很拥挤，现在他看到到处都没有空位，后面还站着人。但是除了前两排坐着的人，芬恩不认识其他任何人。

康纳摆弄着他的笔记，试着稳住自己的声音，芬恩发现自己脑子里一片空白。

霍巴特是家。他怎么会想到他能住到别的地方？他们在那儿有朋友，有好朋友，还有家人。在周日的上午，他在"农场大门"市场每走几步就能遇上一个熟人。霍巴特熟悉他们。他在北方没有付出过这种努力，尽管他们安置好后有充分的时间。他意识到，他没有交到一个真正的朋友，他是莫维伦巴的一个陌生人。打从一开始就错了。

他不得不收好托比的骨灰，然后想办法带他的家人回家。他会带上他的儿子仅存的部分，爬上山，把他撒在山顶上，知道他会一直看着他们。

托比去世的第二天，桑德拉打来电话。这个新闻一定在霍巴特传播着，然后传到了她那儿。芬恩的姐姐玛丽，在过去的一周里，负责接听没完没了响起的电话，她拿着听筒走过来，找到他。

"噢，芬恩。"当他接过电话时桑德拉说道。"芬恩"两个字充满了怜悯之情，足以把他拉回原处。

他拿着电话走到外面，站在草地上，抽泣着，而她在电话那头默默地等着。即使是沉默，也带着某种不同，不知何故，充满了心照不宣的理解，不需要任何言语。

过了好久，芬恩恢复了，擤着鼻子，调整好呼吸。

"如果你需要我，我就来。"她说。

芬恩抬头看了看房子。布丽姬特站在走廊上，根本没有在看他，她空洞地盯着花园远处的角落，仿佛他根本不存在似的。

"我不知道。"他说。

桑德拉顿了顿："汉斯不明白我为什么不去那儿，他向你们表达他的关心。天啊，我很抱歉弄得一团糟。我希望我能就这么坐上飞机过去，我希望我能帮上忙。"

芬恩颤抖着叹了口气。

"我应该给她打电话吗？"

芬恩再次看向布丽姬特："我不认为她能处理别的事情。"

"如果时机合适，告诉她我有送来慰问。"

"我该走了。"他说。他挂断电话，感到前所未有的孤独。

也许，除了在葬礼上。康纳说话时，芬恩听到哭泣的声音在教堂里回响。那些不认识他们的人，不认识他或托比，或他的家人的人，他们和在晚上过来，放下鲜花、泰迪熊和用小杯子装着的蜡烛电灯的那些人是同一批吗？是为他们的小天使留下祝福纸条，承诺会为他们祈祷，把他们的前栅栏变成灵坛的那些人吗？

他不需要这种来自陌生人的善意。

布丽姬特

我们没料到家里还会迎来另一个孩子，而托比把我们联系在了一起，尤其是他的爷爷，他今天不能到场。他最喜欢别人念故事给他听。我想分享一下他最爱的书里的几句话。

以下是你所知道的。

你不能告诉你的母亲。告诉她一次，你就得一遍又一遍地告诉她。如果她注意到托比的缺席，你决定就简单地说"他今天不能来"。

贾拉比你或芬恩都要坚强，他会熬过去的。

布伦南一家责怪你。不管芬恩怎么解释是门的机械部分发生故障，他作息时间的变化，他可能经过泳池——在他们的意识里，是你留下托比单独一人。你能从他们的眼里看到这一点。

不过，你很感激康纳。你无法想象自己或者芬恩，真的要在托比的葬礼上讲话。而芬恩的哥哥，出于某种原因，代表你们家人设法讲一小段关于托比的话，他强撑着照着纸读着，在压抑的哭泣声中，停下来深吸口气，擦干眼睛。

不是你在哭。你僵住了。你以为一切可能会是另一种方式——在葬礼举行的同时可能伴随着你疯狂的哭泣，而那些难以预知的时刻会带来一些安慰。感觉在这个糟糕的公众时刻下，你应该哭出来。

托比葬礼的这天，狂风大作，半个镇上的人似乎都被风刮进了教堂。在前排坐着的来自塔斯马尼亚的亲人和朋友身后，延伸出成排陌生又面带同情的面孔。陈，靠近前面，但是不在家人的核心圈子里，今天没有。然后是你的其他的一些同事、贾拉学校里的学生，接着是梅瑞迪斯，她似乎每天都在你家。还有一个医护人员，你从不记得他的名字，但你绝不会忘记他的脸。其余的人你都不认识。那些面带好奇或忧伤的面孔，那些送来鲜花和食物的隐形人，对着那具小小的白色棺材恭恭敬敬地看了一眼，落了几滴眼泪，感谢他们的神——如果他们有信仰的话——这种事情还没在他们身上发生过。

你到现在睡着过吗？

第一个晚上，你无法入睡，好像这是对托比的最终放弃。一段时间里，芬恩陷入断断续续的睡眠状态，他的鼾声撕裂空气，留下你一人恨着他。第一道光线亮起，你就知道该做什么。你站起身，光着脚轻轻穿过房子，越过睡在沙发上的埃德蒙德——他前一天坐飞机过来，很晚才到。你推开玻璃门，穿过潮湿的草地，在车库里找到了你想要的东西，拿在手里带着令人满意的重量。你带着它回到房子里，登上台阶，走近芬恩精巧的装置——它正挂在墙上，闪亮得令人发憎。你用一种早已忘却的力量，将大锤举过头顶，让它坠下。第一下声响穿破了清晨，晃动了房子从上到下的每一块木头，惊飞的鸟群发出刺耳的尖叫。这是自托比死后二十一小时以来第一件你感觉做对了的事，于是你举起大锤，再次砸下。发条装置扭曲地垂落着，响声传过沉睡的街区，那只愚蠢的猫头鹰的无所不知的眼睛被敲碎了。

因为在午夜刚过后不久，在托比淹死的十五个半小时后，芬恩告诉了你。说是他的错，那东西一定是出了故障，在他穿过门走去工作室后，门仍开着，他忘了告诉你它不时会出错，因为他本打算去修。都是他的过失。

"但是门是关着的，"你说，"我看见了。所以我一开始才上楼找他。"

他摇了摇头："门肯定是在他进去后关上了。是我的错。"

你又举起大锤，将它砸落，让它的头深深陷进破裂的封檐板里，让它卡在那儿。接着芬恩的手出现在你肩膀上，他把你拉回来，松开你握着手柄的手指。

"那里面有带电的电线。"他说。

你有一种疯狂的冲动，想要把自己从他牢牢抓住的手中挣脱出来，伸手去抓住那些电线。那会是一次迅速的死亡，快到你能找到托比，无论他在哪里。

但你知道死后什么也没有。你是一名科学家，没有任何证据表明生命会以任何形式继续存在。托比的一切都已消失。

你想瘫倒在芬恩怀里，但是就是那双手，就是他造出了杀害了你儿子的那个装置，你不能忍受那双手的触碰。你推开他，沿着走廊大步走去，越过肩上披着毯子、一头乱发站在那儿的埃德蒙德，越过脸上带着黑眼圈从房子里出来的贾拉。你大步越过他们所有人，来到厨房，然后，因为你想不出来在这个世界上还有什么其他事情要做，你把水壶放到炉上。

你现在该怎么打发时间？

芬恩跟着你进了厨房，拿起那个愚蠢的原子咖啡机，开始了他的晨间咖啡流程，那个一直以来开启你们一天生活的习惯。

"我们需要给殡仪馆打个电话。"他把那玩意儿放上炉子后说道。

你一直背对着他。厨房里弥漫着食物的气味、做饭的余味，还有托比去世后几小时里匿名人士送来的两盆炖菜和一堆司康饼的气味。炖菜和司康饼现在都塞在冰箱里，几乎没人吃过。

"你想让我负责处理吗？"他对着你的后脑勺说。

"我认为你已经管得够多的了，"你没有看到他是否因为你残忍的话语而退缩，"我会办的。你是想土葬还是火葬？"

他发出只能被称为呜咽的声音，一种曾经摧毁你的声音。一部分的你惊讶于你怎么能对他做出这种事情，而余下的你则想着能更加狠狠伤害他的方法。

"探长给了我一个号码，"他说，"是一家殡仪馆的。"

"好，我会给他们打电话。"

你不会，你在第一晚的某个时候做出了决定：让芬恩负责一切事情。你必须设定好路线来熬过这件事，一条艰难又笔直的路线，来熬过日日夜夜，熬过未来可怖的年年月月。你唯一能做的就是坚持这条路线，看最终还会剩下何物。

康纳回到你们的座位上，挤在芬恩旁边，芬恩笨拙地伸出手，在一旁拥抱着他。事情快结束了。司仪接着说了几句话，你没有听。你最后看了托比的棺材一眼。你已经确认事情最后不会再有转机——一种如此可怕的夸张的感触。你想起你以前参加过的几次火葬。你并没有想到，你反而成为转身离开他的人。

你站起来。在布伦南一家的簇拥下，你转身，沿着过道穿过低头致哀的人群。你走进从海面吹来的春季透雨中。布伦南一家彻底迷失了，你也是。谢天谢地，还有埃德蒙德和陈，他们像牧羊犬一样来到你们身边，带着你们走向等待的白色汽车。

"我们是不是应该等一下？"你试着问。

"你不需要做任何事情。"随着闪光灯亮起，埃德蒙德把手放在你面前。是当地媒体，它整个星期都在报道这一事件。"请尊重这家人的隐私。"他喊道，然后转过头对你说，"上车，认识你的人会去家里的。"

那张照片最后登上了周六的报纸。你们三个——芬恩、你、贾拉——相互搀着对方，头发被雨淋得耷拉着，就像沉船后的幸存者。你们看向不同的方向。

第二部分

贾拉

托比死后的第七天。早上6点45分，闹钟响了。我提前设置好它，以防我睡到下午4点后，但这并没有发生。我冲过澡，尽量穿上最平常的衣服，拿起书包，它就在那个角落放着，一个星期以来都没被碰过，走去厨房。进去的时候我犹豫了一下：我没有和她，或爸爸单独待在一起过，我们身边总是围绕着其他人。那样很好。

她坐在桌旁，穿着工作服，手里端着一杯茶。她伸出一只手臂来拥抱我，我由她抱了一会儿，然后推开她。

"你确定你可以回去了吗？"她说。

我点头："你呢？"

"我得做点什么。"

我知道她是什么意思。我开始拿出我做早餐的东西："爸爸呢？"

"埃德蒙德今天会来帮他，继续做他的雕塑吧，我猜。"

我倒出麦片，加入牛奶。据我所知，爸爸没回他的工作室。

自从警察撤下封锁带后，泳池区域就用车链和挂锁锁住了。我有些庆幸埃德蒙德能仍睡在沙发上，留在我们身边。

我做好第二碗麦片，放到妈妈面前："他在哪儿？"

"他和埃德蒙德出去散步了，不会太久。你想等他回来，和他道别吗？"

7点20了，我想在人潮前赶到学校。葬礼已经够糟糕的了——每个人都盯着你，你无处可逃。

我亲吻她的脸颊："跟他说我说过再见了。"

当我从车棚里推出自行车时，一切非常正常。从外表看，我仍是一周前那个骑着自行车上学的孩子。但是其他一些孩子已经在这儿三个多学期了，其他孩子会在午餐时间跑去躲起来，好像被欺负是发生在他们身上最糟糕的事情。

到学校骑自行车要十五分钟。是时候练习把托比从我的脑中抹去，练习不受人关注，练习保持空洞的表情了。我对后两者很擅长，但是学校里所有人都看到我在托比的葬礼上放声大哭。"小妈妈"，现在已无法掩饰这一事实了。

学校里几乎空无一人。我锁上自行车，逛过空荡荡的走廊，打开储物柜，过道里回响起"叮当"声。我把书包扔到地上，开始往外拿东西。

"贾拉？"

我转过身，看到劳拉·菲尔德曼和她的两个长腿朋友。她们围在我的储物柜旁，等着我。这一定不是什么好事。

"我们为你弟弟的事情感到很难过，贾拉。"劳拉走过来，把手放到我的胳膊上。她身后的两个女孩，我恍惚记得她们的名字是杰德和伊芙，或是伊芙琳之类的，点着头，脸上带着现在世上所有人都对我露出的同情的表情。

"这对你来说一定很糟糕，我无法想象。但是贾拉，我们都在这儿陪着你，好吗？"

"嗯，行。"

"你愿意来和我们坐在一起等到上课吗？"

"好。"

这感觉像是一个陷阱。我收好书，把书包塞进储物柜。劳拉挽上我的手，带着我穿过道，另外两个女孩跟着我们走到操场旁的一个精巧的小亭子里。劳拉拉着我坐到她身边。

"我们复印了些笔记，好让你赶上进度。"她说，"我的意思是，我知道他们不会计较你的考试成绩，但是这可能会有所帮助。"

"对。"我说。

我不记得铃声响起前，我们还说了什么其他事情，唯一清楚的是，劳拉用她那双深棕色的眼睛看着我，说："你真勇敢。"

也许我错了，也许这不是一个陷阱。我原以为劳拉会将我领到他们那群人那儿，将我撕成碎片。但是她和她的朋友一整天都陪在我身边。班上的很多女生，甚至还有一些男生，这天都走过来，表示他们的关心。我从未与之交谈过的人——我都不知道他们的名字的人——拥抱了我，或是拍拍我的背或肩膀。戴夫和他那些恐怖的朋友都没搭理我。比利，以前最接近我朋友的人，在午餐时间出现了。

"嘿，贾拉。"他红着脸，含糊地说。

自从那个短信后，我再没听到过他的消息，尽管我在葬礼上看到过他。我以为他不知道该对我说什么。换作是我，我也一样。

"嘿，比利。"

他无助地看着我身边的女孩："嗯，过得怎么样？"

"还行。"

当我们都意识到他无法像我一样提高自身的重要性后，我们陷入了尴尬的沉默。劳拉和她的同伴带着我离开，把他甩在身后。事情就这么结束了。

"回头见。"他最后说。

"行，好。"我说。我们带着一点绝望看着对方，但我帮不了他。以后，等一切恢复正常，我会再去找他。

地理课。第五节课意味着自托比死后，已经过去一周多了。如果我用尽全力咬紧牙关，盯着我的课本，我就不会哭出来。这就像走钢丝一样。我没有多余的脑子来思考火成岩，光想想劳拉和她的朋友就够了：她们"享受"着我的悲剧——不是用一种残忍的方式，她们是真的为我难过，但是她们喜欢受到关注。简而言之，我是学校里最重要的孩子。

当最后一节课的铃声响起，劳拉和我一起走到我的储物柜前，她看着我把东西塞到书包里："你住在我家附近，不是吗？你怎么回家？"

"骑自行车。"我说。

"你明天为什么不坐校车呢？我坐7点45那班，我能给你占个座。"

我含糊着点点头，没有做出任何承诺。

"明天见，贾拉。"她走过来，在我意识到她做了什么之前，俯身在我的脸颊上亲了一下。"再见。"她低声说道。

我仍然感觉像有上万双无形的眼睛在注视着我，所以我没碰我的脸，或是震惊地盯着她。我把储物柜里的东西移来移去移了几分钟，然后关上它，把我的书包搭到肩上，朝着自行车架走过去，一路低着头，这样我就不用看任何人。我无法忍受更多的同情。

回家路上，蹬踏板的感觉令人十分舒畅，我用尽全力踩着自行车。我估计，一两周后，学校里的每个人都会恢复正常，我会和比利在某个没人能看到我们的角落一起吃午饭。这就像是一阵互换卡片的狂热，或是当某人摔断了手。在这几天或几周，没有人会谈论，或想到其他事，然后突然之间，一切就结束了。我也会是这样。劳拉和她的朋友会忘记我，我也会退到正常的等级阶层。

但同时，我猜这能让我分散些注意力。

也许吧。

布丽姬特

今天，你会回归工作。你吃完早餐，把盘子和杯子放到洗碗机里，跟你的丈夫（你甚至吻了一下他的脸颊）和埃德蒙德（这个人没打算走吗）告别，检查了一下你的手提包和手机，找到车钥匙，上车，然后开车去上班。考拉灭绝算是"诱人"的课题，而考虑到它的确会发生几乎让你松了口气。

但是在停车场，你无法从车上下来。你忘了工作意味着人群，你忘记了那间开放式办公室和你的同事们。你无法从方向盘上松开手，那份紧握的力量和在你胸口呈对角线的安全带带来的压迫感是仅有的能让你免于崩溃的东西。

梅瑞迪斯是对的：你还没做好准备。

大多数日子里，她都会过来拜访，在周日的上午发现你独自在花园里除草——受到想做些什么的驱使。她来到你身边，帮助你，告诉你她所代表的基金会的职能。据你所知，就是失去孩子的父母试图互相帮助彼此，让心里好受点。你感觉到她想告诉你她的故事，但你本能地抬起手阻止她说更多。

"只要知道会有支持就行了，"她说，"情感上、法律上，甚至在一些财务方面。"

"法律？"你问道。

"到时候，我能陪你一起接受验尸方面的调查，陪你接受任何进一步的警察问讯。"

"他们告诉我们已经结束了。"

"那么，这样很好。"她面带悲伤地看着你，"你为什么不跟我说说你的工作？"

你不想说话，但你叹了口气，开始说了起来。十年来，你在塔斯马尼亚大学教授野生动物生态学，并研究当地哺乳动物的传染性疾病。塔斯马尼亚的袋獾所遭遇的灾祸、它们所受到的面部肿瘤疾病的摧残，让你多年来夜不能寐，再加上对全球传粉昆虫的消亡、高纬度地区温度上升的速度远远快于预期，以及全球生态系统正处于临界点这些科学常识的担忧——同样的大局观让大多数科学家夜不能寐。你曾经惊讶于为什么整个人类种族不会担心得睡不着觉，为什么他们看不到自己生活以外的东西。现在你知道了。

你告诉梅瑞迪斯有关这份新工作的事，这份把你从塔斯马尼亚吸引过来的工作。一个摆脱21世纪企业学术界恶习的机会，去做一些虽小却真实的事：评估北海岸的地理范围和基因截然不同的考拉族群的延伸范围，并制订一个行动计划来提高它们的存活机会。

"一份政府工作。"她若有所思地说，"那就好。"

你不懂她是什么意思，但是她解释道：丧假权利，具有灵活性，可通过加班进行调休。

"你能想休息多久就休息多久。"她说。

你震惊地看着她："我明天就回去上班。我还有什么其他事情可做？"

她摇了摇头，拥抱了你，那是一个漫长又温暖的拥抱。一个女性的拥抱，像是你从一个母亲，或一个阿姨，或最好的朋友那儿能得到的拥抱，如果你有这类人的话。芬恩，他性格外向，他的家人经常打电话过来；而你呢，自从这场悲剧后，你原本就少的老朋友几乎没有足够的勇气来给你打电话。所以，回去工作就是你唯一能做的事。

陈出现在你的车旁，他一定一直在看着你。他拉开门，半蹲着身子，让你们能面对面。

"你确定不会太快吗？"

你眼睛直视前方，双手紧握："我不能待在家里。"

他重重地吐出一口气："我知道了。陪你一起进去？"

你放松指关节，双手滑下方向盘。你点了点头，他扶住门，你解开安全带，收拾好东西，转身，下车。你关上门，按下开锁键。

他抓住你的手臂："拥抱？"

在那件事发生之前，你们从未拥抱过，而在过去的一周里，他毫无保留地拥抱你。但是在这个上午，一个拥抱也许会让你消沉下去，于是你拒绝了。

走上台阶时，你的膝盖在颤抖。陈打开门，让你先过去，然后跟着你走进去。时间太早，克里斯汀还没来前台上班，你进入开放式办公室，无人问候。你的办公桌在另一端的小隔间里。你到得早，像往常一样。办公室里只有四个人。你能做到的。

你经过他们每一个人时，模式都是一样的：他们的眼睛撞上你的眼睛，脸上浮现出困惑的表情；他们决定如何回应时，脸上露出明显的纠结。其中一个迅速地低下眼，满脸通红；另外两个调整他们的五官，向你同情地点头示意，喃喃自语；第四个人站起身，但是陈给出某种手势，示意不用，还没到时候，她收回了动作。

你毫发无伤地来到你的办公桌前，陈离开你去泡茶。你翻开笨重的纸质记录本，盯着空缺的一周。上面记了一些东西，配上相应的时间——一些一周前看似相当重要的会议。

你把两只手平摊在桌子上，稳住自己。如果你正常呼吸，这就有可能做到。你会做好一天、一周的计划，找到某些能支撑你度过无限时间的安排，某些行动或意义，某些事情。

当陈端着两杯热气腾腾的茶回来时，你仍然紧抓着桌子，他看到你，脸部抽动了一下。

"来，让我帮你。"他坐在一张椅子上滑过来，挤到你身旁，开启电脑，看向你的日记。他用手指着第一个会议，检查名字，转到已爆满的收件箱里，输入一个查询词，找到四封相关邮件，将附件发去打印，然后收起一小沓文件。

"一步一步来，"他说，"看这些，先看日程。用荧光笔标记出来。"

"为什么我要参加？"

他指着你日记本里这周的行程："因为你需要做些事情。没人对你有任何期望。如果你有任何想说的话，做一些笔记。"

他转头继续，边用鼠标滚动着邮件，边在笔记本里做记录，然后打印，将需要回复的消息放在一边。你做不到任何一件事。

每一个约会、每一份名单、每一堆文件都离曾经拥有托比的生活又远了一步。你已经变成了一个他不认识的人，一个连你都不认识的人。

"我就在那边，"陈说，"给我发短信，我十五秒就到。还有，布丽姬特……别看新闻，好吗？或者上社交媒体。不要上网搜索。"

过去的一周里，他一直以朋友的身份待在你身边。当你身体里的一切想要沉下去的时候，是他让你浮在水面。埃德蒙德一定也在为芬恩做着同样的事。而谁在帮助贾拉？

你的心在这重压之下崩溃了，尽管在过去那可怕的一周中，你曾试着找过他。他变得冷漠、遥不可及、疏离。他表现得好像他很好，他不会陷入压倒你和芬恩的突然的哭泣中。你只能坚持认为贾拉是个男孩，他不是家长，对他来说，正常的生活会在将来的某个时间重新开始。他会长大，会痊愈——他会没事的。

一阵钟鸣声提醒你会议快要开始了。你收好文件，拿上一支签字笔、一支粉色记号笔和你的手机。如今在知道了生活会给你带来什么后，你成了你曾经鄙视的人，去哪儿都要带着手机。

办公室现在已经坐满了人，但异常安静，而当你站起身走向会议室时，办公室里变得更加安静了。在你走向会议室的路上，看到的都是不自然的同情的表情。你的同事们低语着他们的悲痛，但犹豫着不上前。你感激他们想要坦言这种悲痛，然而又不会再进一步。你也不知道该说什么。其中一些人加上一句"如果有什么我能做的……"而你点点头。

会议开始了，你坐直身体，盯着会议议程，偶尔会参照一下笔记，用荧光笔标记一些东西，但实际上，你的心不在房间里。

他们小心地不问你任何事情，不提任何要求，不会过长时间地看着你。你很感激。

回到办公桌时，你的桌子上堆满了上午茶礼物——相当于工作场所的"炖牛肉和鸡汤"。松饼、饼干、巧克力……至少没有花。但是今天剩下的时间你该用来做什么？

"归档。"陈说，"你的桌子已经乱了好几个月了。"

你无助地看着桌上堆成山的文件，光看着就已经被打败。但是他伸手越过你，从那堆文件上扯出第一张表。他大声地读出前几行。上面提到一个日期。

"是上周的，"他说，"太迟了。"他把它滑入垃圾桶，"完成，下一个。"

即使是正常的一周，海啸般袭来的文件也是让你受挫的一件事，如果有人问起，你会说，在今天，这一天，这个周一，你完全无法应付这件事。但是陈的督促让你有了一种动力。他离开后，你慢慢地整理那堆文件，不知怎么陷入一种状态，在那种状态里你能理解这些纸张和它们应当被存放的顺序，就像是玩拼图游戏一样。

问题是这一堆文件，每一份都附有一个要求。解决要求的方法，正如陈所展示的，很简单：再多走一步。任何要求过于苛刻的，放到"太过困难"那堆——他允许你创建一个；任何棘手的或不重要的，扔到垃圾桶；其余的归档。

你午餐时间也在工作——尤其要在午餐时间工作，那时人们可能会觉得他们必须进行交谈。下午3点，就在你放慢速度避免那么早完成归档工作时，你的电话响了——你的老板要见你。

在他的办公室里，他站起身问候你，并庄严地点点头，挥手示意你坐到椅子上，并依惯例表达了慰问。他很尴尬，这不是他的强项。当转移到工作上时，他显然松了口气。

"你想离开办公室吗，布丽姬特？"

你感到一阵恐慌："什么？"

"陈和我已经讨论过把考拉的部分考察工作转移到野外。他这周就开始了，你可以和他一起在野外工作一个月左右，做网络分析。"

你脑子转不过弯来：这是低等级的工作，分配给最初级的员工或是新来的毕业生。"嗯。我不认为我现在需要的是野外工作。"你说。

他身子前倾："陈认为你需要一个明确的任务，还有一些新鲜空气。我同意了——如果那是你想要的。"

他们会很乐意让你离开这里，因为没有人知道该如何同绝望的、刚刚失去亲人的人说话。在经过一个月的办公室同情后，如果每天继续送来像今天这么多的松饼和饼干的话，你会成为心脏病患者——这是你曾经会开的那类玩笑。没有人提到过死亡，或儿童，或不幸的意外，连办公室八卦都会避免这些。是的，让你离开对大家都好。感谢政府和它具有灵活性的工作，还有自由支配的预算，陈想出了一个保护你的办法。

你同意了，并和劳勃握了握手。一个月的缓冲时间。等这段时间结束后，你遭受丧亲之痛所带来的令人震惊的影响会在他们身上淡去，某种程度的恢复正常也是有可能的。但现在，你已经被隔离了。

芬恩

　　一阵碎石嘎吱声中，布丽姬特开车离去，芬恩和埃德蒙德沉默了下来。这是一周以来第一次，房子以另一种方式又变得空荡荡的。鹦鹉在外面的花丛中尖声鸣叫着，厨房里还弥漫着浓重的咖啡香味。刚开始尝到的味道令人难以忍受——浓黑的液体泛着金属味——但是芬恩还不能放弃贯穿他整个成人生活的晨间良药，于是他强咽了下去。

　　埃德蒙德把他们的杯子冲洗干净，放好："今天下午我就会回去，我们安排一下如何？"

　　他的本意是好的，芬恩知道，埃德蒙德说得对。布丽姬特回去上班了，贾拉去上学了，如果没有能做的事情，芬恩会崩溃。

　　"我想我们错过了码头雕塑展。"他说，第一次意识到这一点。

　　"我们明年再来，不用担心。"埃德蒙德轻快地说，"让我们先整理好你的工作室，然后再继续。"

　　工作室，在游泳池的那边，成了无人踏足的区域。在警察撒下封锁带后,他就用车链和挂锁锁住了游泳池门。自事发那天起,它就一直维持着原样。

他本可以绕到后门,但埃德蒙德抓住他的手臂,朝着泳池门点了点头。

"你总是要进去的。"

挂锁发出"当啷"一声。芬恩提起链条,感到手中泛着油腻的重量,他把它搭在栅栏上,然后推开门。游泳池躺在远处,清澈,在清晨的阳光下泛起涟漪。他们后院中的怪兽。那里一定有一些证据,证明在那儿发生了什么;但是,除了散落在水底的枯叶,水面还是像以往一样发出诱人的召唤。

芬恩知道,很快,他就得进行维护了:舀出一小瓶水,滴入化学指示剂,等待显示代表酸度的颜色,然后在池中撒入所需化学物质来保持平衡。但是没有任何化学检测能说明发生了什么。

"要我先进去吗?"埃德蒙德说。

芬恩点点头,跟在他身后,眼睛盯着他的脖子。这个人比其他人都待得时间长。就算是康纳,昨天也离开,回去上班了。埃德蒙德已经从经纪人升为朋友。芬恩认为至少有一部分归功于这个男人和布丽姬特有过的一段过往,或者,更有可能的是,归功于他能从芬恩的艺术品里获得的潜在收入,但他仍很感激。

他们沿着泳池的边缘走,芬恩避开不去看那耀眼发光的蓝色水面。埃德蒙德走到"龙侍卫"那儿,拉动铜杆来打开滑动门。他们穿过门,都没有转身看着门关上,然而身后传来的门闩锁上的声音令芬恩打了个冷战。

地板上,发条装置的零部件散落得到处都是。焊枪挂在一旁,工作台上放着一杯浑浊的咖啡。

直到一周前，工作室一直是他的庇护所。他第一个严格意义上的工作空间：他自己搭建的架子，带着长氩罐的电焊机，一个绞车，是从几个街区外的起重机上取下来的，它的挂钩现在正悬在芬恩的艺术品上，为它服务。从双开门往外看，能直接看到泳池区——那天清晨他唯一没看过去的方向。

"我能提个建议吗？"埃德蒙德柔声问。

"什么？"

"做些雕刻，缓解下压力。委托品能等等再做。"

芬恩眨了眨眼，收回思绪："我想我什么也做不了。"

"你需要有些事做，芬恩。"

芬恩拿起焊枪，试探性地举起它，然后又挂回钩子上，断开电焊机。

"换一个地方工作怎么样？"埃德蒙德问，"你能租一间工作室。"

"我们不会留在这儿了，"直到话说出口，芬恩才知道他真的已经做出了这个决定，"我要把房子卖了。我们要回家了。"

当他们第一次看到这个地方时，是那座山让他们下了决心。

他们四个人，为了布丽姬特在初级工业研究所的第二次面试一起飞来这里。那天一直下着雨，在飞机上，芬恩透过云层瞥见了湿透的甘蔗地。作为塔斯马尼亚人，他们习惯了下雨，但当芬恩走出飞机时，迎面的湿气在飞机燃料的润滑下，像是给了他一记耳光。芬恩汗流浃背地穿过停机坪，抱着沉甸甸的不配合的托比，他耷拉着脑袋哭闹着。他在飞机上的大部分时间都尖声哭叫着，芬恩猜他是因为耳朵疼。

"这里总是这么热吗？"贾拉问。

“不是。”布丽姬特回过头说，“在火山爆发的时候，会更热。”

芬恩给他的大儿子一个警告的眼神：不要抱怨，至少在她的面试前不要抱怨。她继续谈论着跨越州界线濒临灭绝的盾状火山、生物多样性热点问题、火山岩心变成的山脉，以及其他未能提起家庭男性成员兴趣的话题。贾拉跟在他们后面走进航站楼，脸色发红，烦躁易怒。

他们取到租好的车，从停车场驶出，朝南开向特伦海堡去吃午餐。他们在河畔找到一家卖鱼和薯条还有海鲜的地方，能坐在里面避雨。

和塔斯马尼亚相比，这儿的海鲜味道比平均水准都要差。绵密的雨滴落在河面上，砸出无数小洞。长相可怕的鹈鹕飞过来，盯着他们的残羹剩饭。芬恩仍然汗流浃背、难受不已，他的衬衫紧贴在皮肤上。布丽姬特去换过衣服，回来时穿着一套衣衫紧扣、与气候不适宜、并且看上去分外奇怪的新衣服。

“我们走吧。”她说，“我进去前需要吹上三十分钟的冷气，否则我会湿得像从水里捞出来的一样。”

他们穿过特伦海堡，驶向太平洋高速路。他已经开始讨厌这个布丽姬特基于工作为他们挑选的小镇，讨厌它激增的养老院，讨厌它和她母亲在黄金海岸长大的地方的相似性。这是一个用力过猛的大型退休城镇，紧靠着它的双子城——巨大傲慢的库伦加塔，用力更过猛。两个不同的时区进一步加大了文化冲突。平坦，炎热，潮湿，多雨。他怎么能住在这儿？布丽姬特怎么会认为这行得通呢？

这都是他的错。他和桑德拉并没有发生实际关系——只不过是不受控制地接吻罢了，他们都不想失去他们的婚姻。这是一件愚蠢的事情，或者，实际上，三件愚蠢的事情。第二次和第三次，他们没有喝醉。芬恩不擅长撒谎，布丽姬特很快就发现她的丈夫和她最要好的朋友之间有些异常，她从他嘴里得知后就爆发了。所以这次搬家由她做主，他别无选择，只好同意。

随着高速路略微偏向西南方，雨停了下来，云也消散了。在平坦的种满甘蔗的平原外，隆起一块巨石——令人震惊的巨大，它背后是起伏的山脉。

芬恩瞪大双眼："那是什么鬼东西？"

布丽姬特笑了："'沃伦彬'，或者叫'抓云者'，更广为人知的称呼是沃宁山。我告诉过你，记得吗？那是火山的固体核心，其他部分都已消失了。四周的山脉？那是火山口。落了四十下，想象一下那喷发的场面。"

他们避开迎面闪着双闪、鸣笛而过的来车，下了高速路，沿着特德河蜿蜒的道路，以Z字形向着大山开去。雨过后，这个地方发着光。路边和甘蔗地里升起蒸汽，绿色的光影刺痛了芬恩的双眼。贾拉和托比饶有兴致地四处张望。

他在布丽姬特下车时祝她好运，然后调大冷气，带孩子们去兜风。他们开出小镇，沿着指示牌开去沃宁山。他们开过甘蔗地，经过牧场，越过树林，在山脚下的停车场停好车。周围是茂密、阴冷的雨林，山间隐藏的小溪缓缓流过，告示牌警示着不能在晚间试图爬山，或是不允许不尊重邦加隆传统的人爬山。他们渴望地盯着天穹，试图看到山顶。

原本的打算是到海边，住进海滨房。布丽姬特选择了堤维德岬，或是它南面的一个沿海村庄，作为他们新生活的居所，还为她的母亲找到了一家养老院。她已经挑出了几间海边的房子，建议他们在她面试的时候开车去看看。但是在他们返回莫维伦巴的路上，贾拉在他的手机上搜索着。

"这个怎么样，爸爸？就在拐角那儿。"

他斜过手机，芬恩看到屏幕里缩小了的紫色封檐板和红边、一个郁郁葱葱的花园、一个游泳池。

"你不想住在海边吗，贾拉？"他问——只是为了以防万一。

"不想。"贾拉说，"你想吗？"

"不想。让我们去看看。"

他早就知道了，甚至早在他们停到房前、透过灌木往花园里看之前，甚至早在他发现那间多余的房间——跟房子分开，俯瞰着游泳池，完美符合成为他的第一间真正的艺术工作室的条件——之前，他就知道这间紫色的房子会是他们的。布丽姬特做主搬到了北海岸，但是芬恩和孩子们选择住在火山里。

在厨房里，芬恩能听到房地产经纪人在楼上的脚步声，她跟着埃德蒙德四下转着，发出高频率的"咔嗒"声，声音停顿时，她站在敞开的门口，数着卧室，评估内置衣橱安装与否，检查窗户方位和到洗手间的距离。她跟着埃德蒙德下楼，穿过客厅、洗手间、活动室、厨房，然后停下来，朝着游泳池的方向望去。

"我可以吗？"

芬恩点点头。她当然知道，每个人都知道。即使她没看过本地报纸，傻子也能看出来他们家里发生了什么可怕的事情：鲜花塞满了每个角落，最娇嫩的那些已经开始枯萎，能长久维持生机的品种令人生厌地盛放着，空气里弥漫着花瓶里的水和花粉的臭味；散乱的慰问卡片成堆地放着，碎裂的木板，"猫头鹰哨兵"

扭曲的残骸，上锁的泳池门，屋前延伸到马路上的灵坛。

埃德蒙德带她去了游泳池，他们不到五分钟就回来了。

"布伦南先生，这是一栋漂亮的房子。"她说，"迷人的漆工，好方位，充满了个性。"她坐下，"但恕我直言，房子会很难卖出去。悲剧事件会对地产造成影响，对房子感兴趣的人会讨价还价。可能会花上一段时间，你可能需要承担相当大的损失。"

损失都是相对的，芬恩说道："没关系，我想离开这里。我们可以让它空着，不是吗？"

她摇摇头："空房子会传达错误的信息，你必须让它看上去正常。"

"租给房客呢？"埃德蒙德建议。

"你会遇到一些同样的问题，"她说，"会有……抵触……住在发生过悲剧的地方，但如果租金足够低的话，你能招到人。但这样也没有传达出一个好信息。你最好能找到一个看房人，以保持房子整洁。当然，这会有费用问题。"

"这是需要考虑的一点。"埃德蒙德说道，他变得擅于插入芬恩的沉默造成的谈话间的空隙，为芬恩整理思绪争取些时间，"还有其他要注意的吗？"

"我看到你这儿需要一些修理。"她谨慎地说道，"如果你需要帮忙做好验房的准备，我儿子汤姆是个杂务工，他很出色。我能让他今天下午顺道过来，给你一个报价。"

芬恩点点头，尽管他根本没有在听。"验房？"他最后重复了一遍。

"事情是这样的，"她说，"我们不想让你看起来很绝望。这是一栋好房子，我们不想让人注意到这儿发生了什么，所以这栋房子需要被打扫得整洁干净，花园保持良好状态，游泳池看起来干净，维护得宜。你应该……清理一下……你儿子的房间。"

芬恩站起身，走到窗前，他无法镇定地坐着，他不想让她看到他颤抖的下巴。

"我知道这有多难。"她对着他的背影说，"我丈夫死于动脉瘤，而他的人身保险已失效。我不得不在一个月内把我们的家放到市场上出售。汤姆和我都知道你们正在经历什么。"

芬恩转过身。他之前就认为在她职业面孔后藏着故事。

安吉拉把她的名片滑到桌上，站起身："我们先试着在市场外出售。没有标语，没有广告。我只会带有兴趣的合格买家过来。"

芬恩点点头："我想现在就开始。我只需要和我妻子谈谈。"

"还有一件事——你最好把房子前面的鲜花清理掉。"

她握了握他的手，埃德蒙德陪她走了出去，留下芬恩一人。透过水槽上方的窗户，他能看到游泳池。

布丽姬特的收入维持着他们的生活。他的艺术作品一直是浮在表面的奶油——不够支付房屋抵押贷款，更不用说同时再租上一间房子。但现在埃德蒙德找来了愿意花数千元来买他的作品的人，这些交易肯定能让他们离开这里，回到霍巴特吧？

他踱来踱去，直到埃德蒙德回到房里："我们来谈谈委托吧。"

"如果你能完成第一笔委托，其他客户就会接踵而来。"

"我以为他们已经定下了。"

埃德蒙德耸耸肩："以你能进入码头雕刻展为基础。但是第一份委托已签过字了，我想我能争取到另一个客户。"

"我需要足够的钱带我们回家，并且在布丽姬特找工作时维持我们的生活。"

　　埃德蒙德想了一会儿："这么说吧。拆开'龙侍卫'，把它改装成第一个委托作品，比从头开始要容易些。"

　　芬恩点点头，他能做到。这不是艺术，这是离开的机会。

　　看到能被付诸实践的前景，埃德蒙德显然松了一口气："我们先让那个杂务工开始干活吧，你的时间最好花在工作上。他能拆掉'猫头鹰哨兵'，修补门板，换掉门闩。一旦一切安排妥当，我离开也能放心些。"

　　他走过来，站在芬恩身旁，靠得如此近，他们几乎快碰触到对方。他说："如果你愿意，我去清理灵坛？"

　　芬恩点了点头。他知道那是什么：整个镇子表达同情的方式。但他再也忍受不了了，每一次他们走出门外，它就像是一种谴责。

贾拉

当我拐到街上，我看到那些东西不见了：泰迪熊、鲜花、插在铁丝里的卡片、玻璃罐里燃烧着的蜡烛，全都消失了。

没有人知道，但我一直往里添着东西：一两朵我在回家路上捡到的花，我试着确保一直燃烧着的蜡烛——不是那种带电池的蜡烛，是真的蜡烛。有人留下了一盏小玻璃灯，我会在早上和夜间、在没有人看见的时候，在里面放上新蜡烛，点亮它们。

曾经摆满鲜花的草地现在只留下一片褐色，几片破碎的花瓣，一两根熄灭的火柴。

这些日子以来，当我回到家，我不知道又会失去什么。

我踢开大门，把自行车推了进去，将下午4点列入"我所讨厌的时间"的名单。回家曾经是我和托比在一起的时光，那时妈妈在上班，而爸爸在他的工作室里。

我想知道爸爸整天都在做什么。我走到房子近处，突然走廊里"砰"的一声巨响把我吓了一跳。我没有注意到小装置下面蹲着一个人，他手里拿着某种工具。

"你是谁？"我脱口而出。

他跳起来，转过身，在空中挥着扳手："伙计，你吓了我一跳。我是汤姆。"

就像他的名字意味着什么一样。他比我起先想象的要年轻——比我大不了多少。我一直盯着他。

"我在修东西。"他补充道，"你的——爸爸，是吗？他想要在售房前把一些东西修好。嘿，帮我把这东西从墙上抬起来？"

"爸爸不在这儿吗？"

他摇摇头："他和另一个人出去了。"

我把自行车扔到草地上，重重地踏上走廊前的三个台阶，走到他旁边，站在挂在破碎封檐板上被砸坏的金属制品前。汤姆已经把它整理好，卸好螺钉，在下方铺好一张沾满油漆的床单。

"放到那儿去。"他指了指。当我双手抓上那个东西时，他也上了手，对我点头示意抬起来。它拖着电线和螺母，从墙上脱落，我们蹲下身，将它放到床单上。

"谢谢，"他说，用扳手将它扳弯，"现在我一个人能行了。"

我站起身，后退几步。越过他弯曲的脊背，走进厨房，好奇爸爸和埃德蒙德去了哪里。我吃完一大碗加满牛奶的麦片粥，好像它会给我答案一样，然而并没有。

我用意念让汤姆离开，结果成功了。

十分钟后，他敲了敲门："告诉你爸爸，我明早第一时间带着木材过来。我估计我明天就能完成。"

"好的，"我说，"在房子出售前。"

"我不知道，那是我妈妈那边的事，我只是个打杂的。"他在工作服上擦着手，透过玻璃看着我，"对你弟弟的事情感到很难过，伙计。"

这让我很吃惊：我从没见过他，镇上的每个人都知道发生了什么吗？这个杂务工——汤姆——说出这句话，既不显得奇怪，又不显得尴尬或之类的。

"噢，"我傻傻地点点头，"嗯，谢谢。"

"回见。"他转过身，在我还没来得及回答之前就走下了台阶。他穿过草地，抬着头，像是他不在乎任何事情。他比我大不了多少，但是已经离开学校，干着自己的事情。

我走出门，那样东西已经不见了，我没看到他是如何处理它的，墙上只剩下一个被砸裂的洞。

游泳池的门上没有锁链，家里也没有其他人。这是我第一次独自在家。

我走到门口，推开它。水池清洗器被堵住了，在泳池池底发出咕噜声，它在过去的一周里吸走了所有吹落在泳池里的枯叶。我盯着水面，好像它会有答案一样。如果我在家，那件事就不会发生。过去的时间还没有久到让我忘记托比进到泳池区，然后掉进泳池里淹死了这件事。

听到爸爸的车停在屋外的路上，我闩上门，等他走上台阶时，我正坐在厨房的桌子旁，像是一切正常。

"嘿，"他说，"我刚把埃德蒙德送到机场。你今天过得怎么样？"

"我不知道我们正在卖房子。"

他停下来，一片死寂。过了一会儿，他叹了口气，走到水壶旁，提起水壶。那东西不再是用来烧水的了，它代表着糟糕的时刻。

"一个叫汤姆的人说他能明早按时完成修理，便于出售。"

水涌出龙头，他接上满满一壶水。这是妈妈曾经跟他争辩过的坏习惯：每次他想泡杯茶时，都要烧上两升水。

他烧上水："一切都未下定论，贾拉。"

我什么也没说，直到水壶嘶鸣着，最终在沉默中沸腾。他把水倒在杯子里，轻轻晃动着茶包，加入牛奶。然后看向我："老实说，你不会告诉我你想要留在这座房子里吧。"

我耸耸肩："我们要去哪儿？"

"当然是，我们归属的地方。"他说，"我们需要家人和朋友，贾拉，在这样的时刻。"

这听起来像是他排练过的台词。但我明白了，我明白他为什么想要和他的兄弟姐妹在一起：如果我有一个兄弟，我会想和他在一起。

而我又成了父母唯一的儿子。我在塔斯马尼亚有堂兄妹，他们很好，但是他们不是我的亲兄弟；只有托比曾是这个世界上我最亲近的人。

"我不想给你妈妈更多压力，"爸爸说，"我只是看看所有的选项，看看我们能做什么，能如何尽可能轻松地回家。一切都会好的。"并不会，搬家从不会让一切变好。我最不想去的地方就是塔斯马尼亚。

"等你妈妈回家后我会和她谈的，在此之前你能先不说吗？"

"无所谓。"以前，我不被允许对父母说这样的话，"我还有作业。"我站起身。

"给我一个拥抱。"

我并不想。并不是我们家里从不会拥抱——我们会——爸爸的拥抱以能碾碎骨头著称。问题就在这儿，我不认为我能扛住他的一个拥抱。但他的下巴颤抖着，我也忍不住颤抖。我咬紧牙关，走进他的怀抱。我尽可能快地退出来，抓起书包，朝楼上走去。我关上门，"扑通"一声倒在床上。

爸爸在塔斯马尼亚有家人，而我有奥利弗·诺依曼。

最糟糕的是，我们的父母是朋友。在学校里要面对他已经够糟的了，即使他比我高几年级，而之后我们会去诺依曼家参加周日的烧烤聚会。托比那时还小，午饭后他就会在他汽车形状的床上熟睡，我会被赶去奥利弗·诺依曼的卧室里"玩耍"，大人们则会开上另一瓶酒。

"别他妈的靠近我，你这个变态。"他会这么说，然后打开电脑。我会坐在房间另一头的椅子上——在他上网时从屏幕那儿不到的地方。当他发现有能找我麻烦的事情时，他会停下来。

"碰我一下，我他妈就会杀了你。"他经常这么说。

我是有什么问题吗？我并不想碰他。要不是他不停地这么说，我是不会想到这事的。我花好几小时，坐在他的椅子上，祈祷他能找到些可看的东西，忘了我在这儿。

"看看这个，变态，"他有一次说道，"那些愚蠢的家长不知道怎么设置家长控制。"

屏幕上出现的画面是三个赤裸的男人。我花了好一会儿才明白发生了什么事，他们的下体在哪儿。我感到一阵恶心。

"喜欢那样，是不是？"

"真恶心。"我转过头，但在那之前，我看到他短裤那里鼓起一团。

"别那样看着我，"他厉声说，"像是你想把它放到你该死的嘴里一样。"

那一次我动了。我穿过房间，打开门，走了出去。

"别以为你能逃避，贾拉，"他在我身后喊道，"不管你逃得多快。"

我在他跟上来前穿过走廊，来到楼下。大人们还在客厅里谈笑着。我在楼下的洗衣房里找到一个大的嵌入式衣橱，把自己塞进去。它散发着干净的床单气味，我闭上双眼，试着忘记那些男人的图像。我在里面待了两小时，直到到了回家的时间，我才偷偷溜出来。

没有用，我仍然能记得。我仍然记得奥利弗·诺依曼嘲笑我时他脸上的表情。自从我们来到莫维伦巴后，我主要的成就就是没有在任何人脸上再看到那种表情。

塔斯马尼亚——爸爸称之为"家"的地方。

布丽姬特

你关节间的软骨、骨髓、血管都泛着一股疲倦，疲倦于在工作的每一分钟里决定做些什么，以及决定在晚上清醒的每一刻该做什么。这种疲倦让你无法再面对其他任何事，疲倦到当芬恩告诉你他让一名经纪人评估你的房子时，都没力气愤怒。

"我在考虑我们的选择，试着减轻你的压力。"他说。

你无法想象再回到企业部门或大学工作，回到霍巴特，住在熟悉的山丘和山谷之间，威灵顿峰盘旋在上空，山脚下围着一圈港口，山上挤满了小房子——在那种寒冷的气候下，大多数后院里都没有游泳池。安全而熟悉。

"如果我能拿下足够的委托，比如两到三份，我们就可以直接走了，"芬恩说，"你没有工作也没关系。"

失去工作，那还有什么能机械性地消磨时间？失去那些温柔牵引着你连接世界的细线，谁知道多久后你会在何处坠落？

"我需要工作，芬恩。"

他点点头："当然。但是我们必须回家。"

你转过身，将手放在长椅上。外面的天空中闪着各种各样的红色和橙色的光点，其间夹杂着飞狐，它们从巢里涌出飞入夜空中。你还记得，霍巴特散发着薰衣草、湿咸空旷的海洋和南极洲的味道。这里闻起来像在亚洲：香菇味、鸡蛋花味、霉味和蝙蝠屎味。你一直以来都是个外乡人，远离你的同类。如果你留在家乡，这一切就不会发生。

吃过晚饭后不久，当你躺在床上时，芬恩朝你伸过手，第一次，在他的怀里，某种意图嗡嗡作响。在过去的七天里，你们或单独，或一起在晚上哭泣着，但是其中没有欲望。而现在，突然间，你感到欲望在他身体里燃烧。

也许，这会是一种安慰和释放，肌肤、呼吸和生命紧密相连。你将自己拼凑为人形，那些连接的线是如此细弱紧绷，任何事情都能让它们突然绷断。你创造了一个人，一个能让你熬过去的人，一个能在某时某刻忘记自己从水中拖出她淹死的儿子的人。

你不能去想那件事。你可以想想芬恩和那扇门，还有那愚蠢的"猫头鹰哨兵"。你能想想你的大儿子，你平凡的儿子。摧毁你世界的不是贾拉。贾拉是——并且仍会是——完全符合你期望的孩子，你能想到的最普通的孩子。

另一方面，托比，除了给你带来惊喜外就没有别的了。他不受控制地冲入这个世界。"一股来自自然的力量"，芬恩曾这么称呼他，就像他要吞噬掉这个世界一样。你现在明白，像那样活着是如此危险：面对世界无所畏惧，而人本应对世界心存畏惧的。

芬恩靠向你，在他的身体压向你的身体时，他像是一个陌生人，如此迟疑，颤抖着靠近你。

"求你了。"他低声说。他慢慢地把你拉向他，不敢有要求。你几乎希望他别再问了，别再让你做决定，直接要你就对了，让你迷失于激烈的爱欲中，忘掉痛苦。

你的身体背叛了意志，感受到了他，接着涌起某种原始生理冲动，于是你突然变得极度渴望。你翻身，跨坐在他身上，感受到他的讶异和他与之相匹的欲望。你不能吻他，不能那样做，但在你们肢体交缠了一会儿后，你调整好姿势，猛地压下身子，让他进入你。你喉间发出低沉的呻吟，他也一样，你双手撑在他胸前，猛烈地上下起伏着身子。在几秒间就从冷淡变为热烈，既强硬又湿滑，痛苦的同时又无法抗拒。冲动如潮，就如你是尝过死亡滋味，别无所求的动物一样。

你快高潮了，你对此不可置信。当你真的到了时，它就像熊熊燃烧的愤怒一般卷过身体。你低头看着他的脸，在那一瞬间，你整个人都恨他。他的眼睛微微转向后面，弓起身子喊出声；而在你的脑海里，你已经杀了他，滑过你身体的不是爱欲，而是流出的血。这是唯一能与罪行相匹配的惩罚，你的愤怒将毁灭他。

你滑下身子，他将你拉到身下，呜咽着，在你胸前笨拙地抽泣着。然后他沉默下来，一会儿又抽搐了一下，你知道他已经陷入高潮后的睡眠。你躺在他身旁，深深地颤抖着。向外界敞开心门，向他敞开心门，都是危险的。来了，你感到一阵你无法发出声的原始的尖叫要开始了。于是你从他身边滚开，紧紧夹住双腿，咬紧牙关，压下这阵尖叫，将它压回它黑暗的藏身处，关上盖子。

他睡着了，可恶的他睡得像个孩子一样，浑身是汗，焦躁不安，发出低沉的呜咽和哭喊，但从不曾醒来。托比曾经也像这样睡着，你经常会被他的抽搐和低语弄醒。他会在清晨活力满满地醒来，而你像散架了一样。高潮助长了你的愤怒，让它更加肆意聚集在芬恩身上：他竟敢睡着，竟敢呼吸，竟敢汗流浃背，竟敢哭泣，竟敢让身体发泄。

你曾想过，过了一周后，你们也许能够安慰彼此。但是你的愤怒不断加深、扩大，变得不可阻挡，融入为你身体的根本。它成为你悲伤的支柱，成为和悲伤同等但又对立的力量。

床头钟上的数字飞快地跳动着，在黑暗中闪烁着红光，外面晚间的嘈杂声喧闹着，又渐渐淡下去，夜最深、最安静的时刻到来了，不知怎么，又永远消失了。你不能待在芬恩附近，但你也不能离他太远，否则那支撑着你的力量会就此崩塌。

他在第一缕晨光中醒来，大概刚过了凌晨5点。你听到他恢复意识，他睁开厚重的眼皮，用舌头湿润着嘴唇，指甲在肚皮上挠出划痕。一切都令人厌恶。

你用手肘支起身子，别过脸不看他，看着窗外。他翻到你身后，伸出一只手，握在你腰部的曲线上。

"我想让你睡到别的地方。"

在沉默、震惊过后，他从你身上挪下他的手。唯一多出的那间房间是托比的，它仍未被改变过。你能感受到你们之间的空气中弥漫着他的不可置信。

"工作室。"你说，"那里能放下一张床。"

"贾拉会怎么想？"

你几乎想笑出来："他会认为这个世界已经完蛋了，芬恩。"

你站起身，开始穿衣服，一直背对着他。

贾拉

"怎么样，爵士小伙？周末还行吗？"

我讨厌别人问我这个问题。但这是劳拉，她挽着我的胳膊，看着我，满是温柔和担心，我也不那么介意了。

"还行。"我的标准回答。这意味着我大概能度过这一天而不会崩溃。我并没有崩溃过，没有在众人面前崩溃过。自从托比的葬礼后，我就没有哭过，没有在公众场合哭过。也许这就是他们都已经忘记的原因。

他们都是这样的孩子：葬礼已经过去十天了，一半人好像已经忘记我弟弟死了。他们的生活一如既往地继续着：因愚蠢的东西而烦恼，因愚蠢的东西而兴奋。

除了劳拉，她没有忘记。

"放学后等我？"她在我耳边低声说。

"干什么？"

"你会知道的。"她眨了眨眼，就去上课了。

托比去世后的日子，一切都不一样了。并不是说他去世之前的生活很美好，但我知道我能有所期待。我知道劳拉是我无法企及的，知道不要挡着那些"危险人物"的路，知道比利和我一样孤独和奇怪，知道有时我们聚在一起会比各自单独行动形成一个更大的目标——我一直小心翼翼地不常和他聚在一起。

现在，那些危险的孩子不理我了，比利不够酷，不够格和我一起玩，而劳拉成为我最要好的朋友。在早上的校车上，她会给我留个座位；她会从过道往下看，追寻我的视线，然后报以微笑；当我坐下时，她会问那个问题：过得怎么样，爵士小伙？下午，我会观看她在戏剧社的排练，或在她上班的比萨店的隔间里做作业，然后由她妈妈送回家。

我这个年纪的人从不曾像她那样看着我。我想办法控制我的表情，这样她就看不到她的目光对我造成的影响。校车上，我坐在她旁边，我们的腿微微触碰着，有时她会把一只手放在我的肩上，或是挨着我的胳膊。她表现得很随意，就像我会那么触碰托比一样，就像她从没想过会被拒绝——我想这种情况没有出现过。

当她走过学校的走廊，人们会转过身来，他们露出的笑容是真诚的；当劳拉在课堂上知道某个问题的答案，她就会举手说出来，她不掩饰自己的聪明；她完成家庭作业，但她不是一个完美主义者；她不奉承人，但是她举止良好。她很正常，很漂亮，很聪明，很受欢迎。她甚至和她的母亲相处得很好，顺便说一句，她母亲对我真的很好。

我多希望我能更加享受这一切。有时，在那么一瞬间，我几乎忘记了托比的事。那时会更糟糕，因为它会再一次击中我的五脏六腑。

我下午在校门口见到了她，以为我们会步行到公交车站。她露出一个古怪的笑容，没有看我的眼睛。

"我们走。"她说，然后迅速朝着相反的方向走去，我得加快脚步才能跟上。

学校后面有一大片杂乱的灌木丛，周围满是垃圾和杂草，到处都散发着一股蝙蝠味，因为在树丛里睡着上千只蝙蝠，这防止了大部分人到里面去。但是在它中间有一个地方似乎没人知道，那里远离蝙蝠，有一条小溪穿过那片高大的树林——或者说森林。我在那儿消磨过几次午餐时间。

劳拉停在边上，回头看了一眼，确定我跟着她。我们穿过垃圾，找到那条曲折蜿蜒的小道。地面上覆盖着枯叶，林子里充斥着喧闹声，当我们走过时，蝙蝠尖叫着，拍打着翅膀。我跟着她穿过树林，一直走到小溪边。她停了下来，把书包扔在地上，走下河岸，站在比我低一些的地方。黄褐色的水奔涌着，水面因为前一晚的雨上涨了。她转身，露出和平时一样的微笑，伸出手，牵过我的手，将我拉向她，直到我们几乎贴在一起。

"我知道你还没……"她轻声说。

我几乎不能呼吸：她想让我吻她。我不知道该怎么做，我的胃里翻滚着，我想要像一只动物一样迅速逃开，穿过树林，冲到阳光下，全速跑回家。

她笑了一下："你在发抖，没那么可怕！"

她离我如此近，我能感受脖颈间传来她的呼吸。她松开我的手，抬起胳膊，圈住我的脖子。我想吻她，身子却无法动弹，我害怕会做错。

她拉过我，直到我们双唇相接。她闭上了眼睛，但我一直睁大着眼，感觉我可能会摔倒。当她把舌头伸入我嘴中时，那股怪异的感觉让我不得不克制住自己不把她推开。

我快满十六岁了，我在荧屏上看过数百万次的接吻，现实生活中也看过一些，但它们并没有任何帮助。我起步较晚。我本应该做好准备的，但那会感觉很奇怪。

我揽住她的腰，努力地回吻着她。

她挣脱出来："悠着点，爵士小伙。细致点，慢一点。"

好吧，少用点舌头。我又试了一次，她在我怀里开始软下身体。我已经掌握了窍门，实际上，感觉并不太坏。她靠得更近了，我感到她的胸擦过我的胸口，引起一阵触电般的感觉。

过了几分钟，她退回身子，睁开双眼。我试着读懂她的表情，我是无可救药了吗？

"嗯。"我说了声，停了下来。

"我们该走了，"她说，"数学补习后，妈妈会在4点来接我。"

"数学补习？"

她耸耸肩："翘掉了。要搭车吗？"

"好。"

我不知道我是否做对了。我想再吻她一次，但我没有足够的勇气。我担心吃完早餐后没有刷牙——没人会在学校刷牙，不是吗？——会让我有难闻的口气。

她抓着我的手，这意味着什么？我们肩并肩走在狭窄的小路上，我擦过身旁的树枝。当我们接近树林边时，我意识到我不想走出去。虽然那个吻带来奇怪的感觉，但第一次，我在那段时间里没有想起托比。

我停下来，拉过她："嘿。"

　　她走过来，双手捧着我的脸。这一次我知道会发生什么，于是我弯下身，迎接她。我闭上眼，专注于她的双唇落在我唇上的感觉，它让我更自然地张开嘴。

　　时间很短，但当她退回身时，她在笑。

　　"学得很快，小伙子。现在快走吧，我妈妈在等着。"

　　她拉过我的手，我们跑了起来。我不在意迎面往脸上拍来的树枝，我也在笑。我们的第二个吻没有那么奇怪，感觉更像一个十几岁的男孩亲吻着他崇拜的女孩。这感觉真好。

芬恩

芬恩把他颤抖的双手放到工作台上，休息着，用嘴呼吸来避免闻到钢水和臭氧散发的异味。当他第一次听到那声叫喊时，他的鼻孔里就充满了这种味道。他松开扳机，抬起护目镜，又听到了那个叫喊声。那个谁都不该听到的叫喊声，布丽姬特找到托比时发出的叫喊声。

他咬紧了牙关。他想要将喷枪从放置喷枪处扯下来，扔过栅栏，或是冲着他面前工作台上摆放的被分解的"龙侍卫"喷射，将那堆装置全部熔化掉。曾经，芬恩会投入于雕塑中，逐渐抽身于外界，唯一真实存在的只有木材、钢铁、铜水和臭氧的味道。他再也无法进入那种状态了。让世界和时间消失的状态太过危险了。没有什么能磨灭在他的儿子溺水时，他却背对着泳池焊接着东西这一事实。

他真的答应过埃德蒙德他会创造出更多这样的东西吗？如此漂亮，如此闪闪发光，如此致命的东西。在没有其他合理解释的情况下，"猫头鹰哨兵"似乎真的出问题了。托比还能有其他进入泳池的办法吗？甚至警察似乎也毫无头绪。埃文斯探长对他们又进行了一次问讯，提问的语气更险恶，但很明显她也不知道。

一切都很不好。他脱下护目镜，扔到工作台上。他直起身，伸展了一下弯曲的脊背，大步走到门口，朝房子走去。他不得不去想。当她白天上班时，他可以假装他仍住在房子里，无须穿过那条隔开他和布丽姬特的鸿沟——可游泳池实实在在地隔在他俩之间。

芬恩准备好原子咖啡机，放到燃气灶上。当机器加热时，他感到一阵恶心，厨房里弥漫着金属的味道，喉咙里泛起胃酸的灼烧感。他关掉煤气，端起机器走到门口，把它用力扔到花园里。

随着那东西弹过草坪，他看到梅瑞迪斯正关上她身后的门。芬恩轻轻呻吟了一声，闭上了眼：难道让他不被关注地发泄一会儿都是过分的要求吗？

当他睁开眼睛时，她正朝他走来。"芬恩。"她低声说道。至少她没试图用轻快的声音问候他。

"倒霉的一天。"他说，没有看她。

"我路过这儿，想着我该来看看你过得怎么样。在那里工作是不容易。"

芬恩开始哭泣。眼泪下意识地流出来，他无助地哭泣着，泪水浸湿了他的脸。

"我们进去吧。"梅瑞迪斯说着，轻轻地把手放在他的胳膊上。他由着她转过他的身体，领着他走上台阶。然后不知道怎么回事，他发现自己坐在桌子旁，而她则忙着摆弄水壶、牛奶和杯子。

"你会发现茶配着这个更好喝。"她从手提包里拿出一小瓶白兰地。上午10点闻到的酒精味让芬恩感到一阵眩晕。他喝了一大口加了白兰地的茶，灼烧感顺着茶水一路流下。

"你一直带着那个？"

她笑了，一个小小的、悲伤的微笑："不幸的是，是的。"

芬恩又喝了一大口："上周我叫了一个房产经纪人过来看看，我想出售这座房子。我们还没签字或定下其他事。但是她刚打电话来说她找到了一个有兴趣购买的人，那人只有今天在镇上。"

"所以你要离开？"

芬恩点点头："我是这么想的。但是她需要我清理托比的房间。"他摸索着拿过一张纸巾，擤了下鼻子，又喝了一大口茶。

"她什么时候带他过来？"

"一小时内。"芬恩感到胸前起伏着。随着房前鲜花、蜡烛和泰迪熊的消失，托比的房间成了他们的私人灵坛。从托比去世的那一天起，变动它似乎是踏出不可挽回的一步，而对走出这一步，布丽姬特应该有话语权。但是发短信，或打电话询问她的想法，这种做法简直糟糕透顶。

"需要我帮忙吗？"当他不予回答时，梅瑞迪斯递给他另一张纸巾，"我向你保证，我会带着爱去做这件事。"

自从托比去世后，芬恩和布丽姬特之间就没有再说过"爱"这个词。他太害怕了，不敢说出来；他太害怕她的回答，害怕她眼中的恨意会被表达出来。他毫无怨言地搬到泳池那边的工作室里，在那里同样忍受着不堪忍受的夜晚。他离得够远了，她不需要把他推得更远。他在一个安全的距离范围内等待，看看会发生何事。

他看向梅瑞迪斯，她的手提包里放着白兰地，她来自一个为逝去孩子成立的基金会，面带理解的表情。

"我不能进去，你能做到吗？"

"可以。"

"我想车库里还有一些箱子。"他模糊地指了指方向。

她站起身："交给我吧。你为什么不打扫一下客厅？用吸尘器清理一下？一小时内，我们两个人能把房子整理得看上去还行。"

芬恩看着她穿过草坪，打开车库，找到那些箱子，然后把它们拿回来。她出现在他最需要帮助的那一刻，她的手提包里放着白兰地，她很愿意帮忙。他为什么对她喜欢不起来呢？

布丽姬特

这是你第二个工作周，这些日子已经形成了一个模式：你从车库倒出车，开车来到办公室；你在停车场和陈碰头，换到一辆公务四驱车上，前往被认定为可能的或已知的考拉栖息地。你的身子在动，你会吃饭，你看起来还活着。

陈让你负责开车，每天给你列出一份任务清单。起初，你感到一种模糊的由怨恨带来的刺痛感，他似乎把这段时间当成假日。几天后你意识到，他是故意的：他接受无聊度日，所以你能保持忙碌。

他似乎习惯环顾四周，然后发现你在哭泣。他并没有试图阻止你，他没有说任何关于时间能让你痊愈的话，他甚至连茶都不给你。目前为止，他是唯一能忍受仅仅陪着你的人。你以前从不曾知道，这是多么难得的品质。

今天，你沿着崎岖不平的丛林小道一路披荆斩棘地往前走着，当你出现在巨大的火山口陡峭的一侧，俯视着中央升起的倾斜的圆锥形物体时，你被这个地方的深深的陌生感所震撼。托比死去的这个地区有着令人厌恶的肥沃。你在这里只要背过身一会儿，就会有一株植物的幼苗长得高过你的头顶。但就像这片土地给予的那样迅速，它会再次收走——夺回生命，蹂躏它，毁灭它，索取它。在你眨眼之前，一切死亡的都已腐烂。

午餐时，你感到一丝危险。也许是因为你把双腿悬在一座旧火山的边缘，也许是因为你对芬恩的愤怒开始沸腾，变得更深。和往常一样，陈带了午饭：包着鸡肉、面条和薄荷的米纸卷，包着炸丸子和鹰嘴豆泥的薄圆饼，专业的手法，装在放着冰块的小冰箱里，这样能使它们保持新鲜可口。你几乎无法让自己吃下芬恩做的任何东西，多亏了陈的午餐，你得到了营养。

"你怎么会没结婚呢？"你问道，捡起一块鹅卵石，手抬过肩扔到山谷里。

他耸了耸肩："工作加上攻读博士学位，没留下多少时间去干其他事。你知道的。"

你做了个懊悔的表情："我刚读博士的时候就已经结婚了，但六年的学习时间对芬恩来说仍是一个过分的要求。"

"我养成了一个人的习惯。"他从一旁看着你，"然后是——好吧，我喜欢的人似乎总是都已结婚。"

带着危险性的调情突然显得如此愚蠢。你退缩了："好吧，你是个很棒的厨师。"

他拿起另一个米纸卷，用你不值得得到的温柔问道："你告诉你妈妈了吗？"

疗养院护士长到前台迎接你，脸上带着一副同情的表情，伸出手臂想拍拍你，或抓住你，又或是拥抱你。在电话里，她答应保守跟托比相关的秘密，同意这个消息会带来心理创伤——而且可能不得不多次向你的母亲重复。

"我们很难过。"她说。你退后几步，点头，用"是""是的"答应着，让她先走。

"没有人说漏嘴，是吗？她还没发现吧？"

"她什么都不知道。所有人都收到了指示。"

"很好。"你说，转身沿着走廊走去你母亲的房间。你能做到。

"布丽姬特，"护士长在你身后喊道，"她今天在犯糊涂。"

她坐在窗前她那张舒适的扶手椅上，望着外面的花园。你在她的房间门口站了一会儿，做好准备。你永远不会知道从上一次探望到这一次探望期间她的状态会发生什么变化，她毫不介意你不再是几周前来访时的那个人，那个只是因为工作累了，就觉得那是糟糕的一天的人。

"哦，你好。"她说。你集中注意力，发现她抬头看着你，微笑着。

你强迫自己回以微笑，眨回眼中你不曾意识到的泪水："你好，妈妈。"

"我不是你的母亲，亲爱的，"她说，同情地点了点头，"你不知道她在哪儿吗？"

"是，"你慢慢说道，"是，我不知道。"

"没关系。过来，坐到这儿等她。我想她刚刚还在这儿。"

"谢谢你。"

你坐到她旁边，分享着景色。这里很漂亮。这不是一个坏地方，一点也不是。你能带她来到这儿真幸运。

不可抑制的泪水滑下你的脸庞。

有人想买你的房子。当你走上走廊的台阶时，芬恩脱口而出，当你试着理解他话里的意思时，他不停说着话来填补你们之间的沉默。你同意卖了吗？

"我知道我们还没谈过价格和其他事，但她那儿有一个感兴趣的人，她想带他过来，然后事情就那么发生了。"

他告诉你对方的报价。它低得令人难以置信：远比你支付的少。是什么样的人会想从你这样的痛苦中获利？

"我们应该接受，"芬恩说，"减少我们的损失。一个月后我们就可以回家了。"

你摇摇头，与拒绝相比，更多的是不可置信。你越过他走进客厅，注意到突如其来的整洁和消失的鲜花。你扔下你的包，踢掉鞋子，冲进厨房，倒上一杯冰镇的白苏维浓葡萄酒。

房子里又热又闷。很久之前，在这样的一个夜晚，你会在回家后去游泳。现在你表现得像是根本没有一个游泳池，就像越过安全栅栏后，就是一片荒地，布满地雷，不可逾越。你想去哪儿走走，于是你又回到走廊，经过芬恩，走到最远的那头，抬起手警告他不要过来。你坐到摇摇晃晃的藤椅上，让一大口酒顺着喉咙滑下。

芬恩起身，走了进去，你喝下另外一大口酒。这一刻你已经等了一天了，在长达数小时的和陈一起工作带来的安慰和风险里，在数着考拉粪便时，在搜寻抓痕时，在窥视密林时，你想着这一刻。你需要陈陪伴在你身侧，然而当这一天结束时，你又松了一口气。直到你走进你的房子，必须面对芬恩和你几乎难忍的愤怒。还有贾拉，贾拉似乎在你力所能及的地方。

你需要做出决定，你需要思考。

　　如果你把房子卖了，芬恩可以先回到南方，他可以找到住的地方，在贾拉读完这一学年时准备好一切。你会继续工作，直到霍巴特那儿出现转机。你和贾拉可以搬出莫维伦巴，在海边找到一间度假屋住上一到三个月，开车去上班和上学。

　　但是——

　　如果，一旦离开芬恩，你就不想再和他在一起了呢？就目前而言，你们之间的关系本就紧绷着，在颤抖中拉扯着。没有了这种紧张感，你可能会崩溃，或逃离。难道他没有感觉到离开你的危险吗？

　　门"砰"的一声响了，芬恩拿着另一罐啤酒走出来。他看着你，扬起眉毛，征求你的同意。你点了点头，他蹒跚地向你走来，然后像个老年人一样坐到旁边的椅子上。

　　你当即说道："我们承担不起，我们损失的钱几乎让我们无法回到霍巴特。"

　　他没有回答，只是向后仰起头，喝了一大口。你不用直接看他就知道这些，在心里就能意识到身旁的他的身体是如何动作的。

　　"贾拉的学校怎么办？我们不能现在带他走。这才是学期的开始，他至少要读完这一年。"

　　一只鹦鹉落在走廊旁的伞树上。伞树在凉爽气候下是无害的，在亚热带地区却是猖獗的攻击者，它们侵占原始森林，没有任何理由，也没有任何限制地生长——你在这周学到的。鹦鹉不在意它们，喧闹的潜叶虫和吸蜜鹦鹉充分利用这种免费的食物。陈告诉你，更胆小些的鸟儿在随着聪明外向的种类的繁荣变得越来越少。

"埃德蒙德会第一个说你不能指望靠你的艺术品赚钱。我的工作支付着房屋抵押贷款，还记得吗？"

他的沉默让人不安。你认为他会提出抗议，质疑你不同意出售的每个理由，但他什么也没说，让你准备的理由全部落空。你接着喝你的酒，对着花园沉思，打算沉默到底。

芬恩转向你时，你们都已经喝完了各自的酒。

"我真的不能住在这儿，布丽姬特。"

你的心收缩了一下。他的声音里蕴含着那么多的痛苦，在那一刻，那是你唯一能听到的——你曾深爱的这个男人，你孩子的父亲，他的痛苦。

"这可能是我们唯一收到的报价。我想接受它。我想让我们回家。"

你该如何反驳？这明显是芬恩的底线。你想再喝上一杯酒，想得嗓子眼发疼，但是你站不起来。你们俩沉默地坐着，手里拿着空杯子。更多的吸蜜鹦鹉落在伞树上，它们冲入高耸的深红色花朵的花穗里，发出欣喜的尖鸣声，撕碎花瓣，而后任由碎屑落在草坪上。

"你一定花了一整天的时间才把房子打扫干净。"你说。

贾拉

托比死后的第十四天。他去了"怪兽之王"的领地吗？他想我了吗？他会想回家吗？

他们以为我不知道，但我知道：爸爸睡在工作室里，他会在我上床睡觉后偷偷溜到那儿，然后在清晨溜回来。这样当我起床时，他就能在厨房里喝咖啡。

晚上他离开的声响是给我的信号。我会在窗户那儿看着，一旦他关上工作室的门，我就会下床。我会站在门口听着，确保妈妈睡着了，然后我会蹑手蹑脚地穿过走廊，打开托比房间的门。它以前会吱吱作响，但是我找到一些油，滴在铰链上，现在它变得悄无声息。

我会爬上他的床，拉过被子，从枕头下拿出他的书，翻开它，我会在黑暗中偷偷地读给托比听。就好像只要经常读，我就能提醒他回到那艘帆船上，回到我们身边。

直到今晚。

从学校回到家时，天色已经晚了。看完劳拉戏剧社的排练后，她的母亲接上我们，把我送到我家房前。我推开大门时，天已经黑了。我闻到草坪修剪后的味道，小路很干净，我走上台阶，踏上走廊，在门口停下。一切似乎都很整洁，是爸爸收拾的吗？我以为他应该正忙着完成要交给埃德蒙德的东西。

我在外面都能听到他们的声音。妈妈提高了嗓门："你怎么敢这样？"

爸爸的声音低沉地响起："他们要过来了，一切必须都准备好。"

"我还没有准备好！"

"听着，"他的声音低得让人难以听见，"我们越快卖掉，我们就能越快离开这里。我不想麻烦你。"

"所以你就让她进来了，还——"

我用力推开门，踏进门时弄出很大的声响。他们停止了交谈。

"贾拉。"爸爸说。

"嘿。"我把书包放到地板上，"对不起，我回来晚了。"

他们没有意识到我晚回了。我从爸爸向我露出的震惊表情里看出来，他已经无力隐藏自己的感情了。

妈妈试图掩盖过去，她伸出双臂："你可以提前发短信说。"

我迅速地抱了她一下："吃饭？"

"嗯，是。"爸爸说，"你想吃什么？"

我感觉除了解冻的炖菜，其他的都可以，但我十分确定冰箱里只有那东西。显然，晚餐不是重点。

"我吃点零食就行，"我说，"我在外面吃过了。"

他们沉默地坐着，一动不动。我倒出一碗麦片，在上面浇上牛奶，想着在我缺乏某种营养之前，我能靠这玩意儿活多长时间。厨房里并不轻松，我感到背部刺痛着——两块肩胛骨之间的那部分，就像有人盯着我看时那样。我不想知道他们在争吵些什么，我也不想知道爸爸搬到工作室意味着什么。我在网上搜索了失去孩子的人的离婚率，找到当你问出类似问题时通常得到的废话——"在百分之二十五到百分之八十之间"。那没有任何帮助，这个范围内的任何数值听起来都很糟糕。

我吃完麦片，把碗塞到洗碗机里，将书包甩到肩上："再见。"

"嗯，贾拉，"爸爸说，"你知道我们说过要卖掉房子，有人临时过来看房。我不得不在你房间里放了些东西。对不起。希望你不要介意。"

"没事。"我说，并没有特意看着哪儿。

他们还有更多的话想说，我知道，但我不想听。我走出厨房，上楼，走进我的房间，把门关得严严实实，这样就没有人能跟过来。

爸爸就像是十几岁的孩子一样打扫卫生，他把所有的东西塞到衣柜里，然后关上门。我任由那些东西再次散落出来，然后坐到床上。

我的手机响了，这几乎跟超新星爆发一样"寻常"。我从书包里掏出手机，是劳拉。几天前她就问过我的电话号码，但这是她第一次给我发短信。

"怎么样　爵士小伙？"

这并不是一个我能用短信回答的问题，但我似乎不应该无视第一条由女孩发来的短信。我不知道那些缩写词的意思，但我关掉了首字母大写，并且不用逗号和句号。

"还行 父母吵架 我待在房间里"

":(明天坐校车吗？"

"坐"

"明天见[1]"

我想了一会儿，但我明白了，实际上还笑了一下。也许我的保质期没有像我想的那么快到期。

我拿开一些衣服，借此机会把我的电影海报撕下来，塞进垃圾箱里。它们属于曾经我认识的某个孩子，这就是它带给我的感觉。我真正想要的，是属于托比的某件东西——当在晚上一切变得糟糕时，我能靠它坚持下去。我真正想要的，是那个坐在他床上的他喜爱的毛绒怪兽。我打开门，听着声音。楼下的电视开着，他们听不到我。我蹑手蹑脚地走过过道，悄悄地拧着托比房间的门把手。我不需要开灯，能通过窗户里透过的街灯的光看见他的小小的汽车形状的床，那张他只拥有三个月的床，上面盖着我之前从未见过的被子。书架上和地板上散落的书本和玩具都不见了，到处都找不到毛绒怪兽。

我走进去，关上身后的门，慢慢走到一个抽屉前，打开了它——是空的，里面空无一物；其他的抽屉、柜子，还有收纳箱，也全空了。所有属于托比的东西都不见了，这个房间变成了没有住进过孩子的儿童房，变成了宜家家居的样板间。

我把自己挤进床和抽屉柜之间的空隙，将双膝蜷到胸前，让自己在黑暗中变得渺小。

他走了。他走了，再也不会回来，不会从魔法岛上扬帆穿过

---

1 原文为"cul8r"，"see you later"的简写。

大海，不会站在怪兽的肩上，甚至不会出现在我的梦中。

我打了个寒战，尽管天气并不冷。我以为我已经失去了一切，但那不是真的，总还有其他东西可失去。托比走了，我关于他的记忆也被一点一点地夺走了。很快，这座房子就会消失。看样子，妈妈和爸爸也不会长久在一起。我将头埋在膝上，用膝盖用力压着眼球，直到眼球发疼，我在紧闭的眼睑后看到可怕的旋转着的模糊的光和一片黑暗。我会和妈妈住在一起，还是和爸爸？他们是都回到塔斯马尼亚，还是分别去不同的地方？这一切似乎不是真的。但我知道看起来不像是真的的事情会突然成真。

过去一定是托比把我们联系在一起。没有他，我们就像是宇宙大爆炸后四处飞散的粒子，以光速朝着不同的方向飞去。

芬恩

芬恩知道他应该心存感激。在经过了长达一晚的讨论后，布丽姬特终于同意了，但要求他让安吉拉试着争取更高的报价。他不愿意冒失去出售机会的风险，但他仍拨出了电话。

第二天上午安吉拉给他回电。"他们涨到十五万，"她说，"但他们想要房子前面给修补好，重新粉刷，这样就看不出之前在那儿装过机械装置。"

他脑子里想不清楚这句话的意思，芬恩糊涂了："什么？"

安吉拉停了会儿："听着，这件事很恶心，我很抱歉。但这是我能做到的最好了。如果你想继续的话，汤姆能立刻开始修补和粉刷工作。"

"我们想继续。天哪，我们不想失去这个机会。他们多久会进行交易？"

"一周内，或者是两周。但我不能催得太紧，否则我会把他们吓跑。不会等太久，相信我，好吗？我马上派汤姆过去。"

芬恩挂断电话，走到外面，站在这栋疯狂的、装饰着红边的紫色房子的走廊上，这座房子曾经有过如此多的承诺，似乎是他们的朋友。也许，离开曾经背叛过他们的地方，回到霍巴特，他就能再次开始工作。

要瞒住布丽姬特他的工作缺乏进展并不难，她从不进入游泳池区域或工作室，也从未过问雕塑的事情。埃德蒙德小心翼翼地不对他提出要求，搪塞他也不是难事。但事实是，他无法工作。他不知道布丽姬特在工作时间是什么样的，但他的工作时间里充满着痛苦。

他想冲她发火，他当然会这么想，他也是人。但如果他由着自己这么做了，那么他可能会指责她，而他知道他们决不能有那种谈话。他不得不把这件事抛诸脑后。于是他在空虚的日子里绕着房子转圈。他梳理草坪，拔掉杂草，或者是去逛商店。有时他会外出喝咖啡，戴上墨镜，压低帽檐，高举着报纸，这样他不会被认出来。他打扫工作室，将他的工具一一摆放好。他用电脑浏览房地产网站，寻找在霍巴特的房子——似乎比他记忆中的要贵得多。之后他会回到他的工作室，摆弄着那些金属碎片，毫无意义地将它们重新排列。他回避着托比整洁的卧室，也没有问布丽姬特把托比的骨灰保存在哪儿。

汤姆在接到安吉拉电话后一小时内就赶到了。他有条不紊地在走廊上铺上一层长度一致的防溅单，然后封住边缘，然后放好油漆罐、刷子、托盘、滚筒、干净的抹布和搅拌器。他用合适的工具撬开油漆罐的盖子，将盖子湿面朝上放好，这样就不会碍事了。

"妈妈有没有告诉你他们想刷哪种颜色？"他问。

芬恩低头看了看浅色的涂料，然后抬头看看鲜艳的紫色墙壁："没有。"

"他们一买下就会重新粉刷整座房子,所以他们会要求把前面涂成奶油色。我得先上底漆。"

"你做主。"

芬恩坐在台阶上,假装在喝咖啡,偷偷看汤姆做准备。男孩拿起一把干净的刷子,蘸了蘸颜料,站起来,拿着刷子沿着两块封檐板的连接处刷过。油漆顺着刷子留下一道浅色的痕迹,散发出一股化学成分的味道,充满了乐观。

他雇了男孩来粉刷,于是他能有时间完成雕塑。但是芬恩想要的只是将那层厚厚的底漆涂到墙上,抹去任何在这儿发生的事情的证据;他也想能够只专注于沿着直线移动油漆刷这一简单的工作,用一种颜色覆盖另一种颜色。

"我能帮你一把吗?"他一说出口就觉得很愚蠢。

汤姆没表现出惊讶:"当然。我会先涂完连接处,然后用滚筒涂剩余部分。那儿有另一把刷子。"

芬恩拿起刷子。这是一把用过的刷子,手柄处沾上了旧油漆污点,但刷毛被一丝不苟地清洗过。他把它蘸在油漆里,举起来,放在木头上。当他刷出第一行油漆时,他吸入一股油漆味,感到心情莫名其妙地放松下来。

他们合作得很轻松。他们找到了不会妨碍到对方的合适的方式,计算好蘸颜料的时间,不至于撞到一起,还能接上对方剩下的地方接着涂。随着相邻部分的工作即将完成,汤姆在托盘上倒上厚厚一层油漆,将滚筒在里面来回滚动,滚筒浸满油漆后,他将它在长杆的一端拧紧。他移到另一端,开始用滚筒在木板上滚动,油漆以一种令人愉悦的对称感填补着空缺处。

芬恩让自己沉浸在刷子的节奏中,感官保持警觉,而心情保持平静。他意识到他手臂的动作，以及他的身体是如何带动手臂移动的。鸟儿的叫声、小昆虫的嗡嗡声、游荡的青蛙偶尔发出的呱呱叫声、搜寻青蛙的水蛇穿过灌木丛发出的沙沙声，各式各样的以他为中心，也以刷子和涂料为中心的声音。任务完成了。

"你想念你的父亲吗？"当汤姆推着滚筒靠近时，他问。

汤姆的节奏没被打乱："每天都想。"

"多久之前的事了？"

"两年零三个月。"

"没有好转吗？"

汤姆在这一行的末端停下，放下滚筒："当然有好转。一开始你以为一切绝不会好转，但确实会的。只是当你感觉好些的时候，你会恨自己。好像这是一种背叛。"

芬恩点点头。他可以理解那种心情："我无法和我的儿子聊天，汤姆。我不知道该对他说些什么。我不知道他是否还好，有没有继续他的生活和其他之类的事情。"

汤姆走回油漆盘那儿，加满油漆，将滚筒按进去，再次吸满："你不能和他一起做些什么吗？"

"做些什么？"

汤姆指指墙壁："像这样，实际的事情。"

芬恩放下刷子："他过去喜欢跑步，但我太胖了，跑不动。再说，他很忙。"

"他在做什么？"

"我不知道。他几乎不在家里。我想他有了新朋友。"

汤姆开始涂下一行："新朋友，你觉得？"

他声音里的某些意味引起了芬恩的注意。事实上，他没有过多地想过贾拉的新朋友。他看见他从一辆车上下来过一两次，前排坐着个女孩，还有一个女人，大概是女孩的母亲，和他挥手道别。但从没有人进来过家里。他对他的任何朋友都一无所知，不论是新的还是别的什么。只有先前的那个女孩，布丽姬特告诉他在比萨店上班的那个女孩。也许她就是车里的那个女孩？

"你能和他聊聊吗，汤姆？你和他年纪相近，你知道他正在经历什么。"

"没人能了解你正在经历什么，"汤姆说，他的声音很谨慎，"任何人说的任何话都没有什么作用。"

"你说得对。"芬恩疲惫地说。他放下刷子，突然感到精疲力竭。"我该去完成一些工作了，"他说，用一块抹布擦了擦手，"谢谢你让我帮忙。"

汤姆飞快地朝他露出一个笑容。芬恩沿着走廊往前走，稳住自己穿过游泳池区域，去做些实际的工作。

"别让他一个人待太久，"汤姆在他身后说，"即使你认为那是他想要的。"

布丽姬特

不论他们给你什么来帮助睡眠，效果从不会持久。这回你害怕了，你拒绝睁开眼睛，拒绝让你的身体伸展或移动，或以任何方式保持清醒。最开始几次过后，你无须看床头钟上显示的红色数字就知道时间了：3点30分左右。这死寂一般的时刻，这满是悔恨、悲伤和复仇的时刻，这压下重新涌出的愤怒的时刻。这个你重现找到托比的时刻。你怀疑那些画面是否会自行燃烧殆尽，它们在一遍又一遍地重演。

这一次你还没撑到黎明前，刚过2点，就不知缘由地醒了。

有人要买这栋房子。已经有人在粉刷前面的墙壁，掩盖痕迹。很快你就会最后一次走出这栋房子，交出钥匙，拿钱走人。"家"，芬恩一直这么说，就好像你们去一个危险的目的地度过了一段糟糕的假期，那里战争突然爆发，而你们现在正被大使馆空运到安全的地方。

你滑下床，站起身，披上睡袍，走到窗前。月光下，狐蝠发出微弱的啁啾声，它们正吃着路旁散发着柠檬味的桉树花。其他的人都在睡梦中，而托比的缺失在慢慢割裂着你。

你梦到过这些：你醒来后，他会从走廊那儿冲过来，爬上床来到你身边，他的手会拍着你的脸颊，他会在你耳边嘟囔。他不可能不存在了。

你成为成年人后一直是一个科学家，但你现在明白一件事：科学不能带来任何安慰。它没有提供任何能让你理解或接受这件事的帮助。你的身体不懂科学，你的身体相信如果寻找的时间够长，你会在某处找到托比。

像是受到某种力量的牵引，你大步走向门口，推开门，轻轻穿过过道，越过贾拉的房门，进入托比的房间。他的消失——如今彻底的消失——变成一个想要将你吸进去的旋涡。你将你的拳头塞进嘴里，一想到贾拉就隔着两个房间，你强迫自己控制住想要发出的刺耳尖叫声。直到昨天，你还能进到这儿，仍然能闻到托比的气味。那气味让你难以忍受，所以你很少来这儿，但现在你想要那股气味回来。

你必须继续往前走。客厅又冷又暗，厨房也一样。你的身体像动物一样渴求着安抚，像困兽一样在地上痛苦地踱步。突然间，你在身体上渴求芬恩，你需要他的身体贴着你的身体，他的手臂环着你的手臂，他的下巴摩挲着你的脸颊——以他从不曾责怪你的方式。这种冲动是如此强烈，以至于超出你的控制，你跟随着它，穿过客厅，走出门外，沿着走廊前行。

然后，你内心意识到：你必须经过游泳池才能到他那儿。

你抬起新换的、管用的门闩，推开门，进入泳池区，感受光着的脚下砂岩粗糙的质感。你由着门在你身后关上。你打算在去找芬恩的路上尽可能地避开泳池，你原想着移开你的视线，但你控制不住。当你蹑手蹑脚地走过去时，你向水中瞥了一眼，一切全涌现回来。

你曾以为也许你在过去的这些日子里开始有所进步了，但回忆重重地击向你。你蹒跚着脚步，氯气沿着你的鼻孔一路灼烧着袭向大脑。

在你逃走前，有什么东西在水中闪烁着。倒映的月光闪闪发亮，水微微晃动，像是有什么小东西扰乱了它平静的水面，激起了小小的涟漪。

你突然立住不动。

游泳池里没有任何活物，这是一个以精细平衡的化学计算来消灭有机生命的密闭循环。在正常运行的情况下，泳池的系统能确保任何有机物在繁殖之前就被消灭殆尽。

然而，低头看着漆黑的水面，你发誓你几乎能听到他的声音。那隐藏在涟漪下不可置信的诱人的歌声吸引着你，你低下身，双手双膝撑地，将你的脸贴近漆黑的水面，凝视着它无情的深处。

托比进到了深处。他跟着那惑人心神的声音进入水中，跟着美人鱼、白鲸、巨型乌贼、海豹和海豹女，以及大海里所有无名生物一起沉入水下。在你看来，水总是试图引诱着它的孩子们回来，在人类的梦境中私语着，就像你的肺回想着在水中呼吸，你的皮肤下隐藏着你曾经的鳃，你手指间和脚趾间的蹼挣扎着试图长出来，你的四肢渴望着摆脱重量。你是由水构成的，你永远都离不开它。

如果他在某处，那他一定是在这里吗？

你知道这不是真的，不可能是真的，是你的大脑挖出了童年时期的童话记忆，逼着你走向疯狂。然而你俯下身子，直到肚子压到砂岩边上，你的脸离水面只剩咫尺，你盯着它，就像你的视线能穿透水面，就像你能看到里面，在忽明忽暗的光影间看到托比的脸。

因为你伏在水面上，你的泪水直直地掉入水中，他再次出现了，透过晃动的涟漪和忽明忽暗的光线，你似乎可以看到深处，几乎可以听到他的声音。

托比？

你放下手，感受它打破了水表面的张力，一阵凉意袭上指间。

你触摸到他了，在那一刻你十分确定。你把手伸进去，直到水包住你的手腕，你能感觉到他在那里，就像他在抬头看着你。

"布丽姬特？"

芬恩低沉的声音真实而又令人震惊，把你从那一刻拽了出来，把你拉回你的儿子已经离开的世界中，而游泳池则是一池生机全无、消过毒的水。

"你还好吗？"

你爬起身，颤抖着后退："离我远点。"

你转身跑开，摸索到门边，任它在你身后叮当作响。你跑着、走着，冲进屋子里，逃到你的床上，忘了贾拉还在睡觉，忘掉一切，除了你伸出手摸到托比的那一刻。

贾拉

我觉得我应当知道劳拉是不是我的女朋友，然而我并不知道。在学校里，她表现得就和我们接吻之前一样。她没有提过这件事。

又过了两个下午。第一个下午，我坐在比萨店后面的隔间，在她上班的时间做作业。戴夫和他的伙伴们在前面的隔间，但是他们没有理睬我，或者至少他们没有说什么，我一直低着头。第二个下午，我又在学校礼堂看了她的排练。劳拉扮演的是《追寻》里的科拉尔，我们上英语课时学过这部作品。她永远不会成为一名伟大的女演员——即使是我也能看出来——但她并不糟糕，我也不介意观看。

没有一分钟我能和她单独在一起。话剧结束后送我回家的路上，在她母亲的车里，她坐在前排，所以我也没有机会牵她的手，或是交换一下眼神。

"明天我会见到你吗？"当她母亲把车停在我家外面时，她说道，"我有排练，如果你想来的话。"

我下车，关上门，靠向她的车窗："好。"

"再见，爵士小伙。"她说。

"再见，劳拉。再见，菲尔德曼夫人，谢谢你送我回来。"

汽车飞驰而去，问题没有得到回答。天色还很亮，晚上也很暖和，在过去，我会去游泳。

我该如何得知劳拉是不是我的女朋友？

我推开门，走了进去。那个杂务工，汤姆，蹲在突然变成奶油色的走廊上，那个地方散发着一股油漆的恶臭。

我拖着步子走上台阶："嘿。"

他刷着油漆，微笑着抬起头来："嘿。"

"看起来不错。"我在撒谎。

他扬起左边眉毛看着我，然后又看回墙上："是的。"他站起来，将手在他的短裤上擦干，"听说你喜欢跑步？"

我眨眨眼。在霍巴特时，我赢过一些体育比赛的奖项。我曾以为成为一个跑得快的人会对以后的生活有所帮助。但是你知道他们是怎么说凶猛动物的：逃跑只会让它们攻击你。自从我们搬到北部后，我就没跑过了。

"嗯，我想，以前有跑过。"

"有一条环形跑道，起点在下一条街上，一直到大公园然后再转回来。大约六公里。一起来吗？"

这是个奇怪的提议。我后退了一步："噢，不了，谢谢。我有作业，你知道的。"

"放松点！"汤姆举起手，"没什么大不了的。你爸爸以为你会想跑一下。"

我的怀疑是对的。我猜这是不是汤姆为爸爸工作的一部分：粉刷走廊，修剪草坪，然后是让他儿子高兴起来。

"我爸爸能知道什么？"我从他身边走过，把手放在纱门上。

"我父亲去世时，是跑步让我没有疯掉。"

我站着不动。

"你多大了？"汤姆问。

"快十六岁了。"

"爸爸去世的时候我差不多十七了。"

房里空无一人。我并没有家庭作业。为了打发时间，我做了很多练习，我读到课堂上还没学到的章节。我没有什么事可以做，也没有人陪我做。自从劳拉和我开始坐校车，我甚至没有再骑过我的自行车。

我推开门："我去换衣服。"

我一开始跑得快，但过了两公里，我岔气了。我脸涨得通红，气喘吁吁。

我身侧，汤姆呼吸得很轻松，他甚至没有出汗。这条跑道绕过周围长满草的街道，经过狂吠的狗，一直通到大公园。我们在一棵高大的松树下跑过，树枝上鹦鹉发出的喧闹声简直震耳欲聋。

汤姆放慢了速度，朝我瞥了一眼："休息一下？"

我很高兴能停下来，尽管我试着不表现出来。我将双手放在后腰上，弯下身，用力呼吸。很疼，但是身体上的疼痛还能忍受。我只希望汤姆不会将这视为一个信号，询问我过得怎么样，或是和我谈谈那些爸爸告诉他的愚蠢的想法。

我偷偷看了他一眼，他将脚放到树上，边拉伸着腿筋，边抬头看着鹦鹉。没有微笑，没错，但是很高兴。这是个周三的下午，他结束了工作，他很健壮。一会儿他可能会和一些朋友一起去酒吧，或者他也许有个女朋友，他会带她去吃晚餐。

"我们继续吧，"我说着，直起身子，"没有付出就没有收获。"

他笑了："你信那些鬼话？"

他转过身，出发了，我必须加速才能追上他。他比我跑得快，而我抓不住和他并排跑的节奏。我一直落在后面，加速追赶着他。跑六公里会让我累得精疲力竭。

当跑道弯弯曲曲转入灌木丛时，情况有所好转，我后撤跑到他身后，而不是试图跟上他的步伐。我找到了节奏，稳住了双腿，肋骨的剧痛感消失了。我喘着气，我的肌肉燃烧着，但我记得如何才能感受到那种像是漂浮着的感觉。用不了多久，跑上一到两周，我就能找回那种感觉。

我们步伐沉重地穿过小山谷，来到另一边。我不记得上次在运动中像这样一般汗流浃背是在什么时候了，汗水从我的额头和脊背滴落，这种感觉很好。不管汤姆怎么想，身体传来的疼痛很好。我抬高膝盖，强迫双腿更用力一些。我们回到街道上，我加快速度。汤姆听到我从后面追来，在我追上时咧嘴一笑。

"总算来了。"

我没有回答。我估计明天我会为此付出代价，但这并不重要。我记得我曾经如何深挖出最后那点力量，而它仍然在那儿，就在我曾记得的地方。我的双腿急速摆动着，我跑到汤姆前面，绕过街道的拐角。我回头飞快地瞥了一眼，发现他落后二十米，满脸通红但是没有放弃。没剩多远的路了，如果我放慢速度，他还是能追上我。我看着自己的脚意识到这一点，然后记起我在霍巴特所学到的：看着终点线，看着你想最终到达的地方。

光线渐渐暗了下来，我抬起头，我看到挡住我们房子的树篱，然后是那扇小小的木门，长着白色树枝的大桉树，然后是停车道。

停在那儿的，是一辆警车。

芬恩

　　走廊那儿传来的微弱的脚步声分散了芬恩的注意力，他把齿轮放到工作台上，用抹布擦去手上的油渍。第一次，他在分解和调整"龙侍卫"的工作中取得了进展，尽管整个过程中他的胃里一直翻搅着。那晚，发现布丽姬特出现在泳池旁震惊了他，让他开始行动起来。他必须带他们离开这里。

　　脚步声变成了敲门声。不要重来一次了，芬恩想道，他再也不会无视远处的声音了。最轻微的"叮当"或"砰"都会令他进入高度戒备状态，浑身颤抖。

　　他推开门，走到门外，在游泳池水面反射过来的午后阳光中眨了眨眼。透过炫目的亮光，他看到走廊上的两个人影。

　　"你好？"他喊道。

　　"芬恩·布伦南？"

　　声音很熟悉，当芬恩准备绕过泳池走过去时，其中一人向门口走来，一个穿着制服的人。他还没时间来辨别制服的颜色——是蓝色——他的身体就已淹没在一阵恐惧里。是布丽姬特，还是贾拉？

他突然跑向他们，来到大门前，拧开门闩，冲着她的脸喊道："看在上帝的分上，发生了什么事情？"

那个女人举起双手拦住他："没有人受伤。"芬恩的心跳声轰鸣着，一阵可怕的虚弱感席卷而来。有那么一会儿，他以为他会晕过去。他用手压在胸口上，试着压住那处的疼痛。

"你需要坐下来吗？"

他认识他们。那位女警官曾开车把他送到医院，然后送去学校。那个男警官在托比死去的那天下午一直坐在游泳池区域的树荫下，直到警用封锁带最终被拆掉。

"好的，我……"

他摇摇晃晃地走进屋内，瘫坐到沙发上。他们其中一人给他倒了杯水，然后静静地坐了几分钟，他耳中和胸口的怦怦声平息了一些后，他点了点头。

那个女警官将手放到他胳膊上，芬恩以为她会紧握着他的手试图安抚他，直到她开口说话。

"布伦南先生，你被捕了。"

芬恩鼻间发出一阵短促的哼笑声："你在开玩笑吧。"

"你被指控犯有过失杀人罪。你不需要说或做任何事，但是如果你说或做了，你的所说和所做都有可能成为呈堂证供。如果你没有或拒绝提及后期在法庭上所出具的证据，可能会对你的辩护造成不利。你明白吗？"

想笑的冲动消失了，他的心又开始剧烈跳动起来。

"我们需要带你到警察局去。你准备好了吗？"

她冲着门口示意了下，芬恩站起来，没有反抗，也无法集中思想。

外面的木台阶上传来"噔噔"的脚步声。贾拉突然冲进室内，猛地一顿，疯狂地在芬恩和警察之间看来看去："怎么回事？"

"没事的，贾拉。"芬恩试图伸手够向他，但警察拦住他，不让他动。

"我很抱歉，但是你的父亲被捕了。"警察说道。

"因为什么事？"贾拉问道。没有人回答，他又问了一遍："告诉我！"

"过失杀人罪。"

贾拉脸色惨白，伸手捂住嘴："是妈妈吗？"

他往最糟糕的情况想，就像芬恩一样——看芬恩的样子，事情比这还要糟糕。芬恩想伸出手抓住他："贾拉，什么事都没有发生。不要担心。"

"妈妈还好吗？"他的表情松动了。

警察走向前："这是与你弟弟的死亡有关的法律问题。我们带你父亲去警察局后，有没有成年人能留在这儿陪你？"

汤姆来到贾拉身后："我会留下来。"

"我们得走了，布伦南先生。"那位男警察温和但又不可抗拒地拉着他的胳膊。芬恩反抗着，扭过头去看贾拉，贾拉的脸在运动的红潮下泛着病态的苍白，他强迫自己保持冷静。"给你妈妈打电话，"当他们把他带到门口，他回过头说，"她会知道该怎么做。"

在他自己听来，他的声音几乎很正常。警察把他拖下台阶，拽到草地上。

布丽姬特

贾拉发来一条短信："你必须立刻回家。"

当这条短信弹出时，陈刚把车挨着你的车停到停车场里。你立刻给贾拉打电话，但是他没有接，于是你从四驱车后座抓起你的东西，跳进你的车里，开出停车场，将油门踩到底。

你边开车脑子里边快速出现各种场景：可能是钥匙丢了这种小事，也可能是生死攸关的大事。你转入车道，车还没停稳就打开车门跑下去，任由车门敞开着。你一步越过走廊台阶，拉开滑动门，冲进厨房。

贾拉坐在长椅上，接着电话，他脸色苍白，不知所措。这不是钥匙丢了的样子。

"什么事？"你问道。

"妈妈来了，"他对着电话说，"你能和她说吗？"

他冲着你的方向举起电话。你注意到，粉刷的那个人正靠在厨房墙上，你抓过电话，贾拉轰然倒在椅子上。

你将听筒压在耳边："来个人告诉我发生了什么事！"

"布丽姬特，我是埃德蒙德。贾拉说芬恩被捕了。"

自收到贾拉的短信后，你第一次能正常呼吸，你靠在椅子上稳住身体。

"贾拉说他被控过失罪。"

"过失？"听起来不算太糟糕，你想着，跟粗心大意差不多，"严重吗？"

"是过失杀人罪，布伦南夫人。"粉刷工的声音大到埃德蒙德都能听见。

埃德蒙德沉默了一会儿："天啊，这很严重。你需要一位律师。你有律师吗？"

"嗯……"你试着思索，"我想，有人在负责房子的合同。"

"情形很不妙。我会找到一个能赶去警察局的人，你也应该去。你让我找的人加快速度。"

"好的，我该走了。"你挂断电话。

"他们是什么意思，过失杀人罪？"贾拉脱口而出，"他们认为他杀了托比？"

"不！"你不假思索地回道，试着给他一个拥抱，但他僵硬着身体靠在你怀中，"这意味着他们认为他对泳池门的所作所为——那个开门的装置，是错误的。"

"爸爸说那是个意外。"

贾拉盯着你，脸色甚至变得更白了，你想知道他对所发生的事情是如何认为的——芬恩负责向贾拉解释事情的经过，你从未问过他对贾拉说了些什么。

"当然是个意外。"你说，"听着，我必须去警察局了。"

你瞥了一眼那个粉刷的男孩，但你的大脑拒绝给出他的名字："你们能留在这儿吗？看个电影什么的？"

"我不能去吗？"贾拉问。

你摇了摇头："可能会花上好几小时，贾拉。"

这几小时里，你和贾拉会坐在某个可怕的等候区，你将无力回避他的问题。你再次看向粉刷工：男孩们都穿着跑步的套装，显然他们曾一起约好出去。

"你介意在这儿陪着贾拉吗？"

他微微一笑："没问题，布伦南夫人。"

"谢谢你。"你从长凳上拿起丢在那儿的钥匙，你没再试着拥抱贾拉，"一切会变好的。"

贾拉向你露出一副怀疑的表情，当你再次步入暖和的傍晚中，你意识到说了句蠢话：没有什么事情会变好。你还没学到吗？最好是认为无论发生什么事情，总是会突然而又彻底地让情况变得更糟。

你转过街道时，手机响了，你停下车接通电话。你最不需要的就是因开车时使用手机而被罚款。

"布丽姬特，我给你找到一位当地的律师，他现在已经去警察局了。他会应付好今晚。你在路上吗？"

"我在车里。"

"这是一项很严重的犯罪，他会需要你的。"

你对话语里示意你忽视芬恩的意思感到愤怒："我明白。"

"你真的明白吗？"

你挂断电话。在某一刻，埃德蒙德改变了立场，和芬恩结盟，对付你。该死的埃德蒙德。他一定知道芬恩被赶到工作室了。

你启动车，差点漏看一辆你没注意到的来车。汽车响起一阵鸣笛声，空中竖起一根手指，传来咒骂声。这几乎是一种解脱：在你的悲痛中，没有人敢对你做这样一件平常的事。你伸出中指用以回复，开上了车道。

过失杀人罪。

这不是你想过的会用在这件事上的词。"意外"，每个人都这么说，用以回避一些可怕的事情。有人，你记得，在表示哀悼的时候说到托比已经"过去了"。你讨厌那个词。

"溺水"更糟糕，暗示着喘不上气，不断地挣扎，还有液体涌入肺部。你认为"溺水"是最糟糕的字眼，但现在根据法律，托比是被"杀害"的。

埃德蒙德的话正慢慢地渗入进来。你应该感谢他的，还有谁能——隔着这么远——找来一名律师并让他十五分钟内赶到警察局？但是你讨厌他。这是不公正、不合理的，你知道，但是你控制不住。你讨厌这个世界，讨厌每个人，讨厌芬恩。现在不仅是你责怪他，政府部门也站在你这边，政府部门认为他有罪。

警察局在你的左前方隐约可见。你开进去，停好车，关掉引擎。你坐在车里，手放在车钥匙上，茫然地盯着前方：你能为芬恩做什么？你不想面对他，你不能向他保证你会一直站在他那边。

你伸手够向门把手，但你的手指使不上劲，它们不愿拉出门杆打开门，让你伸出双腿，站起来走进警察局。手机再次响起，是埃德蒙德。你让它响了三下，在它转进语音信箱前滑过接通键。

"我做不到。"你在他说话之前说道。你滑过屏幕上的挂断键，怀念着曾经能用力挂断电话的日子。

陈的电话号码在你的常用联系人的顶部，你输入一条信息。

"我真的，真的需要喝一杯。我能过去吗？"

瞬间收到回复："当然可以。"

这是不对的。如果你不能在这儿陪着芬恩，你至少应该回家陪着贾拉。但你需要某个世界没有被摧毁过的人，某个能忍受你愤怒的人。

贾 拉

叫份比萨，她说，然后留下我和他在一起。天哪，我才见过这家伙两次，我们只一起慢跑过，我几乎不认识他。

"听着，别担心，"我说，这时我听到她在碎石路上倒车的声音，然后猛地加速开走，"我没问题。我相信你有你的安排。"

"并没有。"他说。

"我有家庭作业。"

他在长凳上敲着手指："我不认为你能完成多少作业。"

我给自己倒了杯水，也给他倒了一杯，边大口喝下去边试图弄清楚该怎么办。T恤衫上的汗水发出一股凉意，游泳会是个不错的主意。当我把杯子放到水槽时，我的手在颤抖。是因为我在很长时间以来头一次跑了六公里吗？或者是因为当那个女人说出"过失杀人罪"时，我以为她是说爸爸杀了妈妈？又或是因为托比的死莫名其妙地并不是意外？

"我们去买比萨吧，"汤姆说，"能带回来的，可以边看电视边吃。"

"好吧。"我让步了。但事实是我很高兴，我并不想一个人在家里坐上几小时，等他们回来，用太多的时间胡思乱想。

汤姆开着一辆老式小卡车，车上满是饮料瓶和空的薯片包装袋。他扫掉座位上的一些垃圾，我笨拙地放好脚，系上安全带。

"有特别喜欢的店吗？"他问道，启动车，将变速杆推到倒挡。

"多米诺家。"我说。劳拉可能在大白鲨比萨店上班，我无法面对她。

我们一路安静地开到那儿，汤姆停好车。他朝我看了看："你看上去糟透了。我去点单吧，你不是素食主义者吧？"

我翻了个白眼。他跳出车，"砰"的一声甩上门，消失在店里。

这是一个炎热的夜晚，像是已经到夏天了。我还穿着跑步的衣服，T恤衫已经干了，吹到皮肤上的空气让人感觉很舒适，这是唯一一件让人感觉好的事情。

我没有想到事情会变得这么糟糕。诚然，他们分房睡了。我曾想象着他们会以一种模糊而可怕的方式分开。但在那一刻，我完全相信爸爸杀死了妈妈。而警察似乎认为爸爸不知怎么害死了托比。我不再清楚他们能做出什么事，我的父母，我认不出他们了。

终于，汤姆大步穿过停车场，一手拿着一个巨大的比萨盒，另一手提着一瓶两升的可乐，然后把它们塞到我们之间的座位上。他看到我泛红的眼睛。

"我们离开这儿。"他只说了这么一句。

谢天谢地，他没有问我感觉怎么样，就像劳拉会问的那样。

我们到家时，天色开始变暗，房子给人空荡而又恍惚的奇怪感觉。我在台阶上犹豫了一下，并不想进去。

汤姆出现在我身旁，拉开门，走了进去，回头看了一眼。"别把蚊子全放进来了。"他突然扭头说道。

我关上身后的门，跟着他来到客厅。他把盒子放在咖啡桌上，翻开盖，摸索着找到遥控器。他去厨房找杯子的时候，开始播放新闻了。我不想看任何新闻。我跳过它换到某个游戏节目。

自从托比死后，我再也没吃过比萨。汤姆点的是夏威夷口味。我戳了一下，拿起一片。汤姆走回来，打开可乐，将它大股大股地倒入杯子里。他拿起一片比萨，咬了一大口。

我咬着我的那片，一口下去就足以带我回到托比还活着的那个周五晚上：我们围坐在厨房里，我正扯着我第三片比萨上的奶酪，将它悬在我的嘴和手之间，直到托比笑得快要呛住。

我试着咀嚼，但是胸口开始起伏，我也几乎呛到。我强迫自己吞下那点比萨，将它咽下。然后我的双肩开始颤抖。我从未有过这样的感觉，我不知道原来哭泣就像是有人抓着你的肩膀，把你从地上举起来，使劲地晃着你，晃到连你的牙齿都撞到一起。

过了一会儿，我意识到我似乎正躺着。我转过脸，把脸埋在抱枕里，蜷起身。我无法停止哭泣。

我意识到，汤姆一定是走开了。他没有做任何奇怪的事，只是走到客厅的另一头，冲着我双脚的方向。他什么也没有说，仅有几次近距离的接触也几乎令人感受不到，但他在那里。

芬恩

尽管开着空调，芬恩的背后还是流下一行汗。他的新律师，马尔科姆，坐在他旁边，在一本黄边的便笺簿上记着笔记。这一切似乎都发生在远处。埃文斯探长，在托比溺亡的那天表现得似乎十分同情他，现在却严加盘问他。

"那扇门出过几次故障？"

"嗯，两次，或，不，不止这些，四次，可能是五次。"

"故障涉及哪些方面？"

"打开门后，门不会完全关上。"

"这种情况是因为你安装的装置才引发的？"

"我是这么想的，是的。"

"所以你知道那扇门不会完全关好，但是你没对它采取任何措施？"

"我原计划修好它。而且我们通常会检查门是否关上了，你知道的，手动检查。"

"你熟悉《新南威尔士州2008年游泳池规定》吗？"

"我不确定。那是什么？"

"规定要求每个游泳池都要有合格证书。你的游泳池有吗？"

"你买下房子的时候就会附带一份，"律师插话道，"现在法律规定要有。"

"那么，我想我有。"芬恩说。

"自从你在安全围栏上安装了改装装置后，你的游泳池接受过检查吗？"

"没有。"

讯问继续着。有一两次，律师阻止他回答。最后，埃文斯探长坐回她的椅子上。

"这就是我们目前所需的问题。"

马尔科姆放下笔："很遗憾，有人在这种不幸的时刻决定起诉我的当事人用以罚一儆百。"

"是，这是很不幸，但是法律已经变了。"

"那么你同意我的当事人无条件保释吗？"

埃文斯探长点点头。芬恩又花了一小时拍照，录指纹，填写文件，然后他就可以自由离开了。他们站在亚热带的黑夜中，在经历过警察局里的冷意后，温暖的空气席卷他们全身。芬恩深吸了一口气。

"我很抱歉，这段时间对你来说一定是糟透了，布伦南先生。"马尔科姆说道，"他们都是傻子。我不认为这件事能持续太久，高层有人想尝试一下新法，但我不认为他们有证据。来吧，我送你一程。"

芬恩眨了眨眼睛，哆嗦了一下。他对布丽姬特抱过希望，但连她的影子都没见到。他顺从地上了马尔科姆的车。

　　在他们开车离开时，他给她发了一条短信："在回家的路上。"

　　他选择为布丽姬特承担过错，就像他从未被责怪过一样。但如今那个决定已感觉如此遥远。托比死的那天，他跟警察说过些什么？他尽力去回想：哪些是真的，哪些是他编的？他专注于开门装置出现故障的这个说法，直到觉得它是真的。也许"猫头鹰哨兵"真的出现了故障，还有其他原因能解释得通吗？

　　律师根据芬恩简明扼要的示意，将车停到房子外："我们一两天后再谈。尽量不要太担心。"

　　芬恩点点头，还记得感谢他，下车转身朝房子走去。汽车缓缓地开走了，他站在门口，手放在一排尖桩篱笆上，望着花园。空荡的车库半开着门，车库前停着一辆小卡车，没看到布丽姬特的车。屋子里，灯光亮着，芬恩听到电视里传来的微弱声响，贾拉一定在家。

　　他该怎么进去？

　　承担责任是一回事，受法律起诉是另一回事。他为承担过错所做的一切，似乎不再是一种高尚的行为。他是罪魁祸首：泳池门没有正常运行，而他背过了身。

　　芬恩拖着沉重的步子穿过草坪，爬上台阶。透过门，他看到男孩们趴在沙发上看着电视，比萨盒摊开在桌子上，就像任何一对青少年伙伴。他打开门，两人都转了过来。芬恩记得，这不是一个普通的夜晚。他看向贾拉苍白、紧张的面孔，还有他哭红的眼眶。

　　"出什么事了？"男孩问道。

　　"他们就问了一些问题，"芬恩说，"律师说会平息下去的。"他希望能让贾拉脸上的表情有所变化，但是他说的话并没能做到这一点，"你妈妈在哪儿？"

"她没和你在一起吗？她很久之前就去找你了。"

芬恩感到一阵寒意："没有。"

汤姆站起身："我该走了，回见，贾拉。再见，布伦南先生。"

"再见。"贾拉说。

"再见。"芬恩无意识地点点头，当汤姆走到门口时说道，"谢谢。"

"不用谢。"汤姆回道，然后离开了。

贾拉转过脸，又看着电视，芬恩静静地站着。没有任何经验能告诉他该做什么。

感觉像是过了一辈子后，贾拉又抬起头来："来点比萨吗？"

"好。"芬恩并不饿，但是他坐上汤姆空出的沙发，掀开盒子，往嘴里送去一片凉掉的比萨。他命令自己咬下，咀嚼。他看着电视，上面正播放着一些毫无意义的节目。

当座机响起时，他正在吃第二片冷比萨，他感到松了一口气：一定是布丽姬特。他跳起来接通电话。

"芬恩·布伦南先生？"一个陌生的声音。

"你是？"

"我是大卫·麦克纳利，来自《北部公报》。你对因你儿子的死而被指控过失犯罪这一事件做何回应？"

芬恩用手指按下红色键，切断了电话。

"是妈妈吗？"贾拉目不转睛地看着电视问道。

"推销的人。"电话铃声再次响起，但芬恩背过身，直到它停下来，"如果它再响，不用管它。"

他走进厨房，关上身后的门，重重地坐在桌旁。窗户那儿没装窗帘，他的皮肤刺痛着，像是被暗处的人监视着。他站起身，关掉灯，松了一口气。他可以放松下他的表情，瘫下身子，任由绝望袭来。

他不敢给布丽姬特打电话。他掏出手机，又给她发了条短信。

"回家吗？"

伴随着"嗖"的一声，信息发了出去。没有回复。芬恩在黑暗中盯着手机，夜已深，他的父亲还醒着吗？每一次芬恩打电话过去，都是海伦或康纳接的，他的父亲身体从来没有好到能来接电话。他们是这么说的。

他拨出号码。

"喂？"康纳焦急的声音响起。

"是我，你在干什么？"

"芬恩，见鬼，你吓了我一跳。我正守着爸爸。"

"他还好吗？我能和他说说话吗？"

康纳顿了顿："他很混乱，芬恩，我认为他没法进行交谈。"

"天哪，"芬恩揉了揉脸，"要我过去吗？"

"你已经有够多的事情要处理了，为什么不等爸爸身体好些你再来？"

"我只是想见见他。"芬恩像个孩子一样嘴唇颤抖着。

"我明白。我只是担心情况会更糟，对你俩来说都是。"

"好吧。"芬恩深吸了一口气，"我该走了。"

"你还好吗？"

"我没事。"他挂断电话，那边到底发生了什么？

布丽姬特还是没有回复。芬恩将手机放在长凳上他能看到的地方，等待着。晚上10点30分，贾拉在门边伸出头。他没有问芬恩为什么坐在黑暗里。

"我去睡觉了，晚安。"

"你还好吗？"

贾拉耸耸肩："还行。"他转身离开，没再说其他话。他甚至没有问他妈妈在哪儿，芬恩意识到。

他又等了布丽姬特一小时，但她还是没有回复。快到午夜时，他放弃了。他走入凉爽的夜色中，穿过游泳池区域，经过安静的水面，走到工作室里。他脱下衣服时，闻到金属熔化的味道。他躺下，凝视着黑暗。

在凌晨4点15分，他看了看闹钟，她仍然没有回家。

布丽姬特

当你在街边停好车，走下车时，最黑暗的夜色已经过去，拂晓的时刻快到了。一股冷风在清晨袭来，云层厚厚地悬在头顶，浓雾笼罩着黑夜。你站在那儿，头几滴雨滴在你脸上，你一动不动，抬头看着天空。

和陈在一起后，你可以呼吸了。

你知道芬恩会怎么想。你真真实实地和一个男人在外面过了一晚，只有这一种解释。你希望在贾拉醒来得出同一结论前进到屋里，在贾拉往他那列长长的、充斥着你们生活的、还未被问及也未被回答的问题里添加新问题前回到家。

什么都没有发生，你提醒着自己。如果芬恩谴责你任何事情——如果他敢——你有那件事能将谴责扔回他身上。你和陈什么都没有发生，什么都没有。

好吧，并不完全是。

当陈转移话题时，你已经停止了对芬恩的抱怨——关于他被捕的事，关于你的生活已经变成了灾难。

"我从没见过托比，"他说，"你能跟我说说他吗？他像贾拉吗？"

这个问题难住了你。没人这么问过，自从托比走后，没有人敢要求你回忆。

"不，一点也不像贾拉。托比像是……充满好奇，他必须知道事物是如何运行的。就像是在孩子的身体里住了一个成年人的大脑，却只有孩子的词汇量，他唯一想做的就是抓住这个世界。即使他使坏，你也没法对他一直生气，人们就是爱他。"

陈笑了："更像你还是像他爸爸？你们都对事物的运作方式很感兴趣。"

你以前从来没从这个角度想过你和芬恩："我不知道。我们都没那么多的精力。"

"他长什么模样？"

"他的眼睛像我，头发像芬恩。但是长得和我们，或和他的哥哥都不太像。"

"你能给我看一张他的照片吗？"

你掏出手机递过去："往后翻，你就能看到他。"

他很安静，停下来看了看，然后接着往后翻。你移到他身边，顺着他的肩看去，但一张镶着托比笑容的照片让你难以承受。你走开了。

"抱歉。"陈放下手机。

"不用，我很高兴你想看他。"

他抬头看着你，他的表情很温柔："你能告诉我发生了什么吗？"

你已经说过许多遍了。向警察，向梅瑞迪斯，向认识的人和家人都说过。你像学讲故事或演讲一样学会讲述这件事，这样你就可以将它说出来，而无须重回那些时刻，从而不让自己崩溃。

你稳住自己，张开了嘴，发出来的却是像孩子一样的呜咽声。

"我不知道。"

你开始抽泣："上一分钟他还在地板上看书，下一分钟他就不见了。我不知道他是怎么出去的，他不可能有办法进入游泳池，我看过去的时候门是关上的，所以我又回到房子里面，在那里找他。"

陈抓过你，将你紧紧搂在怀里，任由你哭泣着。当你的呜咽声渐渐停止，你在他怀里又多停留了一会儿。事实上，你想让他带你进卧室，你渴望与另一个人肌肤相亲带来的抚慰。你很肯定，他也想要。他却递给你纸巾，重新倒满了你的酒，坐了下来，让你们之间隔了一点距离。

"你认为托比现在在哪儿？"

你翻了翻眼睛："哪儿都不在，你知道的。"

"你是这么觉得的吗？"

"我的感觉不重要。"

他向后靠去："我曾和我的祖父很亲近。在他死后，我就不那么笃定了。我有时能感到他的存在，尤其在他的房间里。"

"没有证据……"

他耸耸肩："有一些正在进行的有趣的研究表明，脑死亡后意识还能继续存在。"

你盯着地面看了好长时间才说："我去过游泳池。我觉得他在那里。"

　　陈似乎并不觉得你说的泳池有鬼魂出没的想法很荒谬，但大声说出这件事还是会令人不安。你意识到已经很晚了，你几乎不可能在黎明前赶回家。

　　现在，站在房子外，你庆幸事情没有更进一步。在芬恩被捕后整晚待在外面已经够令人激愤了，更别说实质性的不忠了。

　　光线正开始从黑色变为蓝色，街上飘荡着早起的笑翠鸟发出的第一声咯咯声。你脱下鞋，把你的手提包甩上肩，轻轻地走过草坪，脚底沾上露水。你爬上三个台阶，穿过游泳池的门。

　　计时器都已失灵，游泳池闪闪发光。很久以前，芬恩安装了一种柔和的绿色水下灯，看上去比之前的冷光蓝色照明要更自然，他设定好时间，让它在晚间亮起。这是一种微妙而美丽的景象，整个冬天你都期待着在夏天的晚上游泳。而现在，水面闪烁不定，你只想推开门，走进去，双膝跪地，将手伸入水中去够到他。

　　你一动不动。很快，这一天就要开始了。很快，你就得面对芬恩，弄清楚这一切都意味着什么。

　　但在那之前，你只需要一件事。

　　你从容地走上前，缓缓推开门，走进去，门关上时发出一声令人难以察觉的"咔嗒"声。你光着脚，一步一步地朝游泳池走去，走到一处你认为如果芬恩醒来往外看也看不到的地方。

　　你跪下，将脸凑近水，轻轻地将手指放入水中，穿过水面的张力，感受到凉意扩散到手指和手掌相连的地方。

　　你嘴中轻唤："托比。"

　　回应你的，是一声轻柔但准确无误的"咔嚓"声。不是发自泳池里，而是来自外面的某处，在花园里或大街上。你从水里抽出手，站起身，拂开眼前的头发，透过栅栏看着，试着找出声音的源头。又响了一次。你又花了几秒才明白你听到的声音，是照相机的快门声。

你脚跟一顿，跑到门口，迅速打开门，沿着走廊轻声跑进房里。你打开门前，冒着风险又瞥了一眼，这一次你觉得看到了街上镜头的反光。你弯腰躲进屋里，关上身后的门，一动不动地站着，心怦怦直跳，像是被人追赶着。

"你回家了。"

听到他从客厅传来的声音，你吓得跳了起来："该死，芬恩，你为什么不开灯？"

"你为什么不开一盏灯？"

你战栗着吸了口气："外面有人拍照。"

"他们看到你了？"

"他们拍下我一张照片，该死的。"

"我想是媒体。昨晚一个记者打来了电话。"

"你跟他们说了什么？"

"什么也没说。"

你们之间陷入了沉默。他会问你去哪儿了吗？你先开口："所以在警察局发生了什么事？"

他摊开双手，做出个无可奈何的姿势："马尔科姆说，他们想尝试一些关于泳池围栏的新法律。他认为这个控诉不会有什么结果。他说不用担心。"

你轻哼一声："这个马尔科姆是？"

"埃德蒙德安排的律师。"

"现在怎么办？"

"我被保释了。我想会有某种听证会。"

　　你需要知道更多，但你已经累坏了。鸟鸣声在花园里响起，穿透了寂静，让白昼进入。天快亮了，你能看到他瘫倒在躺椅上，闻到比萨盒还放在那边。

　　你提起包，走向厨房。黑夜在你身后消逝，去到托比死后所处的地方，那个无法企及的地方。你让芬恩考虑他想怎么做，要是质问起来，他所失去的远比你能失去的多得多。

贾拉

我伴随着晨勃醒来，躺着等它自己慢慢消退。自从他死后，我就再也没有做过那事；我也不想做。但是，十七天后，我又感受到它。再加上，我还有劳拉可想。

奇怪的是，我对她有了不同的看法。在我们成为朋友之前，当我做那件事时，我曾想象过她脱去上衣，或者之类的事情。一切发生得有些模糊，像是一个梦。但现在我们接过吻了，一切成真了。我不知道我是何种感受，我既害怕又兴奋。

事实是，我不知道该怎么做，我对此一无所知。我唯一想到能获取信息的方式就是上网看色情片，但是家用电脑设置了家长控制，据说是为了托比好，尽管也许真正目的是为了限制我。我想我可以在手机上看，但我一直记得和奥利弗·诺依曼在霍巴特的那段时间。太恶心了，此后我没法在脑中忘掉那些画面，我不想再看到那种东西。

不管怎样，担心劳拉和我的晨勃总比想起前一天晚上爸爸的事要轻松得多。

这也是一种努力，既不问也不知道到底是谁的错，我并不需要讨厌父母中的其中一人多过另一人。但是警察逮捕了爸爸，所以这一定是他的错。

这就像是一条虫子在夜间钻进了我的心脏。就像是狗体内的那种虫，那些虫在那儿繁殖着，直到那里挤满了成千上万的蠕动的白色东西，让狗的心脏没有了跳动的空间，然后它就死了。在我睡觉时，第一条虫钻进了我的心脏，我能感受到它开始在我的身体里蔓延。这条名叫"责怪爸爸"的虫。

我从床上爬起来，沉默地穿着衣服。我不想看到妈妈，以免我们都站在爸爸的对立面。我抓过书包，轻轻推开卧室的门，外面很安静，妈妈房间的门是关着的。听到她停车的声音时，我瞥了一眼时钟，那会儿快到早晨了，如果她睡着了，她可能还要睡上一段时间。

我蹑手蹑脚地走过走廊，下了楼，穿过客厅来到屋外。没有人拦我。我推开门，从妈妈的车旁推出自行车，出门了。

学校里还没什么人。我坐在劳拉的座位上，掏出一本书，试图让自己沉迷在书中。不知过了多久，劳拉拍了拍我的肩膀。我从文字里抬起头，试图压下我早上对她涌起的念头。

"你来得真早。"她说。

我感到嘴唇开始颤抖，我很快抿紧嘴："我以为你有排练。"

"今天下午，你知道的。"她扔下她的书包，放到我旁边的长椅上，"放学后散散步？"

我喉咙紧了紧，感到害怕又或是期待——它们带来的感觉都一样："好的。"

她歪着头，藏在头发后偷偷笑了笑。一个让我胸口泛起痛意的笑容，出于某种原因让我想到托比。我试着找点话说，不让自己消沉。

"做完英语作业了吗？"

"嗯。"她说，"要帮忙吗？"

那份作业，谢天谢地，让我们撑到她朋友们来，直到上课铃声响起。而我一切如常，今天一切也都会好起来的。

我曾这么以为。

熬到午餐时间，我从餐厅那儿拿了一个卷饼，又和劳拉和那些女孩坐在一起，边吃边聊。当她们聚在一起时，时不时点点头就足够了。

但我开始感到操场周围的人露出奇怪的表情。三个孩子弓着背聚在一个iPad旁盯着我，在我一接触到他们的视线时他们又垂下眼。我背上一阵刺痛，发生什么了？到了最后一节课，感觉我一抬起头，班里所有人就看向别处。铃声一响，我就抓起我的东西朝门口走去。

劳拉在外面等着："这事上报纸了。关于你爸爸被捕的事。"

我陷入困境，四处寻找着逃跑的机会。身旁经过的孩子都盯着我们。

"你还好吗？"她向我伸出手。

我的手臂被她抓住的地方传来一阵灼痛。我抽出手："我该走了。"

"你要搭便车回家吗？"

"排练结束后我跟你碰面。"我转过身，推开如潮水般涌进走廊的孩子，我奋力穿过他们，找到门，踉踉跄跄地走了出去。天下着雨，所以没有人在外面。我低下头，沿着小路奔跑，紧贴着墙边，避开窗户里往下看的视线。我沿着操场跑到围栏前，找到通往那片小森林的洞口，从洞里爬出去，胳膊被洞口粗糙的边缘刮伤，浑身变得泥泞不堪。我沿着小路跑进树林，在树下找到我过去的藏身之处，远离所有人的视线，被灌木丛包围着。我将自己藏在那里。

雨一直下，我浑身湿透，满是泥泞。但无所谓。

我脑子里浮现出这个疯狂的想法：如果我在这儿坐得足够久，托比会顺着这条小路蹒跚而来，他的拳头在空中挥舞，"图故事，加瓦，图故事"。

他会喜欢待在森林里，这里就像是"怪兽之王"待的小岛，杂草丛生，没有界线，也看不到大人。他会绕过拐角，看到我，他的眼睛会亮起光，然后跑过来。我会把他抱住，将他抛起，直到他笑着用双手搂住我的脖子。然后我会把他扔到背上，背着他一起跑。

该死的。

我从不知道它会在何时像这样击倒我，一天、两天还好，然后它就来了——这个想起托比的时刻——让我疼得头晕目眩。

过了一会儿，我的电话响了。可能是劳拉，我不知道该对她说什么。但是我用胳膊擦了擦眼睛，打开书包，掏出手机——是一个我不认识的号码。

"嘿，贾拉，你还好吗？跑步吗？我是汤姆。"

汤姆怎么知道我的电话号码的？

如果劳拉找到我，她会想和我聊聊的，而我受不了。

"没带鞋。"

"我在你家，会拿上你的鞋，在哪儿接你？"

我不想让任何人知道我的藏身之处，给他发过去一个街角的地址。我从杂草中挤出一条路来，一路上又多了几处划痕。因为下着雨，外面没有人。我等在街角，头发耷拉着滴着水，我的衣服湿透了。汤姆停下车，我拉开门，坐了进去。

仪表盘上有一份叠好的报纸。汤姆问："看过了吗？"

我摇了摇头："学校里每个人都看了，但是——"

他将汽车挂上挡："如果你愿意，就看一看。"

我不知道我会面对什么，我猜是跟爸爸有关的事。我打开报纸，一张照片占据封面的一半：是妈妈，她在黑暗中低头看着游泳池，泳池的灯开着，照亮了她的脸。标题是《谁是罪魁祸首》。

我猛地合上报纸。我在学校适应得还行，但我知道现在会变成什么形势。整个学校都在谈论我的父母。爸爸是怎么造成这件事的？他会进监狱吗？所有的注意力又回到我身上，因为他们认为我的爸爸杀害了我的弟弟。不管真相是什么，我深知这一点。

雨还在下，汤姆将车停到学校远处的一棵树下。他找到了我的鞋，把我的短裤和背心也递给了我。

"有跟踪的人。"我说。

"我甩开他们了，别担心。没进你的房间。你爸爸那天给了我你的电话号码。"

汤姆下车后，我用车门挡着，站在那儿换衣服。衣服只能干上一会儿，但我不在乎，我需要这场雨，我需要一场风暴。

汤姆在汽车引擎盖上拉伸着腿："准备好了吗？"

我看了看表："一小时后要在学校和劳拉见面。"

“劳拉？”他挑起左侧眉头。

“女朋友。”我说。

汤姆笑了：“那我们走吧。”

我们出发了。我们向前跑，一直不停。

芬恩

飞机侧着机身画出大幅度的曲线，芬恩看到了港口处闪烁的阳光，一片绚烂中映出大桥修长弯曲的轮廓。他闭上眼，将额头靠在窗户上，一阵头痛让他绷紧了脖子，眼皮像被擦破似的疼。

埃德蒙德在早上7点半打来电话，那会儿贾拉已经去学校了，布丽姬特还没醒。他在悉尼有一个律师朋友——欠他一个人情——在那天能插入一个紧急预约，并能和当地律师一起合作。埃德蒙德甚至订好了航班。芬恩要做的就是往袋子里扔进一套换洗的衣服，在冰箱上留个便条，然后叫一辆出租汽车去机场。在布丽姬特醒来之前离开是一种解脱，在他不得不问她在哪里、和谁一起过夜之前。

芬恩决定，在这之后他就会去霍巴特看他的父亲。他需要听到他的声音，需要抱着他，需要面对康纳所说的令他全身恐惧的事情，不论他的兄弟如何说让他不要管。

颠簸让芬恩从思绪中回到了现在，随着飞机拉下刹车阀，他睁开双眼，身体像动物一样绷紧。难道不叫醒布丽姬特意味着这是一次逃避的远行吗？难道他是一个不愿知道她是怎么度过那一晚的懦夫吗？

芬恩能想到三个选项：她独自一人，或者和梅瑞迪斯在一起，又或是和陈在一起。她在那儿没有其他熟悉到这分上的人。他不想想到第三个选项，他没有权利去怀疑，他可能想偏了。如果布丽姬特认为他曾担心过她的忠贞，她会更加愤怒。他不能问她，甚至不应该去想这件事。他是怎么了？

看到埃德蒙德等在出口处，他松了一口气。当他给了芬恩一个拥抱，并用力拍着他的背时，芬恩压下想在他怀里多留一会儿的冲动，退后一步，用力吞咽了一下。

"真是见鬼，芬恩。"埃德蒙德说，"不公平，太不公平了。"

芬恩无助地摊开双手："你找的那个律师估计这个案子不会有什么结果。"

埃德蒙德点点头："希望他是对的。我们走，我朋友说直接去他的办公室。"

悉尼既喧闹又炎热，到处充斥着钢筋混凝土的建筑。马路上车流如织，鸣笛声此起彼伏。一扇扇门在甩上时发出"砰"的一声，既充满攻击性，也代表着欢迎。在他们家里那令人害怕的沉默中，有什么东西，被泳池水泵那可恶的启动声破坏了。收音机冲着他大声嚷嚷着，在埃德蒙德按下关闭键时，芬恩从收音机里听到了他自己的名字。

"那是什么节目？"

"《反馈》。每个人都有自己的观点，你不需要听它，也不要看报纸。还好你不怎么看社交媒体。"

芬恩摇了摇头，愣住了：他出现在了公共电台的讨论中，他做出的私下秘密保护布丽姬特的那个选择已经失去了控制。

经过了四十分钟的折磨，御用法律顾问杰克·弗格森才见到他们，他的态度并没有令人心安。他就发生的每件事都对芬恩进行了盘问，然后若有所思地坐回椅子上，浏览着他的笔记。

"律师说这个案子不会有什么结果。"芬恩在夜里不断对自己重复这句话，直到他觉得这是千真万确的事实。

"也许吧。"杰克翻过几页纸，取出一份文件，"测试一条新法将引起人们的关注。这份针对儿童溺水的法医联合调查建议推行该类控告。他们一直等着在法庭上尝试。"

"但是杰克，我看过那份报告，"埃德蒙德插嘴道，"验尸官说，他检查过的八件死亡事件中，没有父母会受到这样的指控。"

"是这样。"杰克找到他要找的那一页，大声念出，"这类刑事指控的存在，无论如何都将强调基础事项对社区的重要性，诸如认真维护泳池护栏和泳池门，以及当一个生命因为此类疏忽而逝去时引起的公众谴责。"他放下纸，"这份报告的目的是通过让泳池所有者意识到他们的责任有多严重来减少死亡，同时提醒他们这种事可能发生在任何人身上。过去已经有过一起跟这方面相关的过失杀人罪指控，但是没有继续进行，所以他们在等一个测试案例。虽然法官会对你的损失表示同情，布伦南先生，但这并不意味着他或她不会为了造福大众而惩罚你用以警诫他人。"

"那是什么意思？"埃德蒙德问道，"我们是在说芬恩会进监狱吗？"

芬恩退缩了。不管他怎么努力，就是跟不上思路。他仍然不太明白自己为什么被逮捕，甚至没有想到这会变成一起诉讼案件，更别说监狱了。别担心，律师曾这么告诉他。别担心。

"这是一个非常严重的指控，"杰克说，"刑事定罪和监禁判决都是可能出现的结果。我们要在地方法院的羁押聆讯上提出有力的论据，那时地方法官会决定是否开展全面审判。显然，我们要设法让他们撤下控告。这就是其他类似案件的情况。"

"好的。"芬恩说。

"你当地的律师将要做大量的外出搜集情况的工作，从现在起，我会和他一起商量。"杰克说，"当地法院将在本周或下周提起诉讼，确定羁押聆讯的日期。"

"这要花上多长时间？"芬恩问道。

杰克微微耸耸肩："羁押聆讯——最多六个月，如果真的开始审判——那么，我们会花上一年到两年时间。也许更久。"

"嗯，好吧。"芬恩仍然没反应过来，"你是说一年？要花多少钱？"

"现在不用担心这个，"埃德蒙德打断他说，"我们今天上午已经占用杰克够多的时间了。"

过了一会儿，芬恩发现自己站在外面的大街上，汽车呼啸而过，周围的行人推搡着，移动着。

埃德蒙德抓住他的手肘："去吃午餐。"

他们动身，蜿蜒穿过人群。街上太过热闹，没法肩并肩走，芬恩落在了后面，看着埃德蒙德的后脑勺来确定方向——他头顶那儿秃了一块。布丽姬特会在做爱时像抓着他的头发一样抓着埃德蒙德的头发吗？他已经多年未曾想起他们的事了。那是过去的事了，二十年前一段短暂的风流韵事，早在芬恩出现之前。布丽姬特介绍他们俩认识，然后埃德蒙德成了他的经纪人——出于帮她忙的目的？芬恩推测着，或者埃德蒙德一直对布丽姬特抱有幻想？芬恩现在只能看到布丽姬特和埃德蒙德在一起的样子，画面如此清晰可怕。也许这比想象她整晚在哪儿要轻松些？

埃德蒙德领他进了一家酒吧的露天花园，他起身让芬恩独自等了一会儿，然后带着啤酒和盐醋薯片回来。

"这会儿正在早餐和午餐之间，先吃点这个。"

芬恩喝了一大口，舌尖传来啤酒的凉意，薯片强烈的咸味吸引了他的注意力。"我需要知道花销数额。"他说。

"钱不重要，你必须打这个官司。如果运气好的话，你会在羁押聆讯中胜诉，不会进行审判。事情是这样的，杰克想要一个雕塑，所以你可以用实物支付第一部分费用。"

"什么样的雕塑？"

"就你那种蒸汽朋克风格的东西。这就解决了羁押聆讯的费用。"

芬恩放下他的啤酒："如果有审判的话，这种情况将持续两年。我面对的将会是多大一笔钱？"

"坦白说，很多。但是，我们一步一步来。"

一只鹩哥落到芬恩旁边椅子的椅背上，看着桌上包装盒里散落的吃剩的薯片，它头歪向一边，明亮的黑眼睛权衡着风险和机会。芬恩周围的声音低沉地缠绕着他，像是被调成慢速的配乐。

"我们把房子卖了，"他最后说道，"糟糕的价格，但我想我们有一些钱。"

"已经卖了？"埃德蒙德举起酒杯，"首先，听证会；然后完成第一份委托后，给杰克做雕塑；之后我们再衡量下情形。我能帮你，一切会好的。"

芬恩深吸了一口气，然后又吸了一口。他的心怦怦直跳，疼得要命，他的胃里翻腾不已，啤酒涌到喉咙，就要吐出来。

"布丽姬特怎么样？"埃德蒙德问道。

"他们派她去野外工作，让她离开办公室。基金会的那个女人时常来看一看。我想这有帮到她。"

"她和你在这件事上意见一致吗？你需要我和她谈谈吗？"

"她意见和我一致。"芬恩又举起杯子，随意地瞥了一眼埃德蒙德，然后移开眼。他的手机在口袋里振动，他开始变得害怕手机。他害怕它的沉默，害怕他不知道该如何给布丽姬特打电话，告诉她他可能会进监狱。

他摸索着掏出手机："你好？"

"芬恩，我是安吉拉。我看到报纸了，你还好吗？"

芬恩木然地点点头："我在悉尼，刚见过一个律师。"

"我真的很抱歉，芬恩，我知道这是一个糟糕的时刻，但是交易落空了。他们看到新闻了。他们本来就游移不定，那个新闻让他们终于承受不了了，交易取消了。"

他周围的一切都没有变化：鹩哥仍考虑着要不要朝薯片猛扑过来，邻桌的三个女人放声大笑着，一个老人在角落里独自喝着酒——世界继续转动着。芬恩镇定下来，滑动屏幕，挂断电话。他把手机小心翼翼地放在桌子上。

"买家退出了。"他小声说。

他们安静地坐在那儿。那只鹩哥冲过来，抓起一片皱巴巴的薯片，飞到人类够不着它的地方。

"搬过来，留在这儿，"埃德蒙德突然说道，"你们所有人。你们必须离开那里。你可以把房子挂在市场上，或者租出去，怎么样都行。我们能找个地方让贾拉去上学，布丽姬特可以开始找工作。"

也许埃德蒙德是对的，芬恩想道，那个地方不会有什么好事。也许他们一离开那鬼地方，事情就会改变；也许他会找到挽回布丽姬特的方法——在他们的鸿沟变得太宽太深之前，挽回她。

"我能住到一个朋友家，把我的地方留给你们住。"埃德蒙德催促着，"现在就给布丽姬特打电话，告诉她和贾拉收拾行李，飞过来。你甚至不需要再回去。"

芬恩皱起了眉头："我不能在这件事上冒险，不能不跟她商量就决定。不管怎样，我想飞到霍巴特，我需要见一下我爸爸。"

"一些建议。"埃德蒙德说道，"今晚留在这儿，明天，回北部去。跟布丽姬特谈谈，安排好，然后离开那里。你能赶在周末前回到这里，当你解决完这件事，再去霍巴特。"

芬恩坐回去。布丽姬特会来吗？贾拉对此有何看法？他痛苦地意识到，他毫无办法。

布丽姬特

雨滴敲打着窗户，你慢慢地醒过来，试着抓住从睡梦中醒来和意识实际清醒之间的第一个瞬间—— 一天中最宝贵的瞬间。

第二个瞬间是你抽离出来的瞬间：你的回忆浮现，那段影片开始在你脑海里播放，那天的巨变一一重现。

然后是测试：今天是什么程度的痛苦？你昨晚整理了哪些资源——如果有的话——来帮助你？今天会将你击倒在地，还是你能蹒跚着熬过去？

所有这一切发生在你睁开眼睛之前。

你感觉起晚了。你躺在床上的时候天已经亮了，令人惊异的是，你睡着了。你稍稍抬起身子，逼自己睁开眼睛，瞥了一眼床边的时钟：10点17分。在这种情况下，你竟睡了几小时。

这是一个工作日。如果是这样的话，陈也只睡了几小时。他说如果你想上班的话，就给他发短信，他来接你。现在要知道你是否能去上班还为时过早，今天只能一步一步来——不想得更远，只考虑下一步做什么。首先，睁开你的眼睛；接着，把你的身体从床上挪开；然后，冲个澡。

屋子里空荡得能听到回声，贾拉肯定已经去上学了。但在发现冰箱上的便条前，你就已感觉到芬恩并不在工作室。

它写着："去悉尼了。埃德蒙德安排了一位律师。然后去霍巴特看爸爸。周末回来。"

你傻傻地盯着它。芬恩昨天被逮捕了，你还记得。曾几何时，这会是你所面临的最大问题。

下一步：早餐。你能做到这件事：牛奶什锦早餐，最简便的、最容易准备的早餐。你把麦片粥倒入碗里，打开冰箱，里面塞满了剩饭剩菜和送来的食物，那是他人的善意，但现在大多在塑料包装中渗出水，覆盖着霉菌。然而，你仍然应付不了将这些菜品丢进垃圾桶里这一简单行为。你找到牛奶，将那一团糟关在冰箱门后，然后倒牛奶——一大团东西落到麦片上。以贾拉喝牛奶的频率——具体你不清楚——冰箱里的牛奶怎么还会变质？早餐已经毁了。你忍住要将这一切扔到墙上，摔碎碗，任它流到地板上的冲动。

你今天不能去上班，这一点很清楚。你放弃早餐，将就喝一杯红茶代替，你端着茶走出门，坐在走廊上。雨势没有变小，雨持续下着，湿透的空气，灰色的天空。你身下的坐垫散发出一股霉味，直冲进你的鼻窦，加剧了你的头痛。

是什么让你来这里的？

是工作，你会这么说。当然是因为工作，这是一个走出学术环境、在现实世界中运用你的技能的机会。如果它不曾刚好出现在你对芬恩和桑德拉的愤怒达到顶峰时——那时恰值你发现他们曾鬼混在一起的几天后，你可能根本不会予以考虑。但它就在那里，在你的收件箱里闪烁着。这是最完美的方式，从那儿带离你的家庭，将你曾经最好的朋友留在丑闻余波中，逃离芬恩的家人和大学带来的不适感，还有霍巴特永无止境的寒冷。而且，如果你坦白的话，这是对芬恩最完美的惩罚。

一旦你弄清楚发生了什么事，你就无法再待在霍巴特了。不论芬恩如何辩解他们并没有发展到最后一步，不论桑德拉如何哭泣着乞求原谅，背叛已然太深，不可原谅了。最好的朋友和丈夫，不论你如何解读，都是双重背叛。你是一个现代女性，但还不是那么该死的现代。

你不只是为了惩罚他们而离开。在你的内心深处，你渴望着光和热，还有肥沃的土地。还有一件事，当你看着你的长子，看到他脸上苍白憔悴的表情时，你心里涌起一种无以言表的感觉。你本能地想带他离开那里。

你确保你断掉一切退路，卖掉了房子，将桑德拉从你们的生活中逐出。但是直觉是错的，它告诉你带他们来这里，却攻向你们，毁掉你们的生活。

你查看你的手机，不知道芬恩是否打过电话。大量的短信尖叫着想引起你的注意。你选出陈发来的信息。

"新闻到处都是，你还好吗？"

你已经变得善于回避新闻了，尤其是当地新闻机构的报道，在托比去世后，你成为那一个星期里糟糕的主角。你在电脑上查看了一下：你自己的脸出现在一家全国性报纸的头版上；你私密的时刻，看着游泳池的时刻，被展示出来。这是摄影师的胜利纪念品。

你站起身。你不能去上班，但是你也坐不住了。

在养老院的前台，接待员看见你，脸一下红了。她别过眼，又抬起头来，她把报纸从你视线中移开了。

"你妈妈今天很好，"她说，"她看到你会很高兴的。"

如果有那样的新闻在四处传播，瞒骗过程中就太容易出现漏洞了。你用下巴示意："我希望她没看到。"

"当然没有。"女接待员无力地笑着说。

你母亲已经起床，穿戴整齐地坐在扶手椅上。当你走进来时，她转过身，微笑着，她的目光令人惊心的清醒。

"亲爱的，"她说，"我很想你。你去哪儿了？"

你亲吻她的脸颊："工作忙疯了。但是你记得我上周来过这儿，是吗？"

她点点头："你很久没有带男孩们来了。"

你僵住了：她指的是哪些男孩？贾拉和芬恩？贾拉和托比？还是现如今在她脑子里异常清晰的、她爱尔兰童年时代的表兄？

"这周晚些时候我带他们过来。"

你坐到访客的椅子上。和患有痴呆症的人交谈是一门艺术。你不能问你的母亲她最近做些什么，也没有可提到的未来的计划。而你的秘密跳动着，发出热量。

"他们长得太快了。"她沉思，然后目光转向你，"你看上去特别老。"

"谢谢夸奖，妈妈。"你说，"你想散散步吗？"

"我想喝杯茶。"她坚定地说。

"我去拿。"你说。

你拦下推着茶车的护士，他给你倒了两杯，为你母亲的那杯额外加了糖。你放下茶杯，确保她能够到她的那杯，然后端起你的茶。

"过会儿我会和托比去游泳。"你说，一边喝一小口茶。她是唯一你能说出这句话的人。

"他是个小小游泳好手，不是吗！"她说，"就像一条鱼一样。"

这天余下的时间，你独自在家，你没有任何朋友，时间恍若没有尽头。事情怎么会变成这样？芬恩在悉尼没传来任何消息，你也不确定贾拉在哪儿，他下午几乎不回家了。他会回来吃晚饭吗？他这段时间去了哪里？

下午晚些时候，当大门终于发出"咔嗒"声时，你突然警觉起来，对贾拉的消失不见涌起一阵愤怒。当走廊上响起脚步声，纱门发出刺耳的推开声时，你从椅子上站起来。

"你去哪儿了？"

两个人跟着贾拉走进来，阻止了你。

"妈妈，这是劳拉和她的母亲，菲尔德曼太太。"贾拉说道。你能感到你的尖声大叫让他难堪了。

劳拉，你现在记起来了，贾拉无可救药地迷恋的那个女孩。她就站在你的厨房里，比想象中更高，比你恍惚记忆中在比萨店柜台后看到她的时候更漂亮，一个和他不是一个级别的女孩。但无论如何，她就在这里，略带紧张地冲着你微笑。你振作起来，伸出你的手。

"劳拉，"你说着，试图露出一个近似微笑的表情，"很高兴见到你。"你瞥了一眼站在几步之外的那位母亲。

"我是阿黛尔。"她平静地说，并友好地伸出手来和你握手，"我很抱歉这样来打扰你，但是我们已经占用贾拉太多的时间，只有来介绍一下我们自己才说得过去，以免他忘了告诉你他在哪里。"

善良的女人。她用一句话就让你摆脱了因为不知道贾拉的去向，而对贾拉和自己的指责。此外，她也没有提及你的照片布满报纸这一事实。

你们礼貌地聊了几分钟，然后她和劳拉就找了个借口离开了，回到她们的车上，回到她们想来美好、正常、稳定的家里，甚至还会有某种家庭晚餐。快晚上8点了，你已经喝了两杯酒，吃了半袋脆饼干和奶酪。

"饿了吗？"你问贾拉。

他用你无法忍受的青少年的方式耸了耸肩："我吃些麦片。"

他背对着你站着，把麦片从盒子里抖出来，直到麦片堆满了，几乎从碗里溢出来。他从纸盒中——而不是冰箱里——取出牛奶，倒在麦片上，洒了一些在长凳上，然后站立着，开始大口地吃起来。你按下冲动，你想要告诉他，既然现在他和一个像劳拉一样的女孩约会，就不应该像一个饿坏了的十岁小孩一样吃东西。

"她看起来不错。"相反，你这么说道。

他点点头，嘴里塞满了吃的。

"她的母亲很善良，送你回家，还进门拜访。我不知道你一直是和她在一起。"

"嗯。"

你确定他以嘴里塞满东西为借口而不做回答。如何问出你想知道的信息而不表现得像一个愚蠢的家长？你否决了最初想到的一些愚蠢的问题，最后问道："我猜她也喜欢你，是吗？"

他脸红得如此夸张，你几乎笑出了声。

"太好了，贾拉。"你说，你是真的这么觉得。像劳拉这样的女孩会注意到他就足以称为一个奇迹了，她可能会为他感到难过，她甚至可能会被他吸引，实在是太棒了。这一消息让你在释然中变得脆弱。

"那么，你俩是一对儿吗？"

"我不知道。"他又塞了一嘴的麦片，"也许吧。"

你真的笑了，你的肌肉因为许久未用而发出吱吱声："太好了。"

他没有回以微笑。他把食物吃完，将碗放到洗碗机里，然后看向你："爸爸在哪里？"

"他去悉尼见一个律师，周末回来。"

"他会进监狱吗？"

你听到他声音里的恐惧。"不。"你说，答复得太快，"这是一个技术性的案子，仅此而已。甚至可能不用上法庭。"你不知道这是不是真的，显然，贾拉不相信你。

他看了你一会儿，然后转过身："晚安，妈妈。"

你看了看表："这会儿睡觉有点太早，不是吗？"

"有家庭作业。"

"没有给我的吻吗？"

他回到你身边，靠过来，用他的嘴唇擦过你的脸颊。托比去世后，他好像长高了。你突然记起托比闻起来的那股甜味，在贾拉青少年的气息中，也有那么一丝味道，几乎不可辨认。

在他上楼"砰"的一声关上门后，厨房显得格外大，还充斥着回声。你又倒了一杯酒，喝下一半，用来在给芬恩打电话之前让自己鼓起勇气。

他的电话直接转到语音信箱。他还没有改掉信息声，那些冷静、调整过的语调令人震惊地提醒着曾经欢乐的时光。你沉默地挂断电话，关掉灯，在黑暗中喝完剩下的酒。

晚上9点，泳池灯自动打开。在摄影师事件后，你想要关掉它，但你忘记了。走到泳池小屋那儿关掉电源相当费劲，它挨着工作室，藏在一个杂草丛生的角落里，那里可能是蛇和老鼠以及巨大的热带爬行动物的窝。

在喝了三杯酒后，你决定现在就去。你在手机上找到手电筒应用，穿上人字拖，向草丛走去。泳池的水泵和过滤器放在一个快要散架的花园棚子里。你打开门，往后站着，这样任何活物既能跑出去也不会攻击你。你朝里打光，找到该死的开关，将它关闭，然后甩上门，关掉手电筒。

夜晚用黑暗包围着你，将你拥入一个潮湿的怀抱中。你站着不动，让你的眼睛适应黑暗，感受温暖的空气舔过你手臂裸露的皮肤。在塔斯马尼亚，你不可能这么做。你能光着手臂外出的夜晚屈指可数。从南方渗出的刺骨的寒冷，距你总是只有一息之遥。

空气不仅仅是温暖，它是炎热的，汗水顺着你的背流下。没有风，只有浓重的潮湿的空气和挂在天上炙热又明亮的星星。你深吸一口气，移动脚步。你决定让它们带着你走到它们想去的地方，它们似乎知道一些你不知道的事。它们毫不犹豫地带着你穿过草地，走上走廊台阶，穿过走廊来到泳池门前。你抬起门闩，推开门，走了进去。

没有灯，泳池似乎有些骇人，不过黑暗能使你隐形于那些注视的目光。你的双脚带着你来到池边，然后，在你能做出反应之前，踏入水中，走到第一个台阶上。

你一瞬间退回来，心怦怦直跳，惊恐万分。你不能进去那里，不能进水里。

你的脚刺痛着，而你身体的其他部位，像是一个不会思考的动物，让你知道它渴望沉浸其中。夜很暗，芬恩远在数百公里之外，贾拉的房间背离泳池，没有人会知道。你脱下T恤，解开胸罩，把拇指勾在短裤和内裤上，然后将它们脱下。

黑夜迎接你赤裸的躲藏。

你再次踏入水中。水淹到你的胫骨中部，你身体上的毛发随着水的触摸立了起来。你没有在思考，你又往下走了一步，水升到大腿中部，再一步，水令人震惊地直接上升到你的腰部，让你喘不过气来。你迟疑了片刻，闻到些氯气的气味，然后你任由水引领你的身体。

托比怎么会沉下去了？这池水高兴地接受了你，抱着你，托着你。它的波纹极轻地碰触着你的脖颈，你深吸一口气，潜了下去。

托比的世界有着奇怪的放大的声响。你睁开双眼，黑暗中，只能看到微光和涡纹，一片模糊。你伸出双手，水抱住你整个身体，就像一个爱人，像一个子宫，像你曾经抱着托比那样。

他在那里。

贾 拉

　　我决定在周五逃学，那是新闻被刊登出来的第二天。这么做并不难。我绕着街区骑自行车，等到妈妈开车离开再骑回来。不过，我还没想好该做些什么。房子里空无一人，回荡着悲伤。我做了一杯热巧克力，坐在桌子旁。如果我从那里往窗外看，能看到一小部分泳池栅栏，还能透过一堆树枝看到一小部分水面。如果我转过头，我能透过朝着走廊开的拉门看到花园的另一边，还有通往门口和街道的小路。泳池不在那边，它在房子的另一端，你几乎会忘了它就在那儿。

　　那天发生了什么？

　　从我坐的这里，我无法看到泳池，我也看不到泳池门。如果妈妈曾在厨房里，她看不到水里的任何东西。但是爸爸的工作室正对着泳池，他为什么没看到托比？

　　我站起来，走出去，站在泳池门旁，现在没有任何迹象表明这东西曾经打开过。柱子上只有门闩，是那种你必须抬起来的门闩。我打开门，走进去，放下门闩。它在我身后"砰"的一声关上了，声音大到震得栅栏都在抖动。

我朝着游泳池区域走去，选择一条宽些的小路，离水面尽可能远些。我打开工作室的门，里面一团糟，东西到处都是：空咖啡杯、他打算创作的东西的半成品——你管它叫什么都行。即便是我也能看出来，这并不是一个搞艺术的人留下的烂摊子。我都忘了他有过那次重大突破，叫什么户外雕塑，将会改变我们生活的玩意。好吧，它确实做到了这一点。

我坐在未整理的床上，透过双层玻璃门向外看去。即使是在这儿，也能看到大半个游泳池。妈妈或爸爸——又或者他们俩——从托比身上移开了视线，而不知怎么，他已经进入了游泳池区域。是谁发现的他，他们又做了什么？爸爸来学校接我的时候浑身湿透了，他一定进过水里。

爸爸似乎告诉过我是泳池门的缘故，是他的错，但我以为整件事都是一场意外，直到他被捕。这意味着什么？我想，这不仅仅是一场意外，我不清楚。但这更能说得通为什么妈妈不再和他睡在一起。她会原谅他吗？我会吗？我甚至不知道要原谅他什么。我也不知道我是否想知道原因，真是糟透了。

看来妈妈和爸爸要离婚。我无法想象我们会去往何处，又该如何生活。又或者我们仍然在等待着，待在一起，同时妈妈和爸爸又互相憎恨，那样会发生什么事？

这个工作室感觉像是爸爸的地狱。我必须离开这儿，否则我会开始考虑割腕之类的事。我站起身，跑过游泳池，来到厨房，用微波炉又做了一杯热巧克力。我有点害怕，独自在这座空荡荡的房子里，感觉它会令我做出任何事。

我的手机响了。

"不在学校？还好吗？"

是劳拉，她向我抛来一条救生索。

"今天没法去 :("

几分钟过去了。我想象着她在课桌下藏着手机，等老师移开视线。

"我能来吗？"

我盯着屏幕。如果劳拉偷偷溜出学校，来我这里，没有人会知道。妈妈在上班，爸爸在悉尼今晚才回，家里将只有我们两个人。

"好"

在我还没来得及想更多之前，我就将短信发出去了。

"一会儿见"

该死，现在改变主意已经太迟了。我只是想在家里闲逛，不让自己觉得哭泣不好，又或是不去哭泣。但那种感觉也有点危险，就像是如果我陷得太深，我就再也无法重新站起来。劳拉会让我从这感觉中转移注意力，但是我们该做些什么呢？

我上楼来到我的房间。我不知道我们是否会在这儿打发时间，但我想确认一下房间是否太过脏乱。

房间里糟透了：衣服到处都是，麦片碗里残留着已经凝固的食物残渣——几乎跟爸爸的工作室一样可悲。我开始收拾衣服，最简单的方法就是将所有东西都扔进洗衣机里。我把用过的杯子和碗放到一起，放在楼梯旁，把周围散落的其他东西堆在一起。我看向我的床，鬼知道从什么时候就没收拾过了，枕头上都是头发，真恶心。但是一想到换床单什么的，太可怕了，我拉过被子，将一切藏起来。她可能甚至不会上楼，我告诉自己，我们可能会看看电视或干些其他的。

我们会做些什么呢？我从没有邀请过女孩来家里，更别说是在家里没别人的时候。

我抓起碗和杯子笨拙地走下楼。这是个愚蠢的主意，劳拉不是那种逃学的人，我不敢相信她竟然会提出这个主意，我是疯了才同意了。我抓过手机，这样我就能给她发短信让她不要来了，提醒她如果被抓到偷溜出学校，她会惹上麻烦——她甚至可能不知道如何不被人发现地溜出来。

"有人吗？"

太迟了，她就在那儿，站在纱门外。

"真够快的。"我说着，走了过去。

"我偷用了杰德的自行车。"她笑了，但看上去有些紧张。

"哇，自行车小偷和逃学生，双重犯罪。"我立刻就想闭上我的嘴。天啊，那些蠢话在我思考之前就脱口而出了。我推开门，她越过我，走进厨房。

"你自己一个人吗？"她低声说。

"是。"我说着，就像这不算一回事，"妈妈在上班，爸爸在悉尼。我全权做主。"

在她环顾四周时，我局促不安地站着。她问我："有咖啡吗？"

这件事我能做。我不喝咖啡，但是爸爸锻炼过我，让我能在星期日的早晨将特浓咖啡端到他们床上。我有一段时间没做了，但是我记得怎么做。

"白咖啡？拿铁？美式咖啡？"

"拿铁。"她看着我打开炉子，开始准备原子咖啡机，"这是什么？一个古董吗？"

"差不多吧。爸爸说，这是唯一能做出真正咖啡的方法。"

我研磨着咖啡豆，劳拉在我肩头看着，嗅着。我喜欢咖啡的味道，即便我不喝咖啡。我将机器盖上盖子，将它放到炉子上。

"只需要一分钟。"我边说边看着它，就像不看它就不工作了一样。

"我逃了数学课。"她在我背后说，"我需要找个翘课的借口——没有完成家庭作业。我猜那也会让我惹上麻烦。"

我犹豫了一下，不想听起来太过愚蠢："我可以和你一起看一下作业。"

原子咖啡机开始发出咝咝声。我正打算转过头看她为什么不回答，这时她来到我身后，伸出双臂搂住我的腰，把她的脸贴在我的背上，靠在我身上。

我没法伸出双手搂住她，或做其他的动作，只是稍微向后靠在她身上。我滑下一只手，放在她扣在我腹间的手上，我的另一只手紧紧抓住炉子边缘，保证我能站好。而且，我知道原子咖啡机随时会开始滴出咖啡。

"你认为他们会去哪儿，贾拉？"她低声说道。

他们？

就在这时，咖啡机开始汩汩作响。

"不知道。"我能感觉到的就是托比已经走了。教堂的那些东西没有任何意义，我不知道天堂或地狱是否存在，这些听起来都像是人类为了安慰自己而编造的东西。如果死后真有什么，我希望不仅是奖励和惩罚。

我握了握她的手："嗯，咖啡……"

"不想喝了。"

她放开手，然后走开了。我感到一股凉意顺着她靠过的身体部位滑过。我关掉炉子，转过身，她站在窗前，我看不见她的脸。

"你是如何处理你弟弟的骨灰的？"她问道。

我吞咽了下，托比的骨灰是我强迫自己不要去想的事情之一："现在，没有处理。我猜他们还没决定好。"

"你看过吗？"

"没有。"

我曾想过：当骨灰盒拿到家时，我急切地想看看里面。但我从没找到合适的时机开口。

她转过身："你不想知道它看上去是什么样的吗？"

"想过，但是我不知道它在哪儿。"

她走过来，抓住我的手："让我们找到它。"

我们从休息室开始，查看了橱柜里面和架子后面，什么都没有。不会在厨房，我十分肯定。我们检查了楼梯下，托比的东西都收拾在盒子里，放在那里。我很确定妈妈不会让托比的骨灰进入爸爸的工作室。

我们蹑手蹑脚地走上楼，这很愚蠢，因为房子里空无一人。我领着劳拉穿过走廊，打开了门。

"这是托比的房间吗？"

"曾经是。他们将它清理干净便于卖房。"

我们都站在门口，不想进去。

"你会搬到哪里？"

"爸爸想让我们回塔斯马尼亚。"

"你想去吗？"

在那一刻，我哪儿都不想去。站在劳拉身边，抓着她的手，寻找着托比的骨灰的这一刻，是自他去世后我感到最有生机的一刻。她把脸转向我，我吻了她。我开始掌握窍门了。我们之前在林子的深处接吻时，吻得还很轻柔，但今天她用力地吻着我，将我拉向她。一开始我吓了一跳，然后我回应她。

她推开我："你认为它在这里吗？"

这里没有任何属于托比的东西，我摇了摇头。然后我知道了："我父母的房间。"

在我的人生中，我父母的卧室一直是一个受欢迎的地方，但当我们走进去时，我意识到自从托比去世后我就再也没来过了。我家中有那么多地方我都不再去了。

床上收拾过了，整洁利落，堆着靠垫；房间非常整洁，除了角落的扶手椅上的几件衣服以外；通向浴室的门敞开着，看上去也很整洁。总之，他们的卧室就像是宾馆的房间。妈妈保持着房间的整洁一定是为了方便验房，我在他们要求的时候整理了房间，然后就忘记保持原样了。没有人再说过任何关于房子要出售的事情，我甚至不知道房子是否还出售。

嵌入式衣柜是放置托比骨灰的合理地点。我滑开柜门，朝里面看了看，以为骨灰盒会放在上面。

"在这里。"劳拉说道。

她蹲在床边，灰色的塑料盒就在妈妈睡觉的位置的正下方。我双膝跪地，把手伸到下面，将它拉出来。如果劳拉不在场，我会将它紧紧抱在胸口。它被厚厚的灰色胶带封住了，我把手指沿着胶带刮了一圈，直到找到边缘，我试图撕开胶带。

"让我来？"

她的指甲比我的长。她将指甲划到胶带边缘下方，然后伴随着巨大的撕裂声将胶带扯下来。我撬开盖子，害怕骨灰突然撒我一身。

我不知道我在期盼什么：黑色和白色相间的灰？就像你在壁炉里看到的一样？但是盒子里装满了灰色的沙砾，像是被压碎的贝壳。我感到喉咙哽咽，想触碰它，又心生惧怕。

劳拉伸手越过我，将她的手指划过骨灰。细密的灰色尘土升起一片烟云，她喉间发出声响，像是半声呜咽。我抬起头，她在哭。

"至少你有他的一部分。"她低声说。

"这不是他。"我说。我想要跑到外面，将它抛向空中，任它被风吹走。我恨它。妈妈怎么能睡在离这曾被称为托比的东西如此之近的地方？

我们都在同一时刻听到了声响：楼梯上响起沉重的脚步声，爸爸的声音在呼唤。

"嘿，有人在家吗？是你吗，贾？"

他从哪里出现的？他应该在悉尼。我笨手笨脚地拿着盖子，急切地不撒出任何东西，但又无法将盖子盖回盒子上。我听到走廊那头，爸爸停在我的房间外："贾拉？"

劳拉睁大眼睛看着我。当我听到爸爸开始沿着走廊走向我们时，她抓过我的头，一把拉过我，给了我一个深深的吻。

"有人吗？"爸爸的声音越来越低。

爸爸站在门口，吃惊地盯着我和劳拉。我们分开了，她后退了几步，我听到他下楼的脚步声，缓慢而沉重。

"什么——"我低声对劳拉说。

她指了指骨灰盒："最好是被抓到接吻，你不这么认为吗？"

我深吸了一口气，心跳开始慢下来。她是对的。如果爸爸发现我们用手在托比的骨灰里划来划去，情况会更糟。

　　隐约地，我听到外面泳池门铿锵的声音，爸爸要去工作室。我将盖子盖上，把胶带缠在盒子上，把所有东西滑回床下。

　　"你最好先走。"我对劳拉说。

　　我们蹑手蹑脚地走下楼，我推开纱门让她出去。她双手搂住我的脖子，紧紧地拥抱我，快速地吻了一下我的双唇，她的眼里仍含着泪珠。她转身走下台阶，抬起靠在下方的自行车，推车穿过草坪，在大门外挥了挥手，然后离开了。

　　屋子里一片沉寂，但我能感觉到爸爸就在那边。他逮到我在他的卧室里和一个女孩亲吻——外加逃学。我有大麻烦了吗？或者这种事情不再重要？我站了很长时间，等着看他是否会回来，不知道该做什么。

　　半小时过去了，他还是没有出现，我拿起手机。

　　"今天工作吗？想跑步吗？"

　　汤姆立刻回复："不工作，能跑步，时间？"

　　"10点　我家街角"

　　我在四分钟内就换好衣服，到了外面，在原地慢跑，拉伸着双腿。我仍然不知道劳拉为什么会哭。

布丽姬特

　　芬恩回来了。周五下午当你把车开到车道上时，你就知道了，早在你看到他工作室亮起的灯之前，也早在你穿过草地，发现他躺在走廊的藤椅上睡着了之前。

　　你昨晚想念过他。他被驱逐出你的床，但你仍然能感知到他藏在他的工作室里，仍然能感知到你能依赖他的存在。孤独有着不同的质感。

　　你走到走廊，停下来。他醒了。

　　"提前回来了？"你说。

　　芬恩揉了揉眼睛，缓缓用手肘撑起身子。他看上去糟透了，你不曾记得的皱纹刻上了他的面容。他晃了晃双腿，站了起来。

　　"我们需要谈谈。"

　　你的心脏一阵收缩，任何他想谈的事不会是什么好事：他的法律建议，你离开家的那一晚，他离开家的那一晚，任何和托比有关的事。对这次谈话你没有任何可期待的。

　　"贾拉放学回家了吗？"你问道。

他停顿了一下，看了看表："他回了，我猜他又出去了。我打了个盹儿。"

"我们需要密切关注他，"你说，跟着他进屋，"我很担心他。"

"我同意。"芬恩坐在了沙发上。

你希望能有一些开场白，做一些热饮或冷饮，得有些东西。你踢掉鞋子，松开几颗扣子，坐了下来。

你感觉到，而不是听到，他在哭泣。他双肩的抖动像是一股地震的震颤，穿过客厅，进入地板，攀上你的身体，仿佛房子的地基也在颤抖。法律方面的消息一定很糟糕。你离得如此之近，伸过手就能抓住他的手，几乎就像是你已经这么做了一样。

当他说话时，他的声音是哽咽的："买家退出了。"

你没理解这些字眼，当你听到时，你不明白是什么意思。他是在谈及他的一个雕塑吗？是和埃德蒙德有关吗？当你意识到他指的是房子时，某种类似释然的感觉渗入你的身体。你伸过手，将手放在他的手上，他翻转手心朝上，握住你，就像溺水的人是他一样。这很可怕，你想要摆脱他向下的拉力。你花尽全身力气才镇定下来，没有将你的手指从他的手中挣脱出来。

"反正也是一个扯淡的价格。"你说。

他没有回应，你的愤怒开始熟悉地燃起。出售房屋并不是现在最重要的事情，他被指控犯有过失杀人罪，而你们甚至还没就此谈论过。

"你不是去悉尼寻求法律建议吗？发生了什么事？"

你能感受到他试图控制住自己，简直就是在压下他哭泣的冲动，你希望他能做到。这种想法很自私，但你甚至不能控制你自己的痛苦，他悲伤的浪潮会将你淹没。

他的颤抖渐渐缓和了，他获得了控制权。他把手从你的手中抽出来，用胳膊擦拭着眼睛，从口袋里摸索出纸巾，擤了擤鼻子。他握紧拳头将纸巾团成一团。

"我想让你听我说完。"

当你谨慎地点头后，他继续说道："我们不能待在这里，这儿会毁了我们。"

你腹部下方一阵紧缩：他有没有听到你关于法律建议的问题？"等等——"

"埃德蒙德把他的家提供给我们，他会待在别处。贾拉可以去上学，你能开始找工作。我们能离开这里。"

这不是你所期盼的："去悉尼？"

"只是在我们卖掉房子前，或者你在塔斯马尼亚找到一份工作前，又或是我卖出一些作品前。我想在这个周末收拾好我们需要的东西，其余的留在这儿。周日之前我们就能离开这里。"

你对他有所温柔的那一刻，昨晚思念他的那一刻，正在消失。你说："看在上帝的分上，这并不是我们需要谈论的最重要的事情。律师说了些什么？"

他摇了摇头："我们稍后再谈。这就是最重要的事。"

"你有没有想过问问贾拉和我对这件事的看法？"

"我正在问。"

你的腹间开始涌起怒火："你知道你儿子有女朋友了吗？"

芬恩脸上闪过一种奇怪的表情："是，我知道。"

"你没想过他可能不想在提前两天的告知后，就被拖去悉尼？还有我呢？我就这么离开工作？周一不回去上班了？"

"是的。"

你慌了：这些回答里没有任何可争辩的、可抓住的、可动摇的论点。你改变策略："如果我们不想去呢？"

"我们需要考虑最有利于我们整个家庭的方法。"

"现在再说已经迟了。"你厉声说。

他抬起头，一脸震惊。你知道你越过了某种界限，你闭上了嘴。

"布丽姬特，"他轻声说，"我求你了。"

你的头按它自己的意愿摆动着："我不能离开托比。"在你意识到之前，这句话就从你嘴里说出来了。

芬恩看着你，露出老态，皱了皱眉头，一脸困惑。"他已经走了。"他说，仿佛你是个孩子似的。

你想冲着他吼叫：你错了，我的儿子就在那里，在泳池里。然而你挑衅地说："如果我们不去呢？"

芬恩看了你一会儿，然后垂下眼，把头埋进双手。你以为他会开始抽泣，但他一动不动。

你不想知道答案。你站起来，快步走到门口，来到外面。

天已经暗了，仍然炎热，还是不见贾拉的影子。你做了几次深呼吸，没有想太多，转身走向游泳池，由着自己进入泳池门，在身后轻轻关上它。你走到一把木椅旁，将它拖到泳池边，然后坐下来，感受着温暖的空气舔过你赤裸的手臂。

你所接受的科学训练中，没有任何东西能支撑你坚信的：托比不知何故，就在水中。你不想知道芬恩对你所提问题的回答，你不想让他强迫你做出选择。你不能离开托比，你不会离开。

芬恩

芬恩想跟着布丽姬特，想要说"你那晚在哪里"，想要问"我们之间怎么了"，想要吼"我真他妈的害怕"。

他不能。

花园门"咔嗒"一声打开了，男孩们走了进来，满脸通红，浑身是汗。汤姆对贾拉说了些什么，在芬恩注视的地方无法听到。贾拉转过头，笑了。那个微笑重重地击向了芬恩，那一秒，他的儿子是开朗的、不设防的，那是一个甜蜜的微笑，来自一个被遗忘的世界。

他们来到台阶前，穿过走廊，他们是美丽的。纤瘦的贾拉，跑步后放松下来的四肢，灵动地移动着，男孩的身体正逐渐成熟，暗示着不久后会长成的样子。他身边的汤姆，肩膀宽阔，身体强壮，正处于青壮年时期。芬恩多年没有跑步或参加体育运动了，他的肚子太大，他的膝盖疼，他身上毛发旺盛，他因痛苦变得疲惫不堪，他过早地成了一个老年人。

芬恩坐起来，勉强笑了笑，感觉像是在做鬼脸："嘿，伙计们，跑得好吗？"

贾拉点点头。

"嘿，布伦南先生。"汤姆说，"对，贾拉彻底打败了我，你从没说过他跑得那么快。"

"汤姆，请叫我芬恩。来瓶啤酒怎么样？"

有片刻的迟疑。

芬恩想让汤姆答应，想让他和他们待在一起，分享他生活的常态，也洒点常态在他们周围。

"谢谢，"汤姆答道，不知怎么懂了他的意思，"芬恩，那样就太好了。"

芬恩站起身，看向贾拉："想试试吗？"

贾拉眨了眨眼，芬恩突然想到卧室的那一幕，他的儿子和那个女孩，用青少年的方式亲吻着，唇舌交触。

"当然。"贾拉说。芬恩敢肯定他脸上的红晕并不只是因为跑步。

"你妈妈不需要什么都知道。"芬恩停下来，确定贾拉知道他在说什么。当他从男孩眼中看到男孩松了一口气时，他示意了一下："坐吧，我去拿啤酒出来。"

在他们过去的生活中，在这样的一个周五的夜晚，布伦南一家会去游泳池，跳进它凉爽的怀抱，然后躺在躺椅上，身上滴着水。芬恩会喜欢看布丽姬特穿着她的泳衣，也会希望他的肚子能小一些，然后决定少吃点比萨。他的儿子们会在游泳池里玩耍，贾拉会把托比扔起来，然后让他掉到水里，在他的头沉入水中几秒后又将他抓出来。

芬恩摇了摇头：太危险了。他打开冰箱，拿出三瓶长颈瓶啤酒。"科罗娜"对于刚开始喝酒的贾拉来说，是一款不错的啤酒。他又摇了摇头，他想：最好不要做任何假设。他不认为那孩子在喝酒，但又一想，他也不知道贾拉会亲吻女孩——又或者更多：在他本该在学校的那天却待在家。所以，芬恩到底真的知道些什么？

男孩们踢掉他们的鞋和袜子，将它们扔在草地上。芬恩坐下来，递过啤酒。

"干杯。"他说，然后他们三个人碰杯，开始喝。他用眼角的余光注视着贾拉，看到男孩微微做了个鬼脸。芬恩放松了些：也许这是他第一次尝到啤酒。他想知道布丽姬特是否仍然坐在泳池旁，可被茂密的棕榈树遮住了视线。小互动一点一点地来，这是他能控制的，他不能冒险开始一场关于给他们的儿子提供酒精的谈话。她最好离远些，只就现在来说。

"工作很多吗？"他问汤姆——令人愉悦的、安全的汤姆。

"这周有点少，"汤姆说，"但工作就是这样。明天有个活。"

"你喜欢这份工作吗？"

汤姆点点头："不需要将工作带到家里。"

"你很擅长这个工作，"芬恩说，"想过去当个学徒吗？"

汤姆喝下一大口啤酒："我不知道，布伦南先——芬恩。妈妈想让我去大学，我们现在正填着那些表格，我可能会去教体育。"

"你想去吗？"

"也许吧。"

芬恩转向他的儿子："你呢，贾拉？对以后有什么想法吗？"

贾拉防备地看着他："没有。"

他应该知道的，向十几岁的男孩问有关未来的话题只会是个死胡同。芬恩感到一阵疲倦，他放松肌肉，瘫倒入椅子中，又喝了一口啤酒，试图回味。

"嘿，你的雕塑做得怎么样了？"汤姆问道，"贾拉说你被选上参加一个大型节目。"

芬恩耸耸肩："码头雕塑展，我错过了。我打算完成几份委托。"他停下来，振作了一下，坦白道，"不知道我是否能完成。"

"需要帮忙吗？"汤姆若无其事地问道，就像提出帮忙修剪草坪一般。

芬恩眨了眨眼："你是什么意思？"

"嗯，你知道的，"汤姆耸耸肩，"我和贾拉能过来，帮你忙，就像——摆好，或者是把东西焊接在一起之类的。"

芬恩感到胸口处一小阵激动。他不会称之为希望，他决定他不会称它为任何东西，以免赋予名字的重量吓跑了它："我想，我们能试一试。"

"太好了。"汤姆说，好像这听起来很有趣一样。他站起来。

"现在吗？"芬恩问道。

"是，为什么不呢？我有几小时的时间，我们能开个头。"

贾拉也站在那儿，两个人期待地看着他。芬恩俯身站起来："好吧，我们走。"

泳池区域不见布丽姬特的身影，她一定是在他们喝啤酒时溜走了。芬恩带着男孩们穿过泳池，打开工作室的门，感到一阵羞愧袭来：里面很恶心，他的生活带着它所有经历过的灾难，被摆出来供所有人观看。但是汤姆似乎处变不惊。

"我能腾出点地方吗？"他问道。当芬恩点头后，汤姆指挥着贾拉来帮忙，他们把那张糟糕的沙发床推到角落，汤姆扔了些东西盖住它，然后他们把其他一些笨重的东西移到四周，腾出一块空地。汤姆找到一块蓝色的防水布，和芬恩检查过没有漏洞后，他们将它铺在地板上。

"好了。"他说着，双手叉腰，"你到目前为止完成了些什么？"

芬恩茫然地走到工作台旁。他经常重新排列"龙侍卫"残存的部件，试图将它变成别的东西，然而他迷失了。他冲着这一堆乱七八糟的金属挥挥手："这儿乱得一团糟。"

"如果你把零件递给我，我们能在这里摆出来。"汤姆说。芬恩在那一堆金属里翻找着，费劲地拿出一件巨大的有凹坑的飞轮，它曾经是那件作品的中心部件。汤姆走上前，示意贾拉。他俩抬起它，让芬恩把它从那堆乱麻中分离出来。当它终于被取出时，他们将它放在防水布的中心位置。

芬恩感到另一阵羞愧袭来：男孩们不只看到他的失败，还看到即便在工作顺利时，他在这儿所做的事情——玩着金属碎片，什么都算不上，任何人都能做到。

但是汤姆饶有兴致地看着那堆垃圾："下一步？"

即便是贾拉，他看上去不是那么感兴趣，然而也不觉得无聊，或想停下不干了。上帝啊，这就是有所进展。

"它的中心是一系列的发条齿轮，"芬恩说道，"它们被放在大飞轮的上方。"

他们继续着。这件作品又开始逐渐成形，就躺在地板上。直到工作室变得太暗看不清楚东西时，他才注意到时间的流逝。

"看起来不错。"汤姆抱着手臂说道，"如果你愿意的话，我可以周日再过来？"

"周日？"芬恩揉了揉抽筋的肩膀。这个周末，他计划收拾好他的包裹，收拾好他们所有人的包裹，带他们离开这个地方，设法把他们送到安全的地方。布丽姬特不去，他也没有足够勇气去考验她。他不能强迫他们，也不能离开他们。

"谢谢你，汤姆，"他说，"那样就太好了。"

匿名送到门口的食物已经干透了，冰箱里和工作室里一样恶心——甚至更糟。芬恩从冷冻室后方拿出一些特百惠盒子装的东西，用微波炉加热，直到它开始冒热气，然后舀出来盛进碗里。它不适宜这个炎热的夜晚，但它是食物，让他能端上些东西放在桌子上，然后冲着房子的远处喊道："晚饭准备好了。"

贾拉和布丽姬特都从他们在忙的事情中抽身——即使他们并不知道自己在做什么——出现在二楼，而芬恩现在几乎不再上楼了。贾拉穿过客厅的时候打开了电视，在不需明说的一致中，他们三个都端起自己的盘子，回到客厅。在餐桌上一起吃饭是不太可能的，但是在电视机前一起吃饭还可以容忍。芬恩希望自己能沉浸于电视上播出的任何节目，但他能看到的只是可能来自另一个文明的图片和声音。

布丽姬特和贾拉吃完饭后，似乎满足于盯着发光的荧屏。于是芬恩收拾好盘子，拿回厨房。他把碗碟放进洗碗机，然后双手放在水槽上站着，望着窗外的黑暗。

"晚安，爸爸。"

芬恩转过身，贾拉已经从门边收回头，但至少这孩子愿意主动开口说话了。

"晚安，贾拉。"芬恩急忙说，"嘿，今天谢谢你。"

"嗯，也谢谢你。"

就在那一刻，贾拉停了一下，他们视线相交，但这蕴含深意。芬恩感到身体里一阵刺痛：他为贾拉保守秘密，这是他们之间唯一的信任和联系，但这也是他第一次对布丽姬特隐瞒儿子的事情。在这两种忠诚之间拔河令他疼痛。

芬恩听到贾拉爬上楼。在曾经是芬恩的卧室里，贾拉和那个女孩之间发生了什么？

在另一个房间里，布丽姬特关掉电视。芬恩紧张地等待着，然后听到她上楼的声音。

她甚至没来说晚安。

他隐约地听到头顶上传来她准备上床睡觉的声音。不温柔的关门声，轻柔的脚步声，厕所的冲水声，她上床时床铺发出的"咯吱"声。

房子安静了下来。芬恩伸出手，拂过去关掉炉子上的灯，那是厨房里唯一的亮光。他任由黑暗笼罩着他，任由沉重压在他的双肩上，任由沉默轻拍着他的耳垂和手肘，任由水槽钢铁处透过来的凉意渗到指间。

然后，他任由包含托比的记忆从过往涌现，他能在刀尖上保持一会儿平衡——试着想起托比，而不会坠入深渊，也不会重新体验所发生的一切。

从托比能抓住东西的那一刻起，他就被事物是如何运行的所吸引。芬恩知道那遗传自他，他们都以一种物理的方式看待这个世界，看它的零件如何装配在一起，在事物的组合中寻求乐趣。

并不是木雕让托比感兴趣，而是那些发条装置，他想要去看、去摸、去抓。芬恩习惯于把他放在地板垫子上，然后在他面前放上一堆齿轮、车轮和零碎的金属——完全不适宜作为玩具，尽管他确保所有东西都大到不能被吞下去。而托比从没试过吞下它们，他把它们摆好，重新组合，拿着它们互相撞击。这股兴趣源于芬恩，但在托比身上变得更浓厚，这是一种迷恋、一种动力。他的一生可能都会以事物如何运转为中心。

芬恩瞪着眼，眼睛发涩地看向黑暗中，他前后晃动着脚踝，让痛苦知道它没有获胜。他的身体抖动着，他曾充满活力，想要回到家聚齐布丽姬特和贾拉，然后带他们离开，他承诺对痛苦要有所行动、甚至是逃离它，总之要做出些什么。

头顶上的床铺咯吱作响，声音如此微弱，他几乎听不到。他知道它每一处发出的咯吱声和刮痕，他知道木头如何摩擦在一起，哪几处接口需要时不时上紧。事情为什么会变成这样，他会害怕踏进自家楼上？

他将自己从水槽旁移开。很好，他们这个周末不会逃离这里，但是有些事必须改变。

在楼梯下方，他发现自己屏住了呼吸，蹑手蹑脚地踏出了第一步。他停下来，深吸一口气，站直身子，像一个正常人一样爬楼梯，没有重重地踏出脚步，但是也不鬼祟。穿过走廊，经过贾拉的房门，他来到主卧紧闭的门前，然后推开门。

床上布丽姬特的身形不自然地一动不动。芬恩走进去，关上了门。他把T恤拉过头顶脱掉，接着脱下短裤，走到他的那侧，上床，盖上被子。

"我再也不会睡在其他地方了。"他低声说。

她什么也没说，没有动，也没有向他伸出手。他知道她没有睡。他忽然意识到，实际上，这样睡比睡在工作室的那张小沙发上更孤独。

"晚安。"他低声说。

有一阵轻微的颤动，如此微小，可能是他想象出来的，但仅此而已。黑暗重重地压在他身上，他太累了，太累太累了。他的身体感到床铺的熟悉感，想象着它是安全的，他能感到睡意已经袭来，感觉到双腿开始抽搐，呼吸开始变慢。他本来打算清醒地躺着，看顾着她，但是他滑动着，滑向梦乡。

当他重新回到清醒状态时，他不知道过去了几分钟或是几小时。他转过头，床上布丽姬特的那侧是空的，芬恩感到一阵疲倦。如果只是把布丽姬特赶到别处去睡的话，重新睡回到他们的床上毫无意义。她会去哪里？

他起身，像是在糖浆里移动一样。他穿上短裤，默默地推开门。他唯一能想到她会去的地方就是托比的房间，但是当他蹑手蹑脚地穿过走廊，瞥进去时，那个毫无生气的小房间里空无一人。她会睡在楼下的沙发上吗？

客厅里空无一人，厨房也一样。芬恩来到走廊上，车道上的汽车闪着微弱的光。那么，她还没有离开他，现在还没有。

然后他听到了，泳池里响起水波的声音，还有属于哺乳动物的轻柔的呼吸声，像是一只鼠海豚。他颤抖着，想知道他是否在做梦，在这个温暖、不真实的夜晚，在银色的月光下，夜色厚重而浓郁，泳池的声音十分清楚。那里面到底有什么？

他蹑手蹑脚地走到门边，躲在暗处看过去。街灯的一点光亮洒入泳池区域，覆盖在水面上。

是布丽姬特。她再次浮出水面，呼出一口气，她好像在试着尽可能长地憋住气。她是想伤害自己吗，还是想淹死自己？

　　黑暗中，芬恩隐约看到她再次潜下去。她在水下待了如此之久，他几乎打算打开门，潜下水找她，但是他又等了一会儿，再等了一会儿，然后听到她浮出水面的声音。

　　他甚至无法想象再次进到那片水里。而在那里正发生着什么，就在水中，和他无法理解的妻子一起。这比分开睡更糟糕。现在，他知道他们实际上隔着多远的距离。

贾拉

我讨厌周六。在周末，糟糕的事情一直盘旋着：时间太多，没有足够的事情可做，妈妈和爸爸彼此之间客气得格外奇怪——我有些希望他们能吵起来。爸爸在工作室里工作，妈妈没有头绪地打扫着，就像她不记得已经打扫过这些地方一样。我太绝望了，不经要求就把草坪修剪了。

没有人告诉我任何事，我受够了。下午晚些时候，我在卧室里走来走去，我受不了了。

我发短信给劳拉："想做些什么吗？"

"今晚上班"

我不知道该怎么接。她没有提出改日再约，她生我的气了吗？爸爸抓到我们接吻后让她觉得奇怪了吗？她是不是还在为那件不知缘由的事而难过？

汤姆周日会过来帮爸爸做雕塑，但是周六的时间似乎没有尽头。我发给汤姆同样的短信，一小时后他才回复我，那时我几乎要放弃了。

"看电影？"

"任何能离开这里的事。"

"5点来接你。"

他停下车时，我就在屋前，跳着从一只脚换到另一只脚。我打开小货车的门，在他还没来得及关掉引擎前就上车了。

"你说任何事都行，是吗？"他说，"只是，这是一部冲浪电影，我不认为你会喜欢它。"

"我不在乎，"我说，"我们走。"

他将汽车挂上挡："你的家人今天过得好吗？"

"糟透了。"

"你呢？"

"一样。"

他没再问我其他事。他调大收音机音量，开车前往金斯克里夫。他带我走进一家我去过的最小的电影院，我估计那里大概有三十个座位。他给自己点了一杯啤酒，给我点了一杯饮料和一碟薯片。我们坐了下来。

"你必须找点事做，"他说，"否则你会疯掉的。"

我看着我的手："我知道。"

"如果你愿意的话，我能教你冲浪。"

"不。"

"看完电影后你可能会改变想法。"

"我不信。"

预告片开始播放，灯也暗下来。我只是想看一些什么东西，然后忘掉其他事情。这是一部关于在夏威夷或其他某个地方乘着巨浪滑行的电影。一开始还好，直到他们开始上演一些水下的情景：那个人训练尽可能长时间地憋住呼吸，还出现了海浪把他压倒的情形。太多的水下画面，太多的蓝色了。

我闭上双眼，忍不住想知道托比是什么感觉。会疼吗？他会不会因没有人去救他而愤怒？

几分钟后，汤姆推了我一下："我们走吧。"

我跟着他走出去，我们穿过马路，经过冲浪俱乐部。天气还很暖和，水里满是游泳和冲浪的人。

"对不起，"我说，"如果你想，你可以回去接着看。"

汤姆摇了摇头："算了吧，糟糕的选择。我们就在外逛一会儿吧。"

我们坐在草地上，俯瞰着海滩。头一次，我们只是闲逛，什么都不做。我不知道该说什么，摆弄了一会儿草。汤姆似乎乐意盯着水看，也许这是冲浪的人的偏好。对我来说，那只是海浪撞击在一起——它们看起来都一个样。

"我们去散步吧。"汤姆说，"我今天早上已经跑过步了，还冲了浪，我不认为我能再跑一场。"

我跟着他走到湿漉漉的沙滩上，一句话也没有说。我们朝南边走去，几分钟后，我们远离了人群。这样更好，能动起来。我宁愿跑步，但散步也还行。我喜欢和汤姆在一起，他很稳重，我感到平静。

"你和那个女孩怎么样了？"他问道。

我的脸发热了："劳拉？我不知道。"

"你今晚为什么没和她出去？"

"她在比萨店上班。不管怎么说，我只是她的当月慈善对象，你知道的？"

他笑了："女孩们不会只因为她们为你感到难过就和你约会，贾拉。"

"她对我死去的弟弟比对我更感兴趣。"

他什么也没说。我们边走边看着冲浪的人，我猜，他还是想去冲浪。

"你有女朋友吗？"我问。

他摇了摇头："我现在有点像是在空窗期。"他瞥了我一眼，"我爸爸去世后，也有女孩对我感兴趣，但没有持续太久。没有经历过这些的人——他们很快就会忘记。"

"甚至还不到三个星期。"我说。

"我懂。"

我们走得更远了。"你爸爸葬在哪里？"过了一会儿我问道。

汤姆沿着海滩挥手："我们把他的骨灰撒进大海，他喜欢冲浪。"

并排走让我和汤姆说话更容易，我们不用看着对方。我盯着水面："你认为他们会去什么地方吗？"

"当然会。"

"像是，天堂什么的吗？"我偷偷瞥了他一眼。

"对我爸爸来说，冲浪就是天堂。我想他就在那儿，在水中。"

"你觉得他们能看见我们吗？"

汤姆摇了摇头："有时我在冲浪的时候觉得我能感觉到他。但也有可能是我的错觉。"

他看着我："托比的事是怎么处理的？土葬吗？"

我踢了踢沙子："他在我妈妈的床下。"

突然间，我感到天气变得更冷了，阴影延伸至海滩的长度。

汤姆停下脚步，转过身来。

"我们为什么不去你女朋友那儿吃比萨呢？"他咧嘴一笑，"我能确认下到底是什么值得大惊小怪的事情。"

"只要别拐走她，好吗？"我冲他咧嘴一笑，好像一切都很好。我突然沿着海滩慢慢地往回跑。

汤姆呻吟了一声，然后也开始慢跑，追上我："你真是意乱情迷。"

"你一看就会明白是为什么。"

但事实是：我并不想让他见到她。我更乐意只是做我们正在做的事情，我不需要更多的东西。

布丽姬特

实际上桑德拉有偷偷给你打电话。当她的电话号码出现在你手机上时，你花了一点时间才认出来。你迟疑地盯着屏幕，很久以前你就把她从联系人中删除了，但她的电话号码是你了然于心的少数号码之一。

她曾是你最好的朋友。在贾拉还是个婴儿时，你们在你加入的某个游戏小组中碰到。随着她儿子开始上学前班，她很快就离开了。从那次短暂的交集开始，一段偶然的友谊得以幸存，变得更有意义。你以为她是你可以全心信赖的朋友。

你对她说了一些事情，一些你事后后悔的事情。某一天晚上，喝过几杯酒后，你曾告诉她一些甚至连你自己都不愿承认的事情：你对你的婚姻有了些微的厌倦，甚至——可能是——有了些微的难堪，因为你的全职丈夫芬恩，缺乏野心，也不是多成功。她翻了个白眼，告诉你她和汉斯已经两年没有发生过性行为了。大多数晚上她都看电视连续剧，因为他对她如此厌烦。她正在考虑报名参加大师赛，仅仅是为了有事可做。你们一起笑了，话题就此结束。

然而事实并非如此。这件事一定在桑德拉心中埋下了一颗种子：那就是她能和你的丈夫鬼混，从而作为慰藉她无聊度日的良药。而他也顺从了。他俩继续着这种关系，像是他们没有背叛这段友情和婚姻，就像这不是什么严重的事情。

电话不再响起。你等了一会儿，直到提示音响起——她留下一通留言。当然，你会听都不听就删掉它。

如果她还是你最好的朋友，这一切可能会大不相同。你可以向她咨询关于芬恩的建议，或者告诉她你开始相信鬼魂的存在，或者跟她倾吐你很有可能——也许是确凿无疑地——正慢慢走向疯狂；你可以向她询问你一直感到愤怒的缘由，询问为何这种愤怒主要针对芬恩。你可以向她询问而不是哭泣。

布丽姬特，我知道你不想和我说话。我只是想要告诉你我仍然在你身边，我在想着你，还有……嗯……致以我的关心，如果你需要陪伴，就给我打电话。

你戳向删除键。你不应该听的，有什么用呢？她因为无聊背叛了你，而你不会原谅她。现在，经历了一切后，你成为活在一个不同世界的另一个人，桑德拉不会知道你已经变成什么样了。

今天是周日，你要疯了。芬恩在工作室里，贾拉也在那儿，还有那个叫汤姆的男孩也来帮忙，那里是充满了雄性荷尔蒙的聚会，而你无事可做，无处可去。整座房子向你逼近，压在你的皮肤上，想要挤碎你。

当梅瑞迪斯发短信询问你的情况时，你如释重负，几乎快哭出来。你打电话问她要不要见面喝杯咖啡，她迟疑了一会儿，最终建议去高速路旁的卡车服务站。这没有其他事情那样疯狂，不管怎么说，离你母亲的养老院也不远，你同意了。你在桌上留了张便条，以免芬恩不知道你在哪儿，然后出门了。

卡车服务站挤满了去往别处的赶路人。你喝了一杯淡咖啡，摆弄着葡萄干吐司片，直到她到了。她环顾周围，看到你，然后穿过人群向你走来。她坐了下来，但是没有摘下她的墨镜。

她从桌子上伸过手，紧握住你的手："我一直记挂着你。"

"谢谢。"你说，想说说别的事，"我猜你看到报纸了？芬恩被起诉了。"

"我知道，你还好吗？"

这些话从你的嘴里脱口而出："芬恩想要我们搬回霍巴特——他说他不能再住在这里了。我不知道贾拉的行踪，我也无法和他沟通。我害怕离开这里，我不知道该怎么办。"

她松开你的手，坐了回去："我想亲自告诉你，而不是在电话里说。我不能再帮助你了。我今天甚至都不应该来这里。"

你试着控制自己不要咆哮出来："什么？"

"我昨天才知道，我将会在指控芬恩的案子中作为证人，所以我不能再和他说话，可能也不能再和你说话。"

你努力试着理解她的话："但是——你站在我们这边。你说过你们的基金会会在法律案件上帮助这些家庭。"

她低下头："这无关选边站。我们确实帮助家庭度过法医问询，但现在芬恩被起诉了，事情不一样了。这是一个刑事案件。我们的基金会多年来一直游说通过法院起诉这样的案件来提高人们的意识。你知道去年有多少家庭在游泳池中失去他们的孩子吗？"

你摇头。

"十六个。十六个家庭失去了他们的孩子，大多是因为有人粗心没有关门或关栅栏。十六个家庭被毁了。"

"可是——"

"根据我的经验，当一个孩子溺水时，母亲总是受到责备的那个，布丽姬特。但在这个案件中，芬恩非法改动了泳池门，现在你们都为此付出了代价。"

"哇！"你站起来。

"哦，上帝啊，"她摘下她的眼镜，将头埋在双手中，"听我解释。"

你犹豫了一下，又坐了下去。她让自己平静下来，她双眼发红，但忍住不让眼泪掉下来。当她再次开口时，声音很轻柔。

"如果芬恩获罪，这个案件将有助于挽救生命。如果他进监狱，就更是如此。这个消息会出现在所有新闻报道、所有社交媒体上，人们会听到它，会记住这个信息。"

你猛地抬起头："他会进监狱？"

"你没去咨询过法律建议吗？"

你逃到陈的身边，而不是去见律师。你边摇头边带着一丝愧疚想起这件事，你不曾留心过。

"我不是想伤害你的家人。我只是希望正义得到伸张，孩子们得到保护。这是件很有价值的事，不是吗？如果它甚至能挽救一个孩子的生命呢？"

这个问题不可能有答案。你直直地看着她："你经历过什么事，梅瑞迪斯？"

　　她别过眼，看向窗外。前院喧闹着，车辆来来往往，人们给汽车加油；远处，车辆在高速路上疾驰而过，朝着北方，朝着南方，四处远行。你希望你有地方可逃。

　　最终，她用平静的声音答道："我想你可能猜到了，我的女儿溺亡在邻居的游泳池里，她还不到两岁。我的丈夫在他过去喝酒时带上了她，他们的泳池门是敞开的。"

　　"多久以前？"

　　"二十六年前。"

　　"那是谁的过错呢？"

　　"哦，没达成一致说法。我的丈夫怪邻居敞着门，邻居怪他没看好她，法医认定这是一次不幸的意外。"

　　"但这不是你的错。"

　　她一遍又一遍地将车钥匙的尖端压在她第一根手指的指尖上："我绝不应该将她托付给他。但是没有人为此付出代价，布丽姬特，没有人站出来为他们所做的事情负责。这件事也没有阻止人们敞着游泳池的门，没有阻止孩子们被淹死。没有人关注这一点。"

　　"所以你觉得芬恩应该付出代价？"

　　"他们都应该付出代价，"她厉声说，"每一个让泳池门敞开的人，或卡住门，或只是系上门，或——"

　　"或移开了一会儿视线，就像我。"你接着她的话说道。

　　"你以为你的游泳池被围住了，你以为你的游泳池很安全，"她反驳说，"这不是你的错。"

　　最好的朋友会告诉你她的想法，比如这是你的错，或是芬恩的错，又或没有人有错，抑或是所有人的错。你会相信最好的朋友的话。

你站起来："我该走了。"

她抬头看着你："这不是私人恩怨。如果你不怪他，布丽姬特，你现在就会为他抗争，你甚至不会和我聊天。"

"你丈夫怎么样了？"你问。

"正如你所料，"她戴回墨镜，"和他的新妻子又有了两个孩子。现在都平安长大了。"

芬 恩

当周一早上芬恩穿上裤子时，裤腰上的扣子扣得很紧，他伸出一只手放到肚子上。布丽姬特显而易见地日益消瘦，但他的情况正好相反，当事情变得糟糕时，他就会走向冰箱。吃东西能管上一会儿用，谁在乎他是不是更胖了？

布丽姬特一直等到周日晚上上床睡觉那会儿才坦率地问到指控的事情。她不知道他可能会进监狱，她说。他为什么不提醒她？她对此也很生气。她需要知道整件事，第二天她会和他一起见律师，她会请一上午假。

这对他肠胃里不适的感觉并没有帮助，他还是睡着了。这样是错误的：布丽姬特清醒着，挨着饿。而他熟睡着，摄食过多。但他控制不了，他的胃需要食物，而当他躺下时他的大脑将他推向睡眠。

上午10点，秘书把芬恩和布丽姬特带进了马尔科姆的办公室。布丽姬特全权负责提问。

"带我们将全部事情都捋一遍，"她对马尔科姆说，没讲任何礼节，"假设我们什么都不知道。"

马尔科姆这次没有那么自信了。当他告诉他们，他和他们的律师商量过后，他似乎烦躁不安。"这起案件的关键在于检方声称的重大过失，"他说，"这意味着达到一定程度的过失背弃了道德和法律标准。这是检方需要提供的一项相当高标准的证据，在我看来他们会争取让它成立。"

"第一件事是这周三在本地法院提起的诉讼，它意味着整个程序开始启动。法官只需要花上几分钟来确定聆讯日期。这是我们第一个重点——在聆讯会中驳回诉讼。在聆讯前我们需要等三到六个月的时间。幸运的话，一切将就此结束。"

"如果没有驳回呢？"布丽姬特问道。

"如果没有驳回，将会在地方法院或最高法院进行全面审判。在此之前可能要过上十八个月或两年的时间。"

"会花多少钱？"

"嗯，你已经有一个律师了。如果你们中的一人或你们都在工作，你可能没有资格获得法律援助。到聆讯阶段的话——可能在三到五万之间。"

芬恩感到不适，布丽姬特瘫坐在他旁边的椅子上。他想伸手去够她的手，但他不敢。

"三到五万？"布丽姬特说，"那么到全面审判那一步呢？"

"可能会升到三十万。我非常希望这件事不会发生。"

布丽姬特急促地吸了一口气："三十万？他仍然可能进监狱？"

"有可能，这取决于法官。如果他被判有罪——这只是一个较严重的假设——他可能会被判处缴纳一笔保释金，他可能会被判缓刑，坐牢是最糟糕的情况。"

"判多久？如果是最坏的情况的话。"

"你们会听到这方面的事，所以我现在就告诉你，过失杀人的最高刑罚是二十五年。但这种情况是不会发生的。"

芬恩想，在他们讨论他的人生时，他也许最好不在场。现场出现了一段长时间的沉默。

"我知道要接收的信息有点多，"马尔科姆说道，"我们能讨论一下当天的一些细节吗？"

芬恩感到一阵恐惧。"我不想让我的妻子再经历一遍。"他转向布丽姬特，"你去上班吧，我们今晚见。"

她犹豫了一下。

"求你了。"芬恩说。

布丽姬特点点头。她说了再见，离开了房间。马尔科姆端起他的咖啡："听着，还有一件事。埃文斯探长正磨刀霍霍。几年前，她在阿米德尔调查了一起孩子在邻居家无人看管的游泳池里溺亡的案件。那个泳池被废弃了，栅栏也掉了下来，里面是一潭死水。泳池主人被指控犯有过失杀人罪，但在聆讯中被驳回了。我希望那种情况这次也会发生，但她会全力抗争的。让我们再过一遍你给出的事发过程。"

芬恩感到疲惫不堪："什么都没有变，和我告诉警察的一样。没有任何补充。"

"那么我问你几个问题。托比进入游泳池时谁负责照顾他？"

"我。"

"你在哪里？"

芬恩停顿了下，他的脑子在飞速运转："在工作室。"

"托比和你的妻子在房子里？"

"嗯……是的。"

"所以是她负责照顾他？"

"听着，"芬恩说，"这是一个令人难以置信的创伤，我们谁也不记得具体的细节。我觉得布丽姬特以为我在看顾托比，也许我以为是她在看，我现在不能确定，但不管怎样，我穿过泳池去了工作室，而那扇门出现了故障，没在我通过后关好。"

"你最初给出的证词中说你在托比消失前的十五到二十分钟一直待在工作室里。"

芬恩盯着地板："这次审判的全部重点不是在于我错误地给泳池门安装了一个不可靠的机械装置吗？"

"审判的重点在于确定到底发生了什么，以及是否存在疏忽。"马尔科姆说道，"你必须说实话。"

芬恩站起来："我需要用一下洗手间。"他在门口转过身，"我会进监狱吗？"

马尔科姆耸耸肩："在我看来——只是个人意见——你进监狱的概率大概是……嗯，这么说，百分之十五。这是非常值得为之抗争的概率。"

"我们没有三十万美元。"

"现在不要想这个。你有一个优秀的律师，我们会非常努力地让这个案件在聆讯中被撤销。如果那种情况没有发生的话，我们会制订新计划。考虑到你的丧亲之痛，我们有谈判的权利。这仅是第一阶段。"

芬恩把手放在门把手上。

"你上厕所的时候，仔细考虑一下。"马尔科姆说，"你讲述的故事不合乎情理。布丽姬特留下托比无人看管了一会儿，是吗？"

"没有，"芬恩说道，"事情不是这样的。"

他推门而出，关上身后的门，接待员指出去往洗手间的路。芬恩把自己锁在一个隔间里，在令人窒息的沉默中哭泣。

贾拉

"你就是不明白，贾拉！"

我觉得自己很愚蠢。她说得对，我不明白，她不可能是为托比哭泣，她哭得那么厉害是因为她为我感到难过吗？

整件事变得很奇怪。我一直以为我会被甩，但她并没有甩掉我，她开始表现得好像她是我的女朋友。

上学前劳拉一直在等我，她建议我们溜到树林里去。当我们在小溪边潮湿的草地上坐下时，她开始哭泣，我不知道她需要什么。我伸手环过她的肩，但她紧紧地搂住自己。我想移开手，但我估计那样会使事情变得更糟，于是我把手放在那儿，假装它不是我身体的一部分。她想要我亲吻她吗？我并不想接吻，但我又知道什么？也许她是来月经了之类的。我也不太了解那方面的事，但我知道它会让女孩们变得情绪化。

"你只见过托比一次。"

我说出了最糟糕的话。她推开我，我不得不收回手，否则我的手会悬在空中。

我试着让步："我是说，你很善良——"

"你根本不知道什么是善良！"她厉声说。

"没错，我就是个白痴。"

她翻了翻眼睛："哦，去你的。"

我震惊了。不是因为这个词，而是因为是由她说出，她不是个口吐脏话的人。整件事开始变糟糕：我只是问她为什么哭，而现在我们陷入了我无法理解的争论中。

她喜欢我吗？今天很显然不喜欢。但她没有就此起身离开。她说的是去你的，而不是滚开。她想从我这儿获得某物，但我不知道是什么，我的内脏绞痛着。这就是爱情的感觉吗？起码这意味着我没有那么想念托比。

"我流过产，行了吧？"

我惊呆了，不敢动。

"没有人知道。我没有任何骨灰或坟墓，我甚至不能为这件事哭。你很幸运，贾拉，至少你可以难过。"

幸运不是我近来想到自己时的感受。泪水顺着她的脸庞滑下，不知怎么，我知道是时候提供怀抱了，她靠过来，倚在我身上。

"什么时候的事？"这是我能想到的最保险的问题。

"今年年初。幸好是在我的生日之后，所以我不必告诉父母。他们以为我和一个朋友待在一起。我去了黄金海岸的一家诊所，做完后住在一家旅馆里。"

一个月前，我无法想象这种事。但这和发生在我身上的事类似：你突然之间不再是个孩子了，你的父母不能帮助你，你必须快速成长。这并不意味着你懂得很多，但你知道必须熬过去。你要做出一些事情，诸如在电话里告知你的姑姑，你的弟弟已经淹死了，或是想办法在不被任何人发现的情况下去堕胎。

一切开始能解释清楚了：她不只因为我是关注的焦点而选择了我，我弄错了，她选择我是因为也许我能理解她。

"那家伙呢？"我问。

"他不知道，我们已经分手了。他是个浑蛋。"

她又开始轻声哭泣。她靠着我，很温暖，我有一种自从……就没有过的感觉，好吧，是我和托比在一起时的感觉，像是一种几乎势不可当的爱意，我猜就是这种感觉。我轻轻地抱紧她，我能感到她需要一场号啕大哭，但我不知道我能否应付——也许那样也会带动我。怎么会有如此伤心的两个人？

她仰起脸，我吻了她。我知道那正是她所需要的，即便她脸上满是鼻涕、眼泪和哭花的睫毛膏。我们温柔地亲吻着，当我退回来时，一滴眼泪挂在她的睫毛上，我用手拂去眼泪。我觉得自己已经长大了十岁。

"你希望你没有做过这件事吗？"

"我希望我不必做这种事，我讨厌它。当我醒过来时，我就已经在哭了。就像是，即便在麻醉中我也知道我做了什么。我知道我杀了它，我再也不想那么做了。"她转向我，"事实是，贾拉，我喜欢性爱。我真的喜欢。"

我有点吃惊：不是因为她喜欢性爱，而是她就这么说出来了。她在我脸上看出了些什么。

"哦，我懂了，"她的声音更苦涩了，"任何喜欢性的女孩都是荡妇，是吗？"

"不是的！"我抗议道。

"我以为你会不一样。你经历过一些事，你不是个孩子了，我也不是。我们不像学校里的其他人，他们根本不懂。"

我之前从未想过劳拉会成为一个局外人。

"我杀了人，"她轻声说，"它还没有长成人，但它本可能会的。"

她又开始哭泣："你听过那些故事，女人在她们年轻时堕过胎，后来她们想要孩子时却无法怀孕，就像是她们得到了报复。"

我用双臂搂住她，晃着她，这一次，我做对了。我知道该怎么做。她软倒在我的怀里，像是她身体里所有肌肉都融化了一样。我就那样抱着她，我知道我们俩可以让一切回到正轨，我们可以生个孩子，这将让我们不再破碎，让我们知道世界会变好的。我们是青少年，但我们不是孩子了，我们比大部分成人经历的都要多，我们能解决问题。

劳拉也是这么觉得的。她转移了重心，向后靠去，拉着我和她一起，我们躺在地上，我的上半身覆在她上方。她把手放到我的后脑勺上，拉过我。

我知道她想要什么，她的整个身体都在告诉我，她的手臂、她的双腿、她的嘴唇、她的皮肤，都吸引我靠近些。她将我的手放在她的胸上，按住我的手指让我捏紧，然后发出呜咽一般的声音，我知道那是渴望的声音。我看得出来，喜欢性不仅是她的一个念头，它强烈地充斥在她身体中。

她艰难地喘息着，我也是。她把我的手往下拉，滑进她的内裤里。我短暂地触到她蓬松的毛发。我想我应该停在那儿——不是有什么前戏之类的吗，对于性爱，女孩不是比男孩需要更多的时间来做好准备吗？那里充满神秘，我能感到那股热意和湿滑。她又发出那种声音了，我迟疑着，而她抓住我的手，抬起臀，将我前两根手指一路推进她的身体里。

我从未想象过我能让一个女孩感受到如劳拉一般的感觉，她抓着我的胳膊，她的身体靠着我的身体移动着，发出那种呻吟。太难以置信了。我再次吻住她，唇舌交缠，我意识到这一切发生得有多快，如何能从上一刻两个人还只是挨着坐，一下到真正发生性关系，就像这样。我们将会做爱，我们将生个孩子。我们会让世界恢复正常。

她俯下身，将手穿过我的裤子，覆在我的下体上。这是个孩子气的说法，但去他的，我一个月前还只是个孩子。她捏了捏，我感到那种感觉如此强烈，让我喘不过气来。

然后突然间，什么都没了。我在她的手里软了下来。一切都消失了。

她睁开双眼："贾拉？"

全都错了。这样做不会把托比带回来，也不会把她的孩子带回来。这甚至不是我的脑子在思考。我的身体就这么停住了，我做不到。

"什么？"

我从她身体里抽出手指。她喘着气，像是被弄疼了。我拉下她的裙子："对不起。"

"你个该死的浑蛋。"她挣扎着站起来。

"劳拉——"

"不，去你的，贾拉·布伦南！去他妈的你和你死去的弟弟，下地狱去吧！"

这些话像是迎面而来的重重一击。她转过身，抓起包就离开了，我没来得及拦住她，她冲过灌木丛，惊起所有的鸟儿，消失了。我知道她不会回来了。

　　我想哭，我翻了个身，让我的脸贴在树叶上。我唤了托比的名字，就一次。我将手伸进土里，让泥土塞满我的指缝，希望这样能让我释放悲伤，但是我的眼睛还是干的。我是怎么了？

　　托比去世后的第二十一天。

布丽姬特

你已经失去了托比，没有任何事能再令你震惊。但是今天上午披露的事仍令你震惊不已：芬恩可能进监狱，诉讼费的账单可能吞噬掉你的全部财产，而这场噩梦可能会在接下来的两年内持续。

因为你上班去得晚，你安排在办公室和陈碰面。你在同事的目光下走过，他们微笑着点头示意，你感受到他们因为不必每天见到你而松了一口气。当你在你的隔间停下时，你听到办公室里传来的低低的谈话声和笑声。

是他，你听出他的声音。你的视线越过敞开的空间，发现他站在远处那头的厨房边。他正和一个背对着你的人说话，没有看到你。你腹间一沉，观察他脸上的表情：和他聊天的那个女人说了些什么，然后他笑了，既随意又开朗。你马上意识到为了让你远离外界，他付出了何种代价。

她很年轻，你想不起她的名字，她和你跟陈不在同一个部门。她身上没有痛苦的印迹，她是完整的，不像你。她靠得很近，而他对她微笑，你猜测着令他感兴趣的真正缘由。

你绝对没有忌妒的权利。你对自己重复这一事实，然后坐下来移开你的视线。你没有权利，但这并不能阻止忌妒在你的血管里燃烧，顺着痛苦的途径烧入你的身体里，仿佛痛苦是你现在唯一能感受到的。

当你还在翻找时，他来到门边，他的面孔调整成了冷静、包容的，你曾以为那就是他本来的表情。

"准备好了吗？"他轻轻地问道。

你受不了了："听着，我真的需要在办公室里待一天。我收到了成堆的电子邮件，还要做一些调查。我们明天再出去？"

他微微侧过头。哦，他是如此了解你。你从他身上转过头，回到"充满吸引力"的档案柜前，你不让他看到你的眼睛。

"当然可以。"他最终说道，"我也能做些管理。"

你乱扒拉着文件，打乱顺序，把文件都弄皱了。

"一切还好吗？"

你点点头，不相信自己的声音。你不会哭的。

"你想要喝杯咖啡还是什么？"

"晚点再说吧。"

他站着看着你。

"陈，"你说，"走开些。"

"你知道我愿意为你做任何事，布丽姬特·布伦南，"他说，"你只需要提出来。"

他没等你回答，迅速转身走开了。他真可恶。因为你会想追上他，扭过他的身子，捶他，或是哭着抱住他，或是想要他，或是做点什么别的。

　　只有一个地方可以让你平静下来，而你还要过上好几小时才能回到那里。

　　你等着芬恩入睡。即使经历过这一切，他仍然能做到。几分钟后，他的肌肉开始抽搐，他睡着了。你一直等到他的鼾声撕裂空气，轻轻地溜下床，就像一个女人偷偷去见她的情人一样。

　　芬恩睡回床上的事没有任何商量的余地，但你并不怎么在乎，你整个人已经把注意力缩小集中到夜间的那几小时——你将自己沉浸在凉爽的水中。你在那儿待的时间越长，那种感觉就越强烈：起初，只是一种类似托比的意味，时不时闪现，一种感觉；现在，你开始相信，还有更多的东西——像是托比的本源就在游泳池里，就像是——你简直不敢相信你甚至会这么想——你的儿子在水中游荡。

　　这是不可能的，你知道的。所以你决定抛开怀疑，你脱离思绪中会摧毁这种感觉的那部分，将自己沉浸在它的梦境中。

　　只是这感觉并不像一个梦。

　　你走进水中，在黑暗中悄悄地溜进去。你能发誓，托比已经把一只小手滑过你的胳膊，或是拍着你的脸颊。你能发誓在身体周围汩汩的水声中听到了他的声音。你可以发誓，当你来到水中时，他是快乐的；而当你离开时，他渴望着你。

　　拍打着你身体的水已经在这世上穿梭了近千年。先是化为雨落下，接着蒸发为气态升起，凝结后再次落下。在外面，生活中，你对芬恩的愤怒会升起；在水中，一切都消散了。水中只有爱与悲痛，水中蕴含着整个世界的悲伤。在水中，你又回到了子宫里；你记得自己还是胎儿时的漂浮，然后是托比漂浮在你身体里；而现在，你在他的体内漂浮，你们的角色互换了。画面冲刷过你的身旁：芦苇和植物、游动的鱼儿、清澈的泛着绿光的水、升腾的气泡，还有浮动的微生物，四下安宁。

水泵启动时振动了一下，水发出的汩汩声和掀起的漩涡打破了寂静。这个系统会在夜间不同时刻利用非峰值电力自动运行，而今晚它运行的时刻正好与你的到访同步。机械的呼呼声碾入如梦似幻般的水下世界，扰乱了它。

你浮出水面，那一瞬间破灭了。水泵的抽动声意味着你再也听不到托比，你感到再次失去他的悲痛。

当你起身站在台阶上，你又回到了重力下的痛苦中。你在水中滑过手指，说着晚安。然后你走出来，你的脚趾迟疑着不愿离开与水面的最后碰触，然后你用毛巾擦干身子。

你绕到放水泵的小屋，抓住电源线把它从插座上拽出来。水泵在一阵杂乱声后安静了下来，水泵中的水汩汩流出，重归平静。作为实验，你回到泳池边，放下一只脚踏在台阶上，但是你能感觉到的、任何属于托比的痕迹都消失了，被机器吸走了。

在电脑前，你转动着鼠标，直到屏幕亮起。你想了一会儿，输入一个搜索词条——尽管你不太清楚你在寻找什么，你想要的图片弹了出来：一张将游泳池改造为池塘的照片。芦苇，水生植物，鱼，清澈的、泛着绿意的水，冒出的气泡，正如你在水下想象的一样。

根据描述，改造成这样并不难：关掉水泵，等到水变绿，放入植物和鱼，任它们建立新的平衡。你还可以在里面游泳。某些地方议会显然正在帮助人们将他们不用的游泳池改造成天然池塘——既美观又经济的后院生态系统。这需要几个星期的时间，你能做到，你能让它重返生机。

芬恩

　　芬恩咬紧牙关，想让他的双手停止颤抖。他放下面具盖住双眼，稳住喷枪，把它放到连接处，扣下扳机。随着熔化的金属在可怕的绿色电光中喷溅，面具一下变黑了，因为焊接而触发的可怕的画面重现才刚刚开始。一阵尖锐的刺痛和一股煳味让他跳起来，扔开喷枪。

　　天气热到不能穿上全套保护装备，一块滚烫的熔渣击中了他，顺着他裸露的手臂滚下来，灼伤随着熔渣一路滚落。随着芬恩推下面具，金属块掉落在了地板上，他因灼伤痛得龇牙咧嘴。现在他已经被烫出一串水疱，而他的注意力也用光了。

　　反正也根本不存在什么注意力。芬恩凝视着焊缝，他几乎记不起他为什么试图将那两块金属焊在一起。他揉了揉双眼，呼气吐气了几次，将注意力集中在烧伤的手臂上，击退那些令人愤怒的画面。

　　在汤姆的帮助下，他完成了第一份委托，并将它送走了，"龙侍卫"残留下来的部分如今已从他的生活中消失了。这件新的作品是给律师的，代替第一部分的诉讼费。他需要这件作品和更多的作品来支付这些费用，并且一有机会就带他的家人离开这里。他莫名觉得，如果他完成了雕塑品，就能避开牢狱之灾。

他听到泳池门"咔嗒"一声。汤姆答应过再来帮忙，这并不是说他需要帮助，但是如果汤姆在这儿，感觉就不会发生什么坏事情，而芬恩也能减少陷入回忆中的可能。汤姆不知怎么察觉到这一点，动手把芬恩的废金属按大小和类别分类，把大块的放到箱子里，小块的放到一个木质抽屉里，那还是芬恩很久以前在旧货售卖中淘到的。这是一份缓慢而稳定的工作，汤姆很显然在尽量将这份工作时间延长。芬恩对此很感激。

"你好，芬恩？"一个女人的声音喊道。

芬恩走到门口。汤姆正穿过泳池区，后面跟着他的母亲安吉拉。他们走近时，她露出笑容。

"好消息，"她说，"我想亲自告诉你。"

芬恩揭掉安全面罩，安吉拉用胳膊肘轻轻推了汤姆一下："去泡些咖啡，我有话和芬恩说。"

她一直等到汤姆走到远处的门边："有另一份报价，是一个好价格。"她报出一个不怎么低于芬恩和布丽姬特支付价的数额。

"但是……"芬恩无法消化这个消息，"他们什么时候来看房？"

"不需要。"她说，"他们是投资者，这座房子符合他们的方案，他们对建筑报告很满意。但是他们很精明，如果你们今天交易，他们就会买下，没有冷却期，所以你必须确定。"

芬恩双腿发软："我们能坐下来吗？"

安吉拉跟着他穿过泳池区，来到走廊上。芬恩坐到沙发上，招手让她坐到椅子上。

安吉拉坐了下来："我希望这不会带来太大压力。你没有改主意，是吗？"

芬恩摇了摇头："天哪，没有。"

"那就好。他们还没有提出任何特殊条件，仅是空屋合法占有权，但是过了今天，我就没法留住他们了。"

"我们可以做到。"芬恩说。他的思绪开始飞速运转：在审判前他能为他们在塔斯马尼亚找到一座房子吗？他想，他们可以租房，但他希望这个家在他们的恢复期能稳定住，而租房子只是布置一个他们知道自己将会离开的地方；不，他们必须买下什么，尤其是如果他最终被关进监狱，他必须知道他们已经安定下来了，是安全的。

突然间，他记起去年夏天发现这座紫色房子的感觉：一个充满色彩和希望的家，就像生活通向了新的方向。

"汤姆会想你的。"她说，"他和贾拉成了好朋友。"

芬恩看到停在屋外的车，听到车门响起的熟悉的声音，是布丽姬特，不知什么原因，她在一个工作日的午餐时间回家了。因为安吉拉带来的消息而感到释然的那一刻消失了，他不想在别人面前告诉布丽姬特这个消息。

布丽姬特走进花园，抬头看了一下，显然看见了他们。

"时机刚好。"安吉拉喊道，站起身。

芬恩一直等到布丽姬特走上走廊："我们有另一个买家，几乎出了全价。"

布丽姬特在他的注视下白了面孔。

"他们是认真的。"安吉拉说，"唯一的问题是，你们必须今天采取行动。"

"好的。"布丽姬特说。

安吉拉拿起包："我留你们俩商量一下。合同在律师那儿，准备好签署了。你们必须在——哦，大概，下午3点签好，这样交易才能通过。"

她给汤姆拨了个电话，他从厨房出来，递来芬恩的咖啡，然后和他的母亲一起穿过草坪，走到自由的世界，那里人们欢笑着，而生活也在继续。

"布丽姬特。"

她对着他别过脸："我不知道我还能承受多少。"

芬恩身上涌起绝望："我们必须去一个安全的地方。"

"这就是你认为贾拉想要的吗？"

"他想要离开这座房子，他告诉过我。无论如何，只要看看他——他甚至不再进泳池区，他不能那样生活，我们都不能。总之，他需要我们做出父母的样子，做下决定。他还是个孩子。"

"如果你进监狱了呢？"

"那就有更多该回去的理由。如果最坏的情况发生，你和贾拉能在一个熟悉的地方，我的家人会帮忙。总之，我们无法未卜先知，我们不能一直等在这儿。"

芬恩觉得布丽姬特在颤抖，她说："我不知道我能否忍受布伦南一家的帮助，芬恩，还有，我的母亲怎么办？"

"我们也带她搬回去。她不知道她在哪儿，过了几天后她甚至都不知道她已经被转移了地方。"

"我只是……"她双手搂住自己。

芬恩压下恐慌："你听到她说的了，这笔交易只在今天有效。如果我们接受，我们就能支付得起在霍巴特买房的费用。"

"或是支付你的律师费。"

他伸出手，抓住布丽姬特的肩膀，强迫自己不去摇晃她："这跟我那该死的律师费无关！这座房子正在毁掉我们。"

她盯着他，眼睛睁得大大的，满是震惊。他怀疑他是否吓到她了，但她的脸上没有恐惧，只是布满了疏离，就像她正被一个陌生人抱着。

他垂下双手："我不再懂你了。"

她的表情碎裂了，将脸埋入手中。芬恩几乎因为那股冲刷过他全身的怜悯之情而动摇了，他深吸了一口气，再次伸出手——这一次更加温柔。她由着他将自己抱入怀中。

"我们能挺过去的。"他说，唇抵着她的发。

"他们是什么样的人？"她问道。

"他们是投资者。我对他们知道得不多，我也不想知道。至少他们没有试图欺瞒我们。"

他感受到她身体的转动，她抬起头，靠在他的肩膀上，脸朝着泳池方向看去。他不敢移动：她有多久没主动靠近他了？

然后她在他的怀里打了个冷战，抽回身："好吧。"

"同意我们卖吗？"

她点点头："只要我们能住到贾拉学期结束后。"

芬恩盯着她，几乎不敢相信。他松了一口气：她会回去吗？这有可能吗？

他看了一眼手表，他们还有几小时的时间，但他不能冒她改变主意的风险："我们应该去签字。"

"贾拉怎么办？"

"我们今晚告诉贾拉。我们会让他参与接下来的任何事，但是你和我来做出这个决定。"

"投资者不会在乎这座房子。"她拿起包。

"不会像我们这样。"芬恩说，"也许这样最好。"他小心翼翼地、轻柔地将手触到她的背，轻轻一碰，示意她移动，"我们能去了吗？"

她迈出一步，又迈出一步，让他牵着她的手。

贾 拉

"嘿，贾拉！"汤姆把车停在学校对面的马路上，胳膊肘伸出窗外。我避过车辆、家长，躲过下午接学生的熙熙攘攘声，完好无损地到了他那边。

"想着你可能想去跑步？"

我想把自己埋进一个地洞，但是跑步也可以。我绕过一圈，上了车："没带鞋。"

"海滩怎么样？我们能赤脚跑。"

我讨厌海滩，但是汤姆已经启动了车子，实际上我也不是很在乎我们去哪儿。他开着车，我滑入座位。劳拉留下我一人在泥泞里，之后我最终还是回了学校。我溜到洗手间，洗了脸，等到下一个课间休息时回到班里，就像我一直待在那儿一样。

但是我感觉糟透了。我是怎么了？我不正常。任何一个男孩能和劳拉·菲尔德曼做爱都会欣喜若狂。我不是，我会将它抛至一边。难怪我是个失败者。

"我听到一些消息。"汤姆说。

"嗯？"我并没有很注意。

"关于你家的房子。好像是卖出去了，另一个买家出现了。"

"另一个买家？"

他瞥过来一眼："他们没告诉你，是吗？"他翻了个白眼，"妈妈会杀了我的，但是我憋不住。那座房子曾经卖出去一次，但是在你爸爸被捕后，买家在最后一刻退出了；还有很多人给出了报价。你妈妈对这些消息看起来好像不太高兴。"

"你怎么知道的？"

"今天我妈妈告诉他们的时候，我就在场。"

我转过身，盯着窗外，几乎看不到掠过的景物。妈妈在工作日回家是要干什么？他们没说过任何关于卖房子的事，也没有人过来看过房——我在家的时候没来过。天啊，他们还藏了什么别的秘密？连汤姆都比我知道得多。也许他们会一次性将这些消息告诉我：我们卖了房子，亲爱的，还有我们要离婚了。我会去哪里？我不想回塔斯马尼亚。今天过后，我也不想待在莫维伦巴了。

"你不应该说的。"我艰难地说。

"是，对不起。"他是如此冷静，从来没有对任何事情产生过兴趣。"你怎么了？"他问道。

"今天彻底和劳拉吹了，她再也不会和我说话了。"

"有那么糟糕吗？"

"真他妈的糟糕。她恨我入骨。"

"你对她是什么感觉？"

这个问题难住了我：大多数时候，我惊讶于她会喜欢我，我从没想过我的感受。

"我不知道。"

汤姆踩下刹车，向右转。我和劳拉之间有什么问题？她很漂亮，她喜欢我，她还想和我做爱。我是怎么了？这一切都糟透了，这是唯一能形容这件事的词。糟透了，糟透了，糟透了。

"你的前女友呢？"当汤姆转到沙滩路上时，我问他，"你们为什么分手？"

"克里斯蒂？"他说，"不清楚。一开始还行，但最后我们都失去了兴趣。"

"听上去没那么糟糕。有人伤过你的心吗？"

他用手指敲着方向盘，然后伸手打开收音机。这是个愚蠢的问题，真希望我能闭上我的嘴。有时汤姆好像和我一样大，有时他又像个大人一样。

"别担心，我知道伤心是怎么一回事。"他在音乐声中说，"你呢？"

我感到喉咙哽住了，摇了摇头。托比是唯一让我伤心的人。

汤姆将车拐到金斯克里夫海滩旁的一条路上，穿过路口，朝南开去。开了几分钟后，我们越过房屋来到了灌木丛里，他把车停在一片沙滩上。

"今天是东北风，"汤姆说，"如果我们逆着风跑，回程时我们身后会有风的助力。"

天空乌云密布，狂风呼啸着吹过海滩，带来翻滚的巨浪中的水滴。我希望汤姆不会想去游泳——周围没有人，海浪看起来十分可怕。我们拉伸了一会儿，这个过程总是很无聊，我不知道这样做是否有任何区别，但是汤姆做了，我也跟着做。

"你准备好了吗？"他问道。

我点点头，然后我们就出发了。他带路穿过松软的沙滩，沿着沙丘跑下去。这是一段艰难的路程，直到我们跑到海水边，那里的沙子很硬，我们可以并排跑。我越来越适应，能轻易地跟上他的步伐。

我第一次在海滩上跑步。我们曾沿着小镇边缘灌木丛中的狭窄跑道，穿过郊区、公园和椭圆运动场——那里又闷又热。莫维伦巴是一个山间小镇，当你能看到天空时，你总是能看到那座大山。

海滩上空荡荡的，一个人都没有，甚至在地平线上都看不到一个小黑点，在这种天气里没有。空气因带着盐分而雾气朦胧。不需要注意不平整的地面和凸起的树根，脚下的沙子带来潮湿和凉爽的感觉，每跑一步都陷进去一些。我进入了节奏，风将我的思绪吹到脑后，我感觉自己能一直跑下去。汤姆似乎也处于同样的状态，在我的身旁跃动着，呼吸平稳。

跑步通常能令我平静下来，使我能进入万事不扰的状态。即使是在一个糟糕的日子里，跑步也能使我把烦恼抛到脑后。

除了今天，这极度糟糕的一天。我开始想起托比，无法停下来：我记起我和他最后一次来海滩上时，我是怎么不理他，对他厉声呵斥，把他弄哭的；然后是我们到家后他拥抱我的那一刻，即使我曾对他如此刻薄。即便是在他活着时，那一刻也几乎令我不能承受。

我加速，打乱节奏，将汤姆甩在身后。不论我跑得多快，我也无法快过那念头：托比也跟上来了。我开始加速冲刺。

我曾假装托比是我的孩子。我疯了吗？我不想和劳拉·菲尔德曼做爱——但我想成为我亲弟弟的父亲？这解释不通。很久以前，我曾做过这样的白日梦，妈妈和爸爸出了某种意外，只留下我一人陪着托比，只有他和我。一段时间后，他忘记了妈妈和爸爸，我就是他的一切。我是他宇宙的中心，而他是我宇宙的中心，我们不需要其他人。我不能将这个白日梦告诉任何人，太奇怪了。我不认为我这个年龄的女孩会幻想有个孩子，男孩更不会了。

这时我的呼吸正撕扯着我的身体，腰上一阵刺痛，我绊了一下，稳住身形，放慢速度。汤姆飞快地追上了我，放缓速度停了下来。他弯下身，双手叉腰，喘着粗气，我在他身旁停下。

"不公平，"他气喘吁吁地说，"你先跑太多。"

我没有回答。我的呼吸急促地进出着，如此用力，连呼吸都疼。汤姆直起身子，看着我。

"天哪，贾拉，有那么糟糕吗？"

就在这时，我开始哭泣。在劳拉离开后，我独自在灌木丛那儿就想哭，但哭不出来。现在却该死地哭得停不下来。和汤姆在一起时，我哭得像个孩子，发出不受控制的声音。我感觉到汤姆的手臂轻柔地环过我肩膀，像是他不害怕是他自以为是做错或说错事情，他只是看到我受伤了，想要帮助我，想都没想就这么做了；我从不知道如何能做到这么自然。我很害怕：这场哭泣已渐渐失去控制。

"没事的，贾拉。"

他的声音里蕴含着某种意味，告诉我崩溃真的没什么。我在他的肩膀上几乎揉皱了我的脸。我想紧紧靠在他身上，就像我溺水了一样。我强迫自己不要抓着他，依靠他。我做得还行，直到他拍了拍我的背。我抬起头，他的脸离得比我想象的要近。

我像是不受控制地向他扑过去，毫无预料地，我吻上了他。

大约过了两秒，我的大脑才意识到发生了什么。我从他嘴上移开我的嘴，让我的身体远离他。哦，见鬼，我做了什么？他睁大眼睛，盯着我，我羞愧得想死。我转过身，尽可能快地从他身边跑开，想要呕吐。我把一切都搞砸了。我就是个彻头彻尾的大灾难。

风一路顺着海滩推着我，我才不管我会不会跑到一头栽倒而亡。

布丽姬特

合同签好了字，交易会在六周后，即这学年结束后的几天内完成。你已经妥协让步，做出了理性的选择，你小心翼翼地控制着这个会让你走投无路的选择带来的悲伤。

芬恩提议共进晚餐，这样你们就能将这个消息告诉贾拉，并计划好接下来的行动。你们在走廊上等待着，芬恩喝着一瓶啤酒，你端着一杯酒，你们一直等到黄昏降临。但贾拉不见踪影，也不回电话。

"他经常这么晚回家吗？我们该担心吗？"你问。

"他经常这么晚。"芬恩小心地说，"他现在有了个女朋友，下午会和汤姆一起跑步……放学后他几乎从不直接回家。"

"你能给汤姆打电话吗？"

芬恩从口袋里掏出手机，眯着眼睛盯着屏幕，用他粗壮的手指慢慢地拨出号码。他和汤姆打了个招呼，然后他听着，停顿了很长一段时间。

"等等，你把他留在哪儿了？"

你不得不放下杯子，因为你的手开始颤抖。你抓住椅子前端，将手指压进垫子里，竖起耳朵想弄清楚汤姆微弱的声音在说什么。你无法接受再失去一个儿子。

"天哪，"芬恩迅速站起来，挂掉电话，"他们吵了一架还是别的之类的事。汤姆正开着车四处找贾拉，但他没找到。在那该死的海滩上。"

酸液刮过你的喉咙。有一刻你像是回去了，跪在泳池边，芬恩站在水中的台阶上，你们面对面，托比仰躺在你的腿上，四肢松垂。他像是睡着了，除了他那睁着的可怖的双眼。

"我去开车，"芬恩说，"你留在这儿以免他回家了。"

"可是你怎么知道去哪儿找？"

"我不能光坐在这儿。"

他去拿钥匙。你盯着天空，天很快要黑了。贾拉快十六岁了，但他还是个孩子，他没有小聪明，这个危险世界里的任何东西都能抓住他，将他碾得粉碎。

芬恩正走回门口时，大门发出"咔嗒"一声。贾拉光着脚走过草坪，身上穿着没见过的T恤和短裤，步伐沉重，垂着头。你试着重新开始呼吸，把这当成一件很平常的事。在你说话前，芬恩将手放在你胳膊上作为警示。

"贾拉，我们正担心着。"他故作随意地说。

"对不起。"贾拉低声平静地回答。

"你去哪儿了？"

"跑步。"

"一切还好吗？"

"嗯。"

贾拉脸上一片惨白。他没有跑步，这半小时内没有跑。你想要说话，但芬恩察觉到后握紧了手。他认为隐瞒你的担忧是件好事吗？他一定是这么想的。你咬住唇。

"我们打算外出吃晚饭。"芬恩说，"去洗个澡，换件衣服？"

"有作业。"贾拉用同样平淡的语气说道。

"我们有很重要的事情要说。"

"我们不能在这儿说吗？"

芬恩叹了口气，瘫下身子："是，我想我们能在这儿说。我会叫份外卖。"

如果贾拉说"随便"的话，你会尖叫出声，但是他只是点了点头。他走上台阶——你看到他腿上沾满了沙粒——越过你进到屋里，过了一会儿就不见了。

"我会通知汤姆。"芬恩如此费力地打着字，你想要从他手中夺过手机，自己动手。然而，你倒回椅子上，在逐渐退去的肾上腺素带来的刺激中颤抖着。贾拉是安全的，但你从未见过他这么封闭，甚至在托比死后也没见过。

芬恩的手机响了，他看了一眼："汤姆说谢谢告知他。"

"不知道贾拉是怎么从海岸边回来的。"

"他回家了，"芬恩说，"我想我们应该把这件事放下。他经历的已经够多了，布丽姬特。"

你想要斥责他：你怎么知道？不是因为愤怒，只是你真的想问。他怎么知道你的儿子身上发生了什么事？你不知道该如何进入贾拉的世界，如何问他问题，如何接受他不再是一个孩子的事实，但他也还不是一个成年人。这一切曾经如此简单，那时最大

的问题就是他暗恋学校里那个女孩，一场你十分确定不会有任何
结果的暗恋。

你不想对这件事置之不理："他们在吵什么呢？"

他耸耸肩："他们是男孩，可以是因为任何事情。"

"汤姆不是男孩了。"

"他只有十九岁。"

"他开车，喝酒，能投票，能工作。芬恩，他是一个成年
人。也许他没带来什么好影响。"

"哦，看在上帝的分上。"

他声音中的怒意让你跳了起来。

芬恩明显在控制自己："贾拉需要一个朋友。别管了。"

你的杯子空了，这是个离开他的借口。"你最好给外卖打电
话。"你回头说。在厨房里，你又倒上一大杯白酒，一口喝下一
半。也许这样能让你的手停止颤抖，也许这会让你坐下来吃一顿
家庭晚餐，像你们已经恢复了正常一样。

站在厨房里，听着芬恩点着泰式炒河粉、红咖喱鸭、春卷、
茉莉香米，你一阵头晕目眩。那一阵以为贾拉发生什么事的恐惧
感释放了铭刻在你骨子里的那些回忆。你想要抓住些什么，一个
稳定的东西，而你刚刚签字卖出了你的房子。现在，你只希望当
你今晚偷溜出来时，在黑暗中潜入水中时，托比还会在那里。

"布丽姬特？"

芬恩走进房间，来到你身后。你无法回答他，你抖得如此厉
害，几乎站不住。

你感觉到他一只手放到你的肩上，另一只手扶着你的腰。
"求你了，"他轻声说，"让我们在这件事上团结一致。"

　　你开始动摇："好吧。"

　　他用双臂环住你，你向后靠在他身上，让他承受你身体的颤抖。令你惊讶的是，你感觉到了某种善意的暗示，也许你能做到。

芬恩

  芬恩想布置得很正式。桌上不能有塑料外卖盒，今晚不行。他把食物倒进瓷碗里，然后摆好。布丽姬特在桌上摆好餐具和餐巾纸，点上蜡烛。有一次，他们俩肩膀碰在一起，而她没有推开他。他感到了片刻希望。

  他叫了贾拉两次，男孩才穿着干净的衣服走下楼，他的头发披散在他表情空洞的脸上。

  没有电视，没有电子设备，他们三个坐在柔和的烛光下，屋外暮色降临。闻着咖喱、香菜和茉莉香米温暖的味道，炒米里芝麻油的香味，芬恩感到一股强烈的欲望，他想要低下头，闭上眼，大声祷告。他还是个孩子的时候，就没再说过感恩词了，但这是一个寻求帮助的夜晚，即使只是他自己心里这么想。

  他们忙着传菜，将碟子从一只手递到另一只手中。外面刮起了风，吹落了棕榈树的叶子，撕扯着门外街道上的老桉树。这不是一阵熟悉的风，芬恩不了解它，不像他了解霍巴特那咸咸的带着一丝冰凉气息的南风那样。但这是一场低语着夏日的风，一场他感觉会吹上好几天的风。

"贾拉,我知道这消息有点突然。我们已经把房子卖了。"

贾拉吞下满口食物:"是,汤姆告诉我了。"

"哦。"芬恩的内心因为贾拉漠不关心的语调下沉,"我很抱歉,我们想着你要处理的事情已经够多了……这个报价今天来得很突然,我们必须立刻做出决定。"

贾拉又塞了一大口食物。

"我们不属于这里,"芬恩说,"我们需要和家人朋友在一起。"

他们都看着贾拉,贾拉抬头看了一下,又垂下双眼。

"我们一起决定下一步怎么走,"布丽姬特说,"我们三个。"

贾拉耸耸肩,又吃了一口。

"我保证一旦我们回家,一切会好起来的。"芬恩说。

"你怎么能保证?"那一刻,"成年人贾拉"透过男孩的双眼跳了出来,充满暴力和愤怒。

芬恩被推回他的椅子上。"我……"他试图说点什么。

贾拉推开椅子,开始起身。芬恩也站了起来,伸出手,在碰触到男孩前停了下来。

"等等,拜托了。"

他们站着,僵持了一会儿,然后贾拉平静了下来。他坐下,胳膊肘支在桌子上,弓着背吃饭。

"我们一起吃饭吧。"芬恩指了指,"看看这些美味的食物,吃吧!"

但它们不好吃,他知道。现在他嘴里的食物变得又咸又油腻，味道过于流俗。他们三个人有条不紊地咀嚼着。

"如果霍巴特是问题所在，我们能去别的地方。"芬恩说。

"我以为你要进监狱了。"贾拉说。

芬恩突然失去了胃口。他们正变得四分五裂。他哪儿来的希望试图将他们聚在一起？有那么一会儿，他脱离他的身体注视着这一幕：他们三个人弯腰坐在凌乱散落的盘子旁，贾拉，倔强得像个成年人一样，封闭着自己；布丽姬特，沉默地挣扎着；他自己，绝望地感觉到他们从他的手中滑走。

而在某处，托比在他们周围飘浮着——似乎只有属于托比的那一丝一缕的气息才是能将他们联系在一起的事物。

"我们不知道。"布丽姬特说，"这只是一个很小的概率，即使发生了，也不会是——哦，一到两年后吧。你现在不需要担心这件事。"

"两年？"贾拉看上去很震惊。

"据我们所知，案件审判的时候，你可能已经完成学业了。"布丽姬特说，"这件事不会影响这个决定。"

"为什么要花上两年时间？"

芬恩叹了口气："程序就是这样。太疯狂了。我明天去法庭出席第一次提审，只用花上几分钟，提出申诉，定好一个日期。然后几个月后有个叫羁押聆讯的东西，那时他们会决定案件是否继续。那时也许一切都会结束，但如果没有，那么——"

"我明白了！"贾拉打断他，转向布丽姬特，"你真的想回去吗？"

芬恩看到布丽姬特的表情在变换：她仍然不想走；晚上，她会离开他，潜入水里。他不知道缘由，这让他害怕。

　　"你爸爸想走，"布丽姬特最终说道，"我们必须聚在一起。你想要什么？"

　　"你没有回答我的问题。"

　　"我想要我们做出对大家都好的决定。"

　　"好吧，等你决定好了再告诉我。"

　　"我们正在问你，"芬恩说，"告诉我们你想要什么。"

　　贾拉再次推开椅子站起来。"我什么都不想要。"他尖声说，他提高了嗓门，"你们什么都不知道，你们他妈的什么都不知道！"

　　芬恩还没来得及反应，贾拉就冲出了房间，跑上楼，"砰"的一声用力关上门，整个房子都跟着晃了一下。

　　芬恩把脸埋在手中，他们已经失去了托比，现在他们又正在失去另一个孩子。他所认识的贾拉消失不见了，他所认识的贾拉绝不会冲着他的父母说脏话。

　　"现在怎么办？"布丽姬特说，"我们现在该怎么做？"

　　芬恩揉了揉眼睛，抬起头："我他妈什么都不知道。"

布丽姬特

你和芬恩沉默地上了床。你痛恨贾拉已离你如此遥远，而你也无法联系上他，你痛恨变得如此无助，你痛恨要离开的这个念头。

也许，在游泳池里，你能找到答案，或至少给你带来缓解。你忽略醒着、沉默地躺在一臂之遥地方的芬恩，起身，踮起脚尖下楼，走到游泳池旁，脱掉睡袍，将脚伸入水中。下午起的风呼啸着穿过夜晚，吹起任何可吹起的东西，它吹走云层，在星幕上留下一片阴霾；它呼啸着吹过游泳池，使水面泛起涟漪，让你的皮肤上起了一层鸡皮疙瘩。

你低下身，喘着气，由着水面慢慢升到大腿处。你深吸了一口气，然后跳进去，感觉水没过你。你潜入水中，和托比交缠为一体。

离开这里后，在工作时间里，你怀疑这种体验，怀疑你的理智。但在这里，你毫无疑问：这是真实的，你在水中漂浮着；在这里，你几乎可以去爱芬恩，或至少记得你爱他。

画面、记忆、梦境在周围冲刷着你。你记起你第一次见到芬恩的场景，你被你的艺术圈朋友拖到某个画廊的开幕式，你看到他穿过房间。那时他就很强壮，那时他还年轻，更瘦一些，头发也更多些。他的身上总有一种乡野铁匠的感觉，你想要被那双粗糙的手握住。你喜爱他那慢慢扬起的微笑，那能供你依靠的宽阔的胸膛。当你们开始同居后，让你头晕目眩的失眠就消失了，他将你带回你的身体，回归平静，你睡得像条狗一样，深沉且不时抽搐。

就像是托比不知怎么往你脑子里放入思绪一样，你记起你和芬恩在塔西做爱的那晚。贾拉已经安然入睡，你关上客厅的门，熄灭灯，和他一起躺在火炉边的毯子上，在闪烁的火苗和散发的热意中缠绵，背对火堆的皮肤被冰冷的空气激起冷战。那晚你们都热情如火，像是毛头小子一般痴缠。他用手捂住你的嘴，这样你就不会吵醒贾拉。随着他穿透你，随着他紧贴着你，随着你包裹着他，随着你们用力地颤抖，你在他的掌中哭出声来。

你似乎听到托比的一阵笑声，然后明白了：你是在那晚孕育的他。你从不相信声称在做爱时感觉到受孕的那些女人，这在生理上是不可能的——精子结合卵子所需的时间比这要长得多。但现在你知道怀上托比的时刻了。

你翻过身，仰面浮在如墨般漆黑的水中。房子在风中吱嘎作响，树叶落进游泳池，水轻拍在你的发际线处。当你往后仰头，水进到你耳朵里，挡住风声，水下的声音绽放开来。

不要去想。

如果你的科学家大脑得不到控制，你就会理性地解释托比已经不存在了。分析是很危险的，更安全的做法是呼吸，闭上双眼，去感受他。你潜入水中，感到水面在你的头顶合拢，再次进入水下世界。水流冲击耳膜发出的嗞嗞声，像是受到月亮引力的海洋发出的潮汐的声音。

你睁开眼向上看去：在你的上方，树木向着天空猛烈地摇晃着。风声跟着你来到水下，你无法摆脱它，它的声音越来越大、越来越响。

贾拉

我冲出厨房的一两小时后,爸爸轻轻地敲了敲卧室门,轻声唤着我的名字。他停了会儿,没有得到我的回应就走开了。过了一会儿,我听到我的手机在走廊里传来微弱的铃声。我站起身,默默地打开门,我的书包正靠在墙上。我猜,一定是汤姆送过来的,爸爸把它放在那儿。我把书包拿进房间,又关上了门,回到床上,把被子盖过头。这是世界上唯一安全的地方。我再也无法面对其他人——面对汤姆,面对我的父母,面对劳拉。

可耻,可耻,可耻。

唯一能帮我渡过这场难关的人已经走了。托比,没了他,我们就分崩离析,妈妈走向这边,爸爸走向另一边,我在中间毫无头绪。每一次选择都是站在他们其中一方的立场去对抗另一方,每一个选择都让某人的生活失去一部分。留下来——然后每一天活在羞愧中,离开——又回到我曾在塔斯马尼亚的状态。或是试着在别的地方重新开始,重来一遍,而这一次没了托比。我做不到。莫维伦巴曾经是我的新开始,而我把它搞砸了。现在,我没了出路。

每当我想起在海滩上的那刻，我的内心就变得一片荒芜。我甚至不知道事情是怎么发生的。上一刻我还在哭，下一刻我就试图吻汤姆——他一定明白发生了什么，天啊！

如果托比还活着，我可以蹑手蹑脚地穿过走廊去他的房间。他会拍拍我的脸，叫我"图故事"。他不在乎我是多么糟糕。

除非。

托比应该在意。因为他们说的都是真的，我就是个该死的基佬。那一刻，我忘记了一切，扑向汤姆的双唇，那是我第一次释放自己，然而看看发生了什么。只要我一失控，我就成了同性恋。

如果不是因为托比的话——我甚至可能接受成为同性恋这件事——这件事甚至不会如此糟糕。因为，我会不停地想如此深爱着他这件事意味着什么？

我又呻吟出声，将自己蜷得更紧。我以为我是单纯地爱着托比，这是我一生中最美好的事。而现在我甚至都没法坚持下去了，就像是我再次失去了他一样。我没有办法让这件事过去，我甚至不能哭。

那个念头轻易地溜进了我的脑海，像是它一直就在那儿一样：有一条出路，能让这件事过去——去找托比。如果有死后的世界的话，那么他就会在那儿，不是吗？也许他会原谅我。如果没有……那么，总之我也不会知道了。

我越想越觉得这是个好主意：我知道妈妈和爸爸假装在一起，没有了我，他们能各行其道，他们能处理好两年的庭审，而我会和托比在一起；劳拉会后悔让我滚蛋；也许汤姆会明白我犯了一个错误，而我很抱歉。

我没有太多选择来实施我的想法，但缺乏选择从不能阻止任何真的想这么做的人。只需要某个能缠住我脖子的东西——它要足够强韧，能承受我的体重——还有能将它系上去的某物，对吧？屋前的老桉树有着结实的树干，任何足够长的布料都能做成这件事。

我穿过走廊，妈妈和爸爸假装睡着了。但即使他们都醒着，他们也不会听到我的声音。那场几乎将我从海滩上刮走、落了我满身沙子的风现在刮得更厉害了，它的呼啸声淹没了整个黑夜。

我在黑暗的衣柜中翻找着。训练裤，灰色的棉织品——我猜是产自中国——并不是为长久使用设计生产的，但足够撑过这件事。一条裤腿用来绕上我的脖子，另一条用来缠上树干——重要的是不要想太多，否则我会太害怕。

我们都很擅长晚上在房子里偷偷溜来溜去。我打开门，没发出任何声响，踮起脚下楼。我轻轻抬起纱门，这样它滑开时不会有任何声音。

门外的桉树在风中翻腾，怪兽们咆哮着，整个夜晚冲我咆哮着："动手吧，动手吧，动手吧。"

我脚下踩着草地，不停地呼气吸气、呼气吸气。夜虽暗，但街边的路灯照亮了我的路，明亮的星星悬挂天边。我迟疑了，然后记起了下午的事，羞愧感将我推过草地，使我推开前门。我将运动裤打了个结，然后穿过头套在了我的脖子上。

很软，像是承诺这不会疼。

树皮已经从树干上脱落下来，呈长条状，在我的脚下发出碎裂的噼啪声。我头顶上方白色的树干光滑无比，我手掌下的树干既不暖，也不冷。我将脸贴在它上面一会儿，然后伸出手，抓住第一根树干，向上撑起身子。当我的双臂感到无力时，我又想起下午的事，羞耻感在我体内咆哮。我用腿钩住树枝，吃力地将自己拉上去，然后浑身发抖地躺在树干上。

树枝晃动着，我用双手抓住它来保持平衡。我必须马上动手。我沿着树干躺下，叉开腿坐着，抓住树干，找到运动裤的另一头。这比我想象的要难系得多。黑暗中，随着树木的摇晃，我的双手开始颤抖，也看不太清楚。愚蠢的眼泪顺着我的脸流下来，鼻涕也流出来了，我真是一个爱哭鬼。

托比？

我是如此想和他在一起，即使我已是一团糟。也许在那儿，这一切都无关紧要。我只需要打紧结，将自己从树干上推下，我们就会在一起了。那里怪兽咆哮嘶吼，而我们是那儿的国王。

芬恩

风猛烈拍打着房子，像是要将它拍到地上。这让芬恩想起了在霍巴特的那些夜晚：从南边海上咆哮西风带吹来的风拍打在窗户上，甚至连他们的砖瓦房也在猛烈的冲击下颤抖。也许是龙卷风要来了。如果有什么外界的东西能撕碎他们的生活，夷平房屋，淹没城镇，把他们赶出去，那将是一种解脱。

她又从床上离开了。他站起身，走到窗边，跪下来，将下巴搁在窗台上。

游泳池水面掀起涟漪，他凝视着，试图辨认出她的身形。她在那里做什么？她如何忍受得了？

"你会回来睡觉吗？"他问道。声音太轻了，她听不见。

风围绕着他呼啸着。他闭上双眼，喃喃说道："快回来睡觉吧，布丽姬特。"

风中隐约传来"噼啪"的断裂声，他猛地睁开双眼。

那是什么声音？是远处的巨响声，还是附近轻轻发出的声音？楼下，布丽姬特浮出水面。

"那是什么声音？"他喊道，声音大到她能听见。

她将脸转向他，在黑暗中闪着微光："我不知道。"

芬恩一下站起来，他发誓再也不会忽略任何奇怪的声音。他转身走出房间，走向楼梯。当他走到楼梯口时，他看向贾拉的房间，门是关着的。那么，那个声音没有吵醒贾拉。但是一种难以说明的紧迫感将他推下楼梯，他跑了起来。他推开走廊的门，发现布丽姬特从泳池处跑来，身上围着一条毛巾。

她抓住他的胳膊，指着："在那里？"

门外，芬恩看到一束奇怪的、闪烁着的光，使他充满一种无形的恐慌。他飞快地跑过草坪，拧开大门，猛地停了下来，试图弄明白他看到的情形。这时布丽姬特跑到他身后。

桉树的一根大树枝掉下来了，落下的树叶盖住了草地的边界。透过树叶，那束光闪烁着。他能听到些什么，令人发狂地模糊不清。

"谁在那儿？"芬恩试图挤过去。

他听到"救命"。

布丽姬特屏住呼吸："哦，天啊！芬恩，哦，天啊！"

借助苹果手机闪烁的灯光，芬恩看到到处散落的树枝和树叶下，一个人弯着腰，还有一个毛茸茸的头，还有太多四肢，又或是四肢数目不够。

汤姆弯着腰，用惊慌失措的声音嘶吼着："我没法把它从他身上移开。"

"到底他妈的发生了什么？"

这不可能是真的，他在灯光间看到的情形不可能是真的：贾拉苍白的脸，他发出的呛得喘不过气的声音，汤姆费力地解着贾拉脖间的什么东西。芬恩跪在他们身旁。

"解开它,解开它!"汤姆催促道。

不知怎么,他和汤姆抓到了结的两头,然后撬松了它。贾拉在风中发出痛苦而刺耳的吸气声,然后极度痛苦地呼出一口气。

芬恩身后,布丽姬特惊呼:"他的腿!"

芬恩看向他的左侧,颤抖起来,他瞥到被倒下的沉重树枝压碎的骨头和血迹。他转过身,迎上她的双眼,她点点头,转身跑开。

汤姆正从贾拉的脖子下方扯出布料,贾拉又叫了一声。芬恩找到他的手,紧紧握住。

"没事的,你会好的。"

"我很担心,"汤姆气喘吁吁地说,"我给他发信息,让他来和我谈谈,我在路边等着,但是他爬上树,然后……"

他抬起头,朝着芬恩的方向,露出贾拉脖子上的勒痕。它告诉芬恩,他差点失去了他的第二个儿子。如果不是汤姆在外面看着,又或是树干没有折断的话,第二场难以想象的噩梦将吞噬他。

"你们到底因为什么吵架?"

"我不知道!他和他的女朋友闹得很不开心——我想他们分手了。"汤姆看上去像是准备跑开。

贾拉又呻吟着扭动着身体。芬恩不知道他是否完全清醒。

"我不能……"汤姆站起身,"我很抱歉。"他收起手机,后退几步,然后转身跑开,留芬恩一人在黑暗中。

风声中,芬恩听到布丽姬特从树枝间挤过来,再次来到他们身边。"他们正往这儿来。"她喊道。

风中响起了警笛声。

布丽姬特

你强迫自己面对这一切。你握着贾拉的手，看着他，而芬恩和医护人员将掉落的树干从他腿上移开。你看到刺穿他皮肤的胫骨露出的锯齿状末端，那难以忍受的被压碎的角度令你头晕目眩。当他们把他抬到担架上时，你一直握住他的手，他大叫出声。随着笑气发挥作用，你感到他紧握的手松了下来，你不知道他之前或现在有多清醒。你挤上救护车，坐在他身边，隐约明白芬恩也会跟过来。你不会让贾拉在没有你陪伴的情况下去医院，这一次不会，你不会这样对这个儿子。

"他会没事的。"随着救护车停下，一名医护人员说道。他们和来接托比的人不是同一批，谢天谢地。她试图安慰你，你点头表示赞同。但贾拉怎么可能会没事？你怎么会如此错误地理解这一切？断掉的腿只是表面的伤痛，贾拉内心深处的伤口正在化脓，毒害着他。你没有注意到。现在救他可能为时已晚。

哦，天啊，青少年们和他们对生命的轻易放手！当他们应该畏惧的时候却无所畏惧，太过轻易地放弃生命。难道他们不知道生命有多珍贵吗？如果失去托比有教会贾拉任何事的话，不应该是这件事吗？

警笛声呼啸而过，穿过黑暗中被强风席卷的街道。你回忆起警察开车带着你跟在载着托比的救护车后，那时医院离房子似乎只隔几个街区。拐弯时贾拉惊醒了，他睁开双眼，目不转睛地盯着你。

"妈妈？"

"我在这儿，亲爱的。"你咬住唇，不让自己告诉他一切都会好的，"我们快到医院了，贾拉，没多久了。"

他嚅动着双唇，想告诉你些什么，你靠近了些。"我改变主意了，妈妈，我是想下去的。"

"别担心，贾拉。"

"但是，是真的。我没法解开那个愚蠢的结，风……"

他的眼睛闭上了，你艰难地吞咽了一下。他昏沉得太厉害，没有看到你在哭泣。

"我们快到了吗，妈妈？"

"快到了。"你喃喃道。

"托比睡着了吗？"

哦，天哪。他比你想的还要昏沉。你喃喃低语着安慰他，他的头滚向一旁。

你的目光快将他身上烧出了一个洞，就像是你能读懂他的心，追寻着那将他带到树上，在黑暗中将要绞断他脖子的绳索。你的内心变得如此黑暗，愤恨你不曾看透别人的内心——你曾拒绝看到贾拉的痛苦。

你弯下腰，低声细语："对不起。"

　　救护车停在急诊室外。莫维伦巴医院，一个在你骨子里刻下烙印的地方。当你在三个星期前冲进这里时，在托比被送到医疗中心的那会儿，你还幻想过奇迹发生。当你跟着医护人员将贾拉的轮床推入医院时，消毒水的气味袭来，记忆变得恍惚。

　　你对自己重复着：他还活着，他还活着。

芬 恩

芬恩将他的椅子靠在贾拉的病床边。布丽姬特在另一侧，在他睡着时，握着他们的儿子的手。芬恩做不到，他受不了，几乎不能呼吸。他们的生活是由细弱无比的丝线维系在一起的。

贾拉会康复的，外科医生已经向他们保证过。腿部骨折要挂上六个星期的拐杖，但没有其他重伤。跟他身上其他地方突出的瘀青相比，脖子上的痕迹要浅些，到目前为止，似乎没有人意识到它的意义。

医院里充满忙碌的杂乱的声音：护士和护工的交谈声、手机铃声、仪器不间断的哗哗声。芬恩任由这些声音拂过，注意力集中在贾拉的睡颜上。

一个声音插进来，是梅瑞迪斯，她在帘外四处打量："我的天啊，发生了什么事？我刚看到贾拉被推进医院。"芬恩强迫自己转身面对她："暴风天里一根树枝砸到他身上。"

她眯起眼。芬恩想，她是在怀疑。他投给布丽姬特警告的一瞥。

"昨晚贾拉和他的朋友汤姆在我们那儿的大树上胡闹，疯狂的男孩。他们喜欢挑战极限。"

布丽姬特看着他，面带疑惑。梅瑞迪斯用她那可怕的洞悉一切的眼睛研究了贾拉很久，芬恩想站起身挡住她的视线——如果贾拉脖子上的痕迹露出来，他就没有别的可说了。

"我能帮上什么忙吗？"梅瑞迪斯问道。

芬恩摇了摇头："我们只需要些私人时间。"

"当然，"她说，"我很抱歉。"她一直凝视着贾拉，直到她离开。

芬恩站起来，走到窗前。暴风雨还在呼啸着，风还在刮着，但是不再那么猛烈了。灰色的云层掠过天空，雨水像珠子一样落在玻璃上。他强迫自己的大脑运转，进行分析。

如果有任何人——即使梅瑞迪斯只是一名义工——怀疑贾拉试图自杀，他们就必须强制性地报告这一事件，然后引来机构调查他们。这个世界上，带走你孩子的机构跟芬恩曾住过的地方不一样——但他能感到散发在脖颈后的凉意。如果他们判定他和布丽姬特忽视了贾拉？如果他们想把他带走？听证会上梅瑞迪斯将成为指证芬恩的证人，而在她眼前的则是证明他失职的更多的证据——另一个儿子陷入险境。法院的案子也许不是他们面对的最糟糕的事情。

一个护士冲进房间，吓了他一跳："贾拉的观察时间到了。"

芬恩将手放在布丽姬特肩上，靠近身子："我们能谈谈吗？"

她跟着他走出房间，穿过地板吱吱作响的走廊，来到一个小休息室里，一台电视在角落里嗡嗡作响。芬恩查看了下走道，没有别人。当布丽姬特坐下后，他蹲在她面前。

"这是个意外，"他低声说，"两个男孩都在树上胡闹，然后树枝断了。"

"但是——"

"如果有人认为……他们可能会带走他。看看我们，我们看起来就像是极度危险的父母。梅瑞迪斯立刻就起疑了。"

布丽姬特皱起眉头："但是——他们会问贾拉——还有汤姆——对吗？"

"我现在就给汤姆打电话。贾拉一醒过来，你就跟他说，在那该死的梅瑞迪斯接触到他之前。"

她的双眼扫视着房间："天哪，芬恩，真的吗？这太疯狂了。"

他靠近身子："只要贾拉一出院，我们就带他走。我们会离开这里，去别的地方，任何地方。"

"但是……"布丽姬特颤抖着，深深吸了一口气，然后摇了摇头，"看在上帝的分上，看看我们。我们现在不能做任何决定。"

芬恩哽咽了一声，身子往后一仰。

"我会继续休假，"布丽姬特说，"近来一段都是。我会待在家里照顾贾拉，直到房子处理好了。我不决定别的事。"

一直看护贾拉的护士轻快地经过，布丽姬特半直起身。芬恩抓住她的胳膊："这是一次意外。"

"我得回到他身边了。"

芬恩抓得更紧了："我们意见一致吗？"

她犹豫了一下，然后点点头："好的。"

"对每个人都是同样的说法，甚至连家人都不能知道。"

"告诉我，你不只是担心在庭审中这件事会被怎么看待？"她看着她的手表。

愤怒席卷了芬恩："我只是想要保护——"

但是布丽姬特打断了他："你今天上午不是要出庭吗？快10点了。"

芬恩一阵眩晕："该死，庭审10点开始。"

她挣脱出她的手："我会留下陪贾拉。这只是起诉动议，不是吗？不过你得去换身衣服，你看起来糟透了。"

他穿着泥泞的短裤和他前一晚为了赶上车而匆匆套上的一件破旧的T恤。

"你得自己一个人去了，"她说，"我们不能让他醒过来时一个人。你可以吗？"

"可以。"芬恩说。他必须做到，他没有选择。

"我们不会离开。我们需要些安定。"

芬恩看着她转过身，几乎是跑着越过走廊。她以为他是在为自己担心，她甚至还没有开始想清楚这件事。一个决定醍醐灌顶般击中了他，这是他的决定，只属于他的决定。

布丽姬特

贾拉打上石膏的腿放在被子外，整洁、笔直而干净，所有的碎片重新组合在了一起。他看上去像是睡着了，面色仍然惨白，眼睛周围细嫩的皮肤泛着黑。

你在床边坐好，但是没有伸手去握他的手。直到今天，你还不曾这么久地在近处观察过贾拉。他用一种青少年的方式溜出了你的视线，隐藏住自己。他一定对你隐瞒了太多，但只是在托比去世后才开始的吗？还是在更久以前？

他已经开始刮胡子了，下巴上露出的几缕胡须已经被刮掉了；他的皮肤还是很好，但是长了几个小疙瘩，小小的，不多；他的头发比你意识到的要长——你不再关注像理发这样的事情；他的左臂，伸出床单外，露出你以前不曾见过的肌肉。他正从一个男孩变成一个年轻人，一个突然的、令人震惊的美丽蜕变。你未曾觉察到。

他微微抖动着，你往后退，这样当他睁开眼睛时，你就不会贴在他脸上。

"妈妈。"他的声音沙哑。

"亲爱的，我在这儿。"

他试着移动一下，又疼了起来："很糟糕吗？"

修复他摔碎的腿花了三小时，他一定还在麻醉状态中。你试图微笑："你这阵子不能慢跑了，你的腿断了。除此之外都还好。你很幸运，贾拉。我们很幸运。感谢上帝。"

他沉默了几分钟，情绪低落。然后他低声说："大家都知道了吗？"

你等他抬起头，然后摇了摇头："只有你爸爸、我和汤姆知道。我们跟医院说你和汤姆在树上胡闹，然后树枝被压断了。"

他看上去很害怕："为什么？会发生什么事吗？"

你为什么会同意这件事？芬恩是不是太多疑了？不过现在反悔也晚了，你已经同意了，你必须坚持这个说法。

"什么事都没有，只是最好让事情简单化。你可能会被问到一些问题，你可以说你不记得了。然后我们会带你回家，照顾你。贾拉，我不会留下你一个人，我保证。"

他对此似乎稍稍放心了些，转身看向窗外。

"你想让我告诉劳拉吗？"

他疲倦地闭上双眼："不。"

"好的。不做任何你没做好准备的事。"

他似乎在发呆，你忍住继续说话的冲动。如果你再也不会留下他一人，你必须适应沉默。

当你确定他睡着了，你走出门外，回到走廊上的小房间，然后拨出电话。

"陈。"

"怎么了？"

你都忘了他有多了解你，哪怕只通过一个字。你说："贾拉住在医院里，他的腿断了。"

"哦，布丽姬特，天啊。我这就过去。"

"别，我打算休假。你能告诉劳勃我不能去上班吗？我这一两天内会给他打电话。"

他担忧地说道："我能做什么？"

你如此生疏，忘了该如何措辞："只要离远些。我应付不来，我不能——"

"我只是想帮忙。"

"太危险了。"

"我是你的朋友。"他说，就像不是出于其他的原因他才如此希望能帮忙。

"我该走了。"

"别将我拒之门外。"他说。

拒绝是最好的，断得干干净净；仍敞开心门，只会更难拒绝。但你也许还没准备好将它关上。你说："我会和你保持联系，但请不要给我打电话。"

你把手机装进口袋，走回贾拉的病房。你处于一种高度警觉的状态，从你看到他躺在地上的那刻就开始了，没有停止过。如果有什么不同的话，那就是随着不眠时间的流逝，这种感觉在加剧。

这可能会将你剩余的部分撕成碎片，再也拼不回来——或者会带着你熬过去。贾拉给了你挺过去的目标，他给了你每天起床、试着将自己拼回为人的理由；他给了你一份真正的工作。

芬恩

在法庭提审时迟到是一种不敬吗？他不知道。但他不能衣冠不整，带着泥泞，浑身擦伤就直接去法庭。他慢慢地开车回家，眨着快要合上的眼睛。市政小队停在屋前，电锯闪着火花，他们将掉下来的树枝锯成可移动的小块，然后扔进切片机。他绕过他们来到门前，闻到木材被粉碎的味道——他通常会喜欢的东西，但这味道刺入空气中，就像医院的消毒水一样。

他换过衣服，拂起水洗过脸，盯着镜子里的自己。空荡荡的房子如今令他更害怕，这个地方正在攻击着他们。已经过了上午10点半了，他抓起钱包、钥匙和手机，上了车，查看了地址，发动引擎。他紧张得没法开车，于是他下了车，叫了一辆出租车。

到了法院，他通过安检，上了楼。地方法院的大厅里挤满了人：孩子们，大人们，蹒跚学步的婴儿，老年人——有些和他一样格格不入，有些明显熟悉环境。他环顾四周，迷失了方向。

"芬恩！"马尔科姆向他大步走来，"你去哪儿了？你为什么不回电话？我拖住了他们，所以我们现在还好，但你可能会因此不能被保释。"

"我们能谈谈吗？"

"当然。"马尔科姆指向附近的一间会议室。

将一切关在门外让他松了一口气，他瘫坐在椅子上，大声说："我想认罪。"

马尔科姆吃惊地盯着他，然后大力地摇了摇头："等等，让我们先退一步。首先，这个案子中，过失只是一个意见问题，必须被证明达到非常高的层级，而我十分怀疑他们能做到。其次，你和你的家人经历的已经够多了，你不需要一个犯罪记录、一段刑期来雪上加霜。如果你耐心些，很有可能这个案子在几个月后的听证会上就结束了。"

芬恩想：只有没有意外失去孩子的那些人才会认为，如果他被证明是无辜的，一切就结束了。他说："但是如果我认罪，会不会加快这一切的进度？"

"是。"马尔科姆承认。

芬恩强迫自己集中注意力："跟我说说。"

"天哪。"马尔科姆揉搓着他的脸，"你应该咨询下你的律师。如果你现在认罪，你就放弃了羁押聆讯，法官可能会直接将你移交至最高法庭进行下一次开庭审理。"

"要多久？"

"取决于开庭时间表。"马尔科姆掏出他的iPad，"你可能会去利斯莫尔的巡回法庭或者是去悉尼。"他向下滑动屏幕，然后抬起头看着芬恩，"但会很快，他们会在11月17日在利斯莫尔开庭，不到两个星期。你可能会排上这次聆讯，就这个案子而言，凯利法官是一个很好的选择。"

"还有什么？"

"无论什么判决，你都能得到四分之一的减刑，这是真的。这一点适用于任何直接认罪的人。承认罪行也会对判决的类别有所影响——你更可能避免被判入狱，但是仍要听取证言证词，让法官做出他或她的决定。我们得立案来解释为什么你不应该被判入狱，诸如为了你仅存的儿子的福祉之类的理由会起到一定作用。法官仍然想要听到关于所发生事情的叙述，还是会有对证人的交叉盘问。这一切还是会发生，芬恩，而你会被定为有罪。"

"如果不认罪，按照你之前说的流程来的话，我可能仍然会被定罪，我可能仍然会进监狱。而这一切可能会花掉我们所有的钱。我不想让我的家人经历这一切，我不想让我的儿子站上证人台。如果我认罪会花多少钱？"

"大概三万美元。"

芬恩耸耸肩，坐回椅子上："那样我的妻子就能回霍巴特买下一套房子。如果我进监狱的话，我的家人还有地方可住。"

"你是否意识到如果你被判入狱，你将会直接从听证会进监狱？你必须做好准备，把你所有的事情安排妥当。我真心认为你应该把这件事告诉你的律师。"

"我准备好了。"芬恩说。他越过马尔科姆，看向窗外。在这个他似乎将会失去的怪异而正常的世界里，这只是另一个将近夏日、阳光灿烂、有着蔚蓝天空的星期二。

"我已经下定决心了。我们什么时候进去？"

他必须将事情告诉一些人。他在法院外找到一个安静的地方，拨出电话。埃德蒙德的电话直接转到语音信箱，而康纳接起了电话。芬恩试着解释，他结结巴巴地说了贾拉发生了意外——用了他们商量好的说法——还有他在法庭上认罪的事情，他意识到他是如此语无伦次。

"我不明白，"康纳听上去很茫然，"我以为这些事情要花上好几年。"

"这就是我这么做的原因。两周后会有一次开庭，那时我会接受判决，然后就结束了。"

"但是——但是——你是说你可能会进监狱吗？在两周后？"

"有可能，但至少我们会知道结果。"

"你不想申诉吗？"

"我不能。"

"但对贾拉来说，这听起来会更糟糕。他会没事吗？如果是因为钱的问题，家里能帮忙，我们能——"

"天哪，康纳，"芬恩尖声说，"这已经够难了，好吗？我已经这么做了。"

"我希望你能事先跟我说。"

"为什么？"

"爸爸不太好。我们以为是托比那件事带来的打击，但他没有恢复。他不再是他自己了。"

"天哪，我该怎么告诉他这件事？"

"我认为你不能告诉他，他接受不了。他现在很迷糊，我想他理解不了。"

芬恩感到筋疲力尽："但是我会过去，开庭前我必须看看他。"

康纳沉默了一会儿："行，"他最终说道，"你最好来看看他。"

贾拉

当我醒来时——我这一天不时地醒来又睡去——爸爸在床边的椅子上睡着了。外面天已经黑了，墙上的钟显示快7点了。

他的头垂在一边，看上去很不舒服。他什么时候变得这么老了？

"爸爸？"我低声喊了三次，他才醒过来。

"怎么了？"

"你为什么不回家？"

"我在这儿很好。"他说着，来回扭动着脖子。

"什么事都不会发生的，爸爸，我很好。"

他撇嘴向我露出一个奇怪的笑容："我不能冒这个险，贾拉。"

这句话让我如被当头一击，我意识到这件事对他们意味着什么。我很抱歉，同时庆幸树枝断了。

"你感觉如何？"他问道。

"好些了，你呢？"

"还行。试着睡会儿觉，嗯？"

我静静地躺着，听着他的呼吸声。它没有变化，我猜他还醒着。

"爸爸？"

"嗯？"

也许是因为天黑了，我不必看着他，又或许是因为我们在医院里，我真的想知道托比溺水那天发生的事情。我还活着，我想知道一切。

"我们什么时候搬家？"相反，我这般问道。

我听到他呼吸急促起来，他说："那件事不用担心，你先读完这学期。我要去看望爷爷，可能待上几天，他身体不是很好。我们暂时不会做任何其他的决定。"

"你会带上托比的骨灰一起去吗？"

他沉默了很久："不，在恰当的时机，我们会一起撒他的骨灰。"

"爸爸？"

"嗯？"

"到底发生了什么？"

他知道我说的是什么事。他沉默得如此之久，我以为他不会回答。最终，他挪动了下身子，开始说话。

"我在工作。我应该帮你妈妈做好准备的，但是她坚持要我尽快开工，你知道，那件事就是托比要去上托儿所的全部意义所在。我在工作室那儿，焊接着东西，听不太清楚周边发生的事。我背对着泳池，戴着安全面罩。"

"然后呢？"

"我听到你母亲的声音。我意识到出了什么糟糕的事情，我跑出去，她在泳池的台阶上，抬着托比，将他从水中抱出。"

我们都陷入了沉默。我能从他哽咽的声音中听出说出这件事有多么艰难，对于我这个听众来说，也不好受。我准备告诉他不要说下去了，但是他又开始了。

"她去上厕所了，留下他独自在厨房地板上看书。只有几分钟而已。如果泳池门一直运转正常，这本该没什么关系。"

"泳池门出什么问题了？"

他转了转脖子，揉了揉："'猫头鹰哨兵'发生了故障。当我穿过泳池门去工作室时，它没在我过去后将门关好。我没有注意到。如果我曾留心……这就是为什么他们起诉我，贾拉。是我的错，我不应该改动泳池门。"

他的声音在颤抖。难怪他把整件事情都归咎于自己。

"谢谢你告诉我。"我说。

"没事。你知道的，贾拉，你可以问我任何事情。我会尽全力回答。"

我在那里躺了很长时间，试着鼓起勇气，而当我问出时，我想他已经开始打瞌睡了。

"你和妈妈在离婚吗？"

"绝对没有。"他在黑暗中说，"想都不用想，贾拉。"

我闭上眼睛，我还处于麻醉的药效中，盘桓着入睡，不管周遭的一切，被拖入梦境。

就在我失去意识之前，我意识到有什么在困扰着我。我不知道为什么，但我不相信他，关于他和妈妈的事。如果他对这件事撒谎，那么他隐瞒了什么？

第三部分

芬恩

芬恩靠在栏杆上，竖起衣领抵御寒意，栏杆下方，水面上浮着一层油光反射出的虹光，旁边一个孩子在朝海鸥扔薯片，吸引来一群海鸥围着他尖鸣着盘旋。他几乎忘记霍巴特是如何嘲讽夏天的，它用冰霜般的凄风冷雨来驱走热意。

他的皮夹克发出一股霉味，他感到孤独，如此孤独，孤独到他似乎从未出现在他的生命中，忍受着他的不幸。而这些不幸聚集在一起，汇成一片洪流，冲至最低处，在一阵暴风雨后形成一股激流，冲走并毁坏它遇到的一切。

那艘巨大的橙色极地船就停在港口，当它准备驶向南方时，烟囱会冒出热气。霍巴特知道进进出出的是哪些船。人们在夏季能看到三四次"南极光号"出发驶向冰层，开始它的漫长旅程。他们一直留意着它的归来，在它驶进码头时，会有笛声长鸣。他伴随着这个声音长大，他还是孩子时就知道那些船只。霍巴特刻在他的骨子里，霍巴特藏着他的根，他曾经这么想。现在，他回来了，来面对他哥哥所瞒着他的一切。

康纳一周前在机场接到他，并试图说服他去吃个晚餐或喝上一杯，但芬恩要求直接去他父亲家。一切如此熟悉：弯曲的小路旁种着薰衣草和迷迭香，它们散发出寒冷的气息；门口两处高度不一致的台阶；这些砖块——他已习惯北方的檐板；屋内旧了的淡蓝色油地毡。这股亲切的熟悉感令他喉头发紧，直到他看到了他的父亲。

当布伦南一家离开霍巴特时，托比的爷爷还是一个精神矍铄的八十五岁老人。他满头白发，像家族里其他男性一样是个大个子，皮肤粗糙。他的日常生活包括散步、投球，并在俱乐部吃午饭，星期天参加弥撒，在妻子的坟前放上鲜花，然后和孩子们和孙辈们在一起。他虽有日益迟缓的迹象，但仍然生机盎然。他和现在这个在傍晚躺在黑暗客厅中的扶手椅上、眼神空洞的男人没有任何相似之处。

"爸爸？"

他慢慢地转过头寻找他："芬恩，我的孩子。"

芬恩向前走上地毯，蹲下来，让他的脸靠近他父亲的脸。他伸手贴近父亲的手，然后握住它。他不能说话，他心中的小男孩立刻去寻找他的父亲，而成人的那部分知道，那里并无安全可言。

泪水从他父亲的眼中源源不断地流出。"我不能……"他停下来，摸索着，掏出一块手帕，"我不相信他们的话。但那是真的，是吗？"

芬恩点点头。面对父亲满是泪水的面容，他仍然没有眼泪。他感到康纳的手放在他肩上。

约翰哽咽着："我想去的。我很抱歉。"

"我知道。"

芬恩试图重塑他的世界。他已经失去了一个儿子，而现在，在某种难以描述的情况下，他也失去了父亲。

约翰抬起头，看向窗外，他感到一阵茫然。"有时候很难理解上帝的意愿。"他喃喃道。

芬恩自孩提时代起就没做过弥撒，但也没有特别充分的理由去怀疑上帝的存在——他曾假设某种仁慈的上帝存在着。不过，他现在知道了——尽管他从未告诉过他的父亲——根本就没有上帝。他感到自己身形萎靡。

海伦不久就到了。自从那件事发生后，芬恩也没有见过她。他们紧紧地拥抱在一起，然后她退出怀抱，泪流满面。

"你和康纳出去吧，"她说，"你爸爸一次不能接受太多。我会给他做饭。"

第二个令人震惊的消息得自于酒吧，在吃了牛排、薯片，喝了一杯冷啤酒后。

"我和海伦分居了。"康纳说，"之前在酒吧里待了几天，想着一切都会过去。然后我就一直待在爸爸家，别处似乎不值得住，我得知道他恢复得如何。海伦帮了大忙，我会如她所愿。"

"但是——出了什么事？"

"她说，她多年来一直不开心，但她一直等到孩子们上完学，搬出家。"

"你毫不知情吗？"

"好吧，你知道的，我以为只是因为人到中年。我们之间几乎没有性生活，晚上，我们和对方也没什么可说的。但我想着等孩子们离开了，我们能做些别的事情，环游澳大利亚之类的。我想是我没有给予足够的重视。然后，当托比去世时，她说这让她重新审视了一切，她说人生苦短——像是我们不知道一样。"

"我不知道布丽姬特和我能不能撑过去。"芬恩说。

康纳摇了摇头："你们必须在一起，否则太可怕了。"

"她不想回来了。她想留在他死去的地方，像是她能离他更近些。"

"也许这段分开的时间对你们都有好处。"

"又或许我最后会进监狱。这对她来说也是一种解脱。"

"太他妈不公平了。这让我想要……"康纳降下声音，"你以为生活还可以，但下一秒一切都变得糟透了。"

他们两都喝得太多了，似乎没有理由不这么做。当他们回到家时，他们父亲的房子已经一片漆黑。芬恩蜷进地板上的一个气垫床里，裹着旧毯子，飘浮在虚无的梦境中。

第二天早上，在寻找咖啡的时候，他偶然遇到萨拉曼卡那儿的朋友，他们脸上的同情太过明显。他们不知道该说什么，吞吞吐吐地表达了尴尬的同情语，然后并不是很坚定地邀请他去吃饭。他尽可能快地打断了谈话。

这些曾经的友谊变成了什么？如果他和布丽姬特分手的话，这些友谊还会继续吗？还是它们都是基于稳定的家庭而存在的？

他也几乎无法应对他的家人。他开车前往德罗雷恩，看望玛丽和她的女朋友伊迪，还有卡梅尔和她的丈夫格雷姆，在那儿过了两晚。他离开霍巴特还不到一年，但在这段时间，他的家人变得出奇地老了。芬恩是年轻得多的最小的儿子，就像曾经的托比和贾拉一样，他和他上一个哥哥康纳之间隔了八岁。他所有的兄弟姐妹都已老去，他的父亲已是高龄，是失去了托比才让岁月如此沉重地压在他们身上吗？如果确实如此，为什么他没有在悲痛中感到和他的兄弟姐妹更亲近呢？他曾梦想着回到家，再次找回家人，他们可以承受他的伤痛，但悲伤对他们之间的纽带做了些奇怪的事情，将他们拉长扭曲成难以辨认的形状。

不论是哪种他曾幻想寻求到的安慰，它都不在那儿。但重回霍巴特意味着他至少脱离了布丽姬特的痛苦。无论他感受到什么，都是他自己的事。它可能会战胜他，将他击倒，它可能毫不留情，但这是他的感觉。托比浸润他的日日夜夜，托比在这空旷的空气中跳动着，填满沉默，扩展到房间里的每一寸地方。托比要求被倾听，托比要求被铭记。托比有更多的要求。

生活怎么可能总是合乎常理？所有死去的孩子，每一天、每一分钟因为洪水、战争、疾病、殴打、饥饿和疟疾而死去的孩子，在孤儿院死去的孩子，因陷入暴力事件——国内的、国际的、种族的、民族的——而死去的孩子。现在他知道了每一次死亡意味着什么，他怎么可能平心静气地活着？

在澳大利亚，据网上报道，在过去的一年里，有十六个孩子像托比一样淹死了；在那之前的一年里，有十八个孩子。十六对家长在错误的时间移开了一会儿视线，然后就只能从水中拖出孩子了无生气的身体，压住他们小小的胸膛，朝他们松弛的嘴里吹着气，祈祷他们信奉的任何神灵能带回他们的孩子。那些家庭都带着这种无法忍受的悲痛和内疚生活着，他们是如何做到的？

没有托比的世界是一个灰色、晦暗、冷酷的地方，它的美丽是苦涩的，而它的悲伤显而易见。

从某种意义上说，甚至离开贾拉也是一种解脱。监狱的前景开始临近他，他还有时间留在原地，任由记忆泛着气泡浮出水面。托比短暂的一生，他的气味，他的重量，对他未来的幻想，好奇他是谁，他可能成为什么样的人……在那里，他能沉浸在对托比的想象中不被打扰。这种期望很可怕，但同时也很吸引人。

一只海鸥在芬恩头顶如此近的距离发出一声尖叫，他吓了一跳。他转过身，她就在那里，从码头远处向他走过来。她的金发掠过她的脸，滑到脑后，她穿着奶油色的风衣。她轻盈地移动着，脚步如此轻盈，不像芬恩世界里的人——每个人都背负着重担，那压弯了他们的脊背，压垮了他们的肩膀，沉重了他们的步伐。

她听说他回来了，给他发过一条信息。而他发誓他不会见她，不会自找麻烦，不会给布丽姬特任何怀疑他的理由，他发誓他不会这么做。但随着桑德拉走近他，她脸上的五官开始变得清晰，他不需要看到她脸上的表情，就能从她身体里感受到：她不怪他，她不恨他。

在他内心深处，某处可怕的地方，那里缠绕着金属，咝咝作响，它们熔化着，又重新聚合，在那里有些东西开始松懈下来。他感到下体涌起一股欲望。在她走过来前，甚至在她将手放上他的手之前，自从他踏上这座岛屿的土地后，芬恩第一次哭出来。

贾拉

看电视就像是吃棒棒糖：一开始你以为你能一直继续下去，但过了一会儿你就觉得不舒服了。

当我从医院回来后，妈妈在客厅里为我搭起沙发床，这样我就不用爬楼梯了。将近一个星期过去了，可我还是头晕目眩，摇摇晃晃地拄着拐杖。一切都很奇怪：她整天都在家，爸爸走了，托比也走了——家里的一切都颠倒了。要想的事情太多，于是我睡得很久，偶尔看看电视，我甚至都不在意摊在客厅的沙发床上能被看到一举一动。

妈妈一直看着我。她试着不做得那么明显，但是我关掉灯后，她会待在厨房里看书；有时我在夜里醒来，看到她坐着或是将头搁在胳膊上，睡在桌子上；有几次她蹑手蹑脚地走进来，睡在另一张沙发上。而我早上醒来时，她都已经起来了。我不知道该怎么告诉她，一切都好，我不会再做那种事了。

几乎到夏天了。电视嗡嗡作响，我不时踢开毯子，下床打开风扇，换着频道，接着打个盹。我浑身的骨头都发沉，拄着拐杖去厨房都能让我精疲力竭；石膏下的皮肤发着痒；我的腿不疼，但有些奇怪的小小的刺痛。

当我不再睡得那么久的时候，妈妈问我回学校的事，但只要她一提，我就又感到疲惫不堪。我不想回去。她说她和老师说过送些作业过来，这样我的进度就不会太落后，我同意了。

第二天下午，妈妈在厨房的时候，有人来了。她们在门口说话，传来的声音很熟悉，虽然我听不见谈话内容。接着，妈妈走进了房间。

"贾拉，劳拉带来了一些作业。"她说，"我去给你们准备下午茶，好吗？"

妈妈以光速消失了，然后劳拉出现了。她红着眼睛，打量着四周，就是没有看我。

"嘿，劳拉。"

"嘿。"

"要坐下吗？"

她走近了，坐在对面的沙发上，终于看向我："我今天才听说，爵士小伙。我不敢相信。我感觉糟透了。"

我努力回忆起劳拉和我曾对对方说的话——感觉那是很久以前的事了。我说："这不是你的错。"

"但是我们吵架了。然后你就没来学校。我不知道出了什么事。"

我张开嘴想说这跟她无关，然而我又闭上了嘴。我深吸了一口气，我越来越擅长说话前先想一下了；再加上我们——我和妈妈一致同意对外讲述那个说法。

"这只是一次愚蠢的意外，只是因为胡闹。我从树上摔下来，然后树枝砸在了我身上。"

她直直地看着我："那你脖子上的痕迹呢？"

"是瘀青，"我说，"我摔下来的时候撞到了树上。"

她的表情没有动摇："我曾拿吻痕跟我妈妈说过类似的话，她甚至相信了。"

妈妈忙着用托盘端着两杯奶昔和一盘饼干进来，像是我们是五岁的孩子一样。她将它们放到桌上，在劳拉道谢时又跑了出去。如果不是场合不对，这场景几乎会很滑稽。劳拉站起来，抓过一杯奶昔，靠着我坐在沙发床的另一边："我真希望我从未那般说过你的弟弟。我不是故意的。"

她曾让我带着我死去的弟弟下地狱，我记得。

"我那天就是个浑蛋。没关系。"

她沉默了一会儿，然后在她的书包里摸索着，拿出一堆书和纸："艾迪生让我给你带些数学题。你会很快回学校吗？"

"我不知道，大概吧。"

也许我能做到——和她和好。我应该再试一次。如果我要留下来，成为劳拉的男朋友会是一个好主意，而且我确实喜欢她。我曾以为我爱她，不管那意味着什么，也许我仍然可以；除了我们看起来会在圣诞节前离开。

她把那堆印着数学题的东西放到地板上。我还没来得及整理好思绪，她就靠近了我。

有什么东西让我靠回枕头上："劳拉……"

她退回来："怎么了？"

"对不起，不是你的问题……"

她的嘴唇开始颤抖，她转过身："是，没错。还以为你会不一样。"

我知道我说的话听起来像是烂片里的台词，但我不知道还有什么更好的说法："我想我和别人不一样。问题就在这儿。"

她沉下脸。我伸出手，握住她的手："我从没想过你会注意到我。"

"你以为我只是同情你吗？"

"嗯，有点，一开始的时候。"

她抽出手腕："所以如果你和别人不一样，贾拉，为什么不直说？我觉得自己像个傻瓜。"

"嘘。"我朝厨房方向做了个鬼脸。

"是同性恋又不是世界末日，这没什么大不了的。"

"嘘。你不明白。"

"那就告诉我。"

"如果我能我会说的。我不知道我是什么，我只是——我说不清。"

"是和你弟弟有关吗？"

我低下头，拨弄着床单一角："我不知道，也许吧。这些事情掺杂在一起。"

劳拉站起来，把书包挎在肩上："很高兴我能帮你弄明白你是同性恋。大概吧。"她的声音很苦涩。

"我很抱歉。"我伸出手，试图抓住她的手，但她躲开了，"我喜欢你，我真的喜欢你。"

她端起奶昔，喝完后，用手擦了擦嘴："怀念你的弟弟并不代表你是同性恋，这只意味着你爱他。"

她伸出手，摸了摸我的手背，然后向门口走去。我差点叫她回来。我疯狂地希望她是对的。我想要再次抓住她的手，将她拉下来，让她吻我。也许这一次会不一样。但我什么也没说，然后她就走了。一切都太迟了。

几分钟后，妈妈从门边伸出头："你们和好了吗？"

我再次感到精疲力竭："我们只是朋友，妈妈。"

"真可惜，她看起来像是个好女孩。也许你们只是需要一些时间。"

"嗯。"

她想继续说些什么，但她停下了，然后又说："你还好吗？"

"嗯。"我拿起遥控器，打开电视机，这样她就不会再问我别的事情。她在那儿站了一会儿，然后收拾好盘子和杯子，回到厨房。

我盯着愚蠢的电视屏，并没有看。我是什么该死的浑蛋，要劳拉离开？那个梦想中的女孩，难以置信地想要成为我的女朋友，而我就让她那么走了。不，实际上我是把她推开了，我甚至不知道原因。

只是现在，当她想要吻我的时候，我想要躲开。这种情况是什么时候发生的？

这一刻我记起了和汤姆发生的事。如果我是同性恋，回忆起那件事不是会很高兴吗？但每次我想到它，我只感到羞愧。我扭动着身体，换了频道。有一件事我很确定：最好我们再也不要见到对方。我强迫自己去想别的事，和劳拉或汤姆无关的事。

第一次，我没有困到记不起爸爸告诉我的托比溺水那天的事。我不想忆起那天的画面，但现在它已经想方设法进入我的脑海，开始一遍又一遍地播放。

我透过纱门看向花园里。我想着劳拉、汤姆和托比，然后我想起了一件事。

布丽姬特

你一直等到贾拉沉迷于某部《星球大战》电影时，才妥协了。大概在陈下班那会儿，你在厨房里给他发了条短信。

"你能过来吗？"

自从你道别后已经过去一个星期了，但他的反应就像是他一直等着这一刻，短信瞬间就回复过来。二十分钟后，他的车停在屋外，而他已来到门口。

"怎么了？"他问道，仿佛你从未将他推开过。

你摇了摇头，指了指客厅，那里贾拉摊开四肢，盖着被单，一台风扇朝他皮肤上吹着凉风。电视上星系间的战斗正达到高潮，但你知道孩子们的听觉能穿透嘈杂的声音，零距离听到你并不想要他们知道的事情。你不知道贾拉是否失去了这种能力。

陈是熟悉的，他很可爱，很关心你。你如此渴望他的双臂抱住你，你感到自己意志薄弱，不得不在身体上克制住自己。你甚至不会亲吻他的脸颊，或和他握手，任何接触都太过危险。天啊，你太孤单了。

一周前，芬恩在没有告知你的情况下，对过失杀人罪罪名认罪。对你的质疑，他不予回答，声称这是他的选择。第二天，他就搭乘飞机去看望他的父亲，留下你独自照顾贾拉，以及十二天的时间来规划如果他最后进监狱的话，你们该如何生活。他没有告诉你他什么时候会回来，你们两个几乎不怎么说话——尽管他每天都给贾拉打电话。

你花了七天的时间围着你的儿子转，拒绝给陈打电话，并且将花园里弄得一团糟。今天，你绝望了。

"有没有我们能谈话的地方？"陈问道。

你点点头："我想给你看样东西。"你提高嗓门，压过激光枪的声音喊着贾拉，告诉他你会去外面，你听到一声微弱的"好的，妈妈"作为回答。

你推开游泳池的门，替陈撑住门，带着他过去。他过了一会儿才注意到，然后他停下不动。

泳池的水是浑浊的，泛着青灰色。一旦你拔掉水泵和氯化器的插头，让机器陷入该死的沉寂中，在亚热带的高温下，这种情况很快就会发生。

"什么……"

你试图解释："我要把它变成一个池塘。他们说你放进植物和鱼，这个系统就会平衡。我只是没想到它会变成这样的绿色。我受不了……"你的声音颤抖着，低了下去。

你极度渴望水能再次变得清澈。你知道放弃它是很困难的事，但你不知道你会因此感到如此痛苦，夜晚会变得如此令人难以忍受的空虚。你甚至不能让自己的手探进那鲜艳的绿水中，而你就此失去了托比的另一部分。

陈蹲在泳池边，看入水中，当他再次站起来时，他面色苍白。你意识到，他是在近距离观察托比溺水的地方。

但他摆脱了思绪："我能看到一些孑孓。这是一个好迹象，是一个生态系统的开始。现在该怎么做？"

你从口袋里掏出皱巴巴的打印纸："他们说一旦出现孑孓，就可以引入植物和鱼，然后水就应该变清了。"

"你有植物吗？"

"苗圃里有水生植物，我去查看过了——但我不想单独留下贾拉去取植物。"

他充满同情地望着你："出什么事了，布丽姬特？"

你受不了他脸上怜悯的表情，你摇了摇头："别这样。"然后你挥挥手，"我有一张清单，你能去取它们吗？"

成为一名植物搬运工可能不是他所期望的。苗圃也许能送货过来，你没有查看过。事实是，你想要见到他，你想要见到另一个成年人。你比以前的任何时候都感激贾拉的存在，但他仍然只是你十几岁的儿子。

"如果你有时间的话，你能帮我把它们放进去？"

"当然。"他开始动起来，脸色依然苍白，似乎急切地想远离那池绿水。你带着他从游泳池区回到他的车旁，当他转动钥匙时，你弯下身靠在窗户上。

"你何不再带瓶酒回来呢？"

他露出一丝宽慰的笑："我也这么想。"

他倒车，开走了。你急忙回屋去看贾拉。

贾拉

托比去世后的第三十三天。当我听到一个男人的声音时，我在沙发床上换了个方向，这样我能看到厨房的情形。妈妈工作上的那个朋友和她在那里。第一次我对他有了疑惑：他在我们家干什么？从一开始他就出现在周边，做饭，帮忙，但最近我没见过他。他在爸爸去霍巴特的时候来家里，这事有点奇怪。

当他们走到外面时，我告诉自己一切可能还好。也许妈妈像我一样，并没有真正融入莫维伦巴，她也没什么朋友。我们身上所发生的事情意味着别人要么更亲近，要么躲开，也许他们所有的新朋友都躲开了，也许她和我一样孤独。

她过了一会儿就回来了，坐在沙发上和我一起看电视。不知什么原因，我突然注意到她变得这么瘦。我最近好像什么也没看到，我不曾注意到她是如此瘦弱、苍白和孤独，我才看到她的眼睛周围出现了新的皱纹，头发上露出了几束白发。爸爸呢？爸爸又胖又老，整个人一团糟。我不知道他是怎么去霍巴特的。他每晚都打来电话，但他没有说太多，只是问我怎么样，以及我一直看的那些电视节目。他说那里很冷。

过了一会儿，陈出现在门口，抱着一箱子植物，妈妈站起身。

"车里还有更多，"他说，"我会把它们送进来。"

"它们是用来干什么的？"我在他出去后问道。

妈妈眨了眨眼："屋外的一个小项目。"

如果我不起床，我的大脑真的会融化流到地板上去："我能去看看吗？"

她犹豫了一下。

"或者你想和你的男朋友单独在一起？"我还没来得及想，这句话就从我嘴里蹦出来了。

她看着我，好像很震惊："别犯傻，贾拉。"

她说出这句话之前的停顿让我觉得我可能说对了，但我也被惊到了，大声说道："对不起。"

她向我露出一个虚弱的笑容："没关系，贾拉。这段时间我们怪怪的。这些植物是给泳池用的，我正将它改造为一个天然池塘。这会儿看上去不是很好，但是它会变好看的。"

"我不介意去看。"我说。这并不是真话，我讨厌与泳池相关的任何事情。但我是如此厌倦躺着，我将自己从沙发上撑起，挂着拐杖平衡好身子，跟着她走出门。陈正把另一箱植物搬到泳池区，用肩膀抵住门。妈妈接过箱子，示意我过去。

我转到泳池区：整个泳池是一团黏稠的绿色，像是一碗污水。我停下来不动，不得不用力吞咽来对抗反胃。这是我见过的最恶心的东西。

"真恶心。"

　　"它不会一直这个样子，"她说，"一两个星期后，水就会澄清。水里将到处都是植物和鱼，像一个真正的池塘一样。它会充满生机，不是吗，陈？"

　　"当然。"陈边说边放下箱子。

　　"我要回屋了。"我说。

　　"我和你一起去。"妈妈朝我走来。

　　我摇了摇头："只管去干你那些植物的事吧。"

　　她迟疑着："贾拉——"

　　"我不会自杀的，好吗？"我尖声说，"你不需要每一秒都看着我。"

　　妈妈退后了一步，陈看上去很是震惊。很好。我移动着拐杖，妈妈打开门让我过去。我感觉她想说什么，但不知道该怎么说。

　　"爸爸知道你在做什么吗？"

　　"什么？"

　　"泳池，他知道吗？"

　　她放下门闩，让门在我们和陈之间紧闭："这将会把泳池变成有用的东西，贾拉，一个活着的生态系统。"

　　"但是我们甚至都不在这儿了，不是吗？"

　　我朝屋里走去，猛地坐回沙发床上，看着电视上让人意识麻木的节目，这让我睡了过去。这是一个奇怪的炎热的下午，我打着瞌睡，不知道自己是在做梦还是醒着。我以为我听到了手机响，我几乎确信那会儿爸爸就在房间里，我还以为我听到了托比的声音，就好像他在他的房间里醒了，叫别人给他读书。然后我知道我是在做梦，即使在梦中，我也辗转反侧。

　　天气变凉快了，光线也变暗了。我能听到厨房里传来的低沉的说话声、玻璃杯碰撞的"叮当"声，还有切菜的"噔噔"声。
我拉开身上的被单，妈妈从角落里探出头来。

"我又睡过去了。"我咕哝了一声。

"陈在做饭，晚饭很快就会准备好。"她端着一杯酒走进房间，"你在看什么？"

"没什么。"我找到遥控器，关掉电视，"他难道没有自己的家人吗？"

"他一直是我的好朋友。"她压低了声音说，"我没有其他人了，贾拉，让我有一个朋友吧。"

我拨弄着被单，不愿看她的眼睛。

"你想邀请谁来吃饭吗？也许是汤姆？劳拉？"

"不。"

我们默默地坐了一会儿。

"去跟你的朋友聊天，"我最终说道，"我一会儿过去。"

她用手抚弄着裙子，点点头："贾拉，你最好不要说关于你那次意外的其他事，好吗？"

"为什么，让你难堪了吗？"我知道我听起来很讨厌。当我说出这句话时，她退缩了。

"我们不想让任何人把你带走。"她低声说。

我不知道她在说什么，但我看得出她很烦乱。我感到很抱歉，试图微笑："不用担心，妈妈。"

"是吗？"她看起来松了一口气，"我们必须没事，贾拉，我们真的需要没事。"

我点点头，她走了出去。我看了一下我的手机，看看是否真的有什么信息，或只是我做梦梦到的。尽管我不想想起汤姆，但我还是查看了一下信息。事发当晚他就在附近，不是吗？我不知道原因，我希望他是过来说不用担心我做的那件事，然后我们能忘记那件事。汤姆是一个好人，这像是他会做的事情。

手机里没有短信。从那晚起，没有任何来自汤姆的信息。企图自杀已经让一切事情变了性质：一天之内犯的两个极端愚蠢的错误，把我是什么样的人解释得清清楚楚。对他来说，要承受的太多了。不能怪他，真的。

我闻到了从厨房传来的煸出的蒜香味。我上次闻到做饭的味道还是……感觉像过去了永远那么久，我们吃了那么多的炖菜和外卖。爸爸做饭时，总是用特别多的蒜。他知道他是一个糟糕的厨师，他告诉妈妈，大蒜能替代做饭天赋。他们曾就此事说笑。

我下了床，挂上拐杖。我不喜欢那个人。

布丽姬特

　　他用冰箱里塞满的食物和橱柜里之前买的材料凑出了一顿饭：西红柿意面，点缀着他从花园里摘下来的一些香草，加上一些被忘到一旁的奶酪、刺山柑花蕾、培根和汤料块。至少和芬恩做的饭比起来，尝起来像是饭馆里的食物。

　　贾拉站在厨房里，无精打采、闷闷不乐、不太友好，但即便是他，在吃饭的时候也软化了些，陈的善意就像是美食和美酒一般流动着，冲刷过你们全身。它让你感到温暖，让你可以忘记一些东西一小会儿。

　　吃完晚饭后，贾拉的眼皮又耷拉了下来。你担心他是不是太过疲惫，你希望这是手术的后遗症。你把他送回床上，当将他在客厅里安顿好后，你吻了一下他的额头，然后关上了灯。

　　厨房里，陈正在安静地堆放碗碟。你擦干净凳子，不经询问就把剩下的酒倒进你的杯子里。

　　"我们到外面去吧。"你低声说。

不需要言语，你们一致同意走廊上的沙发离贾拉刚刚睡下的地方太近了。他带路走下台阶，来到草坪上，走到离房子最远的那块亮处的草地上坐了下来。

"我们会被蚊子吃了的。"你低声说。

他耸了耸肩，你坐下来。你们没有靠得太近，也没有离得太远。你不确定你是否走出了客厅的视野，尽管你认为这是可能的。但愿贾拉很快就睡着了，就像他平常那样。

"调查进行得怎么样？"你问道。

"我现在有个毕业生在帮忙，我们这周能完成野外调查。然后要花上几个月的时间进行分析，写报告。但是……你知道这些项目都是如何发展继续的。"

"怎么发展的？"

他的笑容带着悲伤："我从未见过一份报告能阻止一条高速公路通往它想去的地方，官员们不明白族群基因区别的细微之处。考拉在维多利亚的部分地区被捕杀，是因为它们的数量太多了，所以为什么要担心这里这些快要灭绝的考拉呢？毕竟，你需要多少考拉呢？"

你曾经也关心过考拉，事实上你现在也在想着同样的事情：如果当地这一小群勉强维持一线生机的考拉没有幸存下来，又有什么关系呢？也许最好是放它们走，而不是建立考拉十字路口、立交桥和地下通道，试图保护那些小块的栖息地；为它们建起的小片乐土最后也成了被人类包围的陷阱。

仔细想着这些问题总好过看着陈肩膀的轮廓，想着他修长的骨架微微靠向你，想着他双腿交叠在他胳膊下的样子，带着芬恩永远无法做到的柔韧。这是你一定不能做的事。

他扇开一只蚊子："你会告诉我关于贾拉的事吗？"

你指着头顶高耸的橡树："他爬树的时候树枝断了。"

"布丽姬特，是我。"

你深吸了一口气："他说他改变上吊的主意了，试着从树上下来。"将这件事详细叙述给别人，你的声音就开始哽咽，"但他的脖子上已经有一圈勒痕了，树枝断了，砸在他身上，我差点失去他。"

"哦，布丽姬特。"

你咽下一大口酒，用手背擦过嘴。你在心里重复那句让你度过这些日子的咒语：他还活着。你有一个儿子还活着。

陈用温柔的目光看着你："我希望你能让我帮你。"

"你已经做得够多了。"你选择一句套话来保持与他的距离。

"我希望我能带走你的痛苦。"

一只蝙蝠落在树上，拍打着皮革般的翅膀，边抖落树叶边发出尖叫声，你很感激它的掩护，因为你几乎说出"这就是"。你知道这样做会带走痛苦。也许只是在这期间，也许只能持续几分钟，但那几分钟别有意味。

你能将他带上你的床——确认贾拉睡着了，确保没人会发现。你能把陈带去工作室，而不是冒险在家里做这样的事——管他的，你很快就会离开这座房子，甚至芬恩可能都不会再回到这儿——如果他进了监狱的话。

陈的皮肤如此光滑，你想用双手抚摸他光洁的手臂。你想象着感受他那纤细而结实的胳膊，双手绕上他的脖子，将他拉向你。你的呼吸开始变快，你盯着草地，因为如果你看向他，对上他的目光，你就会沦陷。

　　蟋蟀突然齐声鸣叫，附近悄无声息藏着的一只青蛙也发出呱
呱声，头顶的蝙蝠大声叫唤着，第一缕星光开始显现。你能感到
酒精冲击着你，但你不怪它。你知道，就算没有酒，欲望也会在
那儿。你渴求着没有充满悲痛、恐惧或愤怒的事物。

　　你不知道你在那里坐了多久，你们都没有动，但等你从草地
上抬起手时，天已经黑了。你感觉到杯子轻轻地翻滚到一边，剩
下的酒浸湿了草坪。你抬起手，向他伸去。你的指尖触到他的 T
恤上，慢慢地，慢慢地，压下你的手，直到你的手掌覆在你曾渴
望放置的地方，按在他的胸膛中央。他的心脏挨着你张开的手指
怦怦地跳着。

芬恩

芬恩用力呼吸，胸口剧烈地起伏着，汗水顺着他的额头滴下来。他又深吸了一口气，停了一会儿，振作起来，抬头看去。

威灵顿山的山顶就在前方，不远，他知道。乌云已经沉下来，挂在山肩处。桑德拉在前面，已经看不见身影。他好奇自从搬到北方后，他怎么会变得如此不健康。因为那里太热了，没法锻炼？在霍巴特，他能走出后门，徒步来到威灵顿山斜坡的低处，然后在几小时后回去。而任何在北海岸的散步都是一项炎热的、大汗淋漓的运动，充斥着虱子、蚊子和水蛭。

他转过背包，大口喝水，然后再次出发。她在前方领先那么多，他这样输给她是件十分羞耻的事；汗流浃背、满脸通红、气喘吁吁地抵达那儿，也是件羞耻的事。

在拐弯处，她坐在一块岩石上等待着。

"快到那儿了，伙计。"她说，自然地双脚撑地站起身，"比赛我赢了。"

"只是出于绅士风度，"芬恩气喘吁吁地说，"才让你赢。"

她微笑着，在他前面出发了。他不介意，这绝对是他乐意的行进顺序。从后面看，桑德拉身形看起来相当不错，比他好多了。她露出的小腿让他集中了些注意力，让他另有事情可想，而不是回忆他上一次包里背着托比一起爬山的情形；那时托比还小，能被背着到处转。

当他们到达山顶时，他的胸口实在是疼得厉害。他们走进停车场，大步穿过混着碎石和沥青的路面，走上一条捷径。他们避开主要的游客观光点，前往本地人常去的地方，看看乌云是否会为他们散开。

然而毫无迹象，视野中，云层密集地盘绕在那儿。芬恩感到他的汗水开始发出冷意。桑德拉从她的包里掏出几根坚果棒，扔给他一根。

"让我们给它点时间。"她说，"你永远预料不到。"

她很积极乐观，他喜欢那样，没有人敢在他周围表现得乐观。

自从他来到南方后，这十天里，某些事情发生了：回家的梦想已经破灭了，但不仅仅是这件事，还有远离了布丽姬特和贾拉，一个人独处。

第一次见到桑德拉时，这种状态化为具体的欲望。他曾想要一把抓起她，将她压在身下，让自己埋入她的身体。那是一种比他们之前的调情要强烈得多的感觉，一股浓烈的野性。那一刻，他想要离开，带着她一起跑去某个新世界，抛下他们的配偶、他们的孩子，抛下一切。他想将自己陷入那种感觉散发的热意中，用燃烧的欲望灼烧他的伤口。

她以同样的方法回应他，紧紧抱住他，任他凌乱地抽泣，吻着他的头顶，唤着他的名字。那一刻，他本可以付诸行动。

但雨幕中刮来一阵暴风，他们为避开砸得人发疼的雨滴，来到附近的一个酒吧，屋内的暖意、啤酒的味道和点单的动作彻底扼杀了那一刻。芬恩怀疑他是否真的感觉到了它，或是在她身上看到过它，痛苦又回到他身上，将他从任何短暂的希望中夺回。很快，他们面对面坐在桌旁吃着热薯条，而那一刻消失不见了。

等到他们点第二杯酒时，她打消了任何残存的疑虑："我们之间不会再发生那种事了，芬恩。那是一场越过线的调情——我不该做那样的事。"

这太荒唐了，芬恩发现自己在笑，他说："好吧，那么谢谢你委婉地说出这件事，也许你能这么告诉布丽姬特。"

"我当然告诉过她，但已经太迟了。我们越过了她的底线。汉斯不一样，他知道发生了什么事——我不得不告诉他为什么我们不能去参加葬礼，他接受了这件事。"

"接受？"芬恩问道，表示怀疑。

"好吧，显然不是很高兴，但是他能理解。我们继续照常生活。"

"就这样？"

芬恩自那时起就一直在琢磨这件事：对他而言，这场相互吸引引发了一连串的灾难，而桑德拉和汉斯只是继续照常生活。这让人难以理解。

云层在他周围盘旋着，发着光，在它们再次合拢前，芬恩瞥了一眼下方远处的港口。桑德拉吃完了坚果棒，将包装纸塞到口袋里。

"你认为她会原谅我吗？"

芬恩叹了口气："我不认为原谅是她的强项。"

"她因为托比的事怪你吗？"

芬恩不知道从何说起，责备的问题、花费的问题、内疚的问题、泳池门的问题、原谅的问题……所有这些都缠绕在一起。

"是我的错，你看过报纸了。"

"这是个意外。"

"法律不是这么说的。"

"听起来简直是你想去坐牢。"

"我几乎是这么认为的。"

"芬恩！"她从岩石上撑起身子，"这他妈疯了！"她走过来，双手放在他的肩上，"你不会是因为你我之间的事还对布丽姬特怀有一些愚蠢的愧疚吧，是吗？"

他摇了摇头。

"那是为什么？是什么让布丽姬特成了个圣人，而你却是个恶人？"

芬恩盯着她，感到他的脸颊在她的注视下泛起热意。他动摇了：如此孤独的选择和如此多的秘密。他能告诉桑德拉吗？这可能会有所帮助？

"如果是布丽姬特的错，你能原谅她吗？"

"能。"

"那就给她一个原谅你的机会吧。"

芬恩耸耸肩，感到困惑："我不明白你的意思。"

她看了看四周："我不认为云层会消散，它还在堆叠。我们该下山了吗？"

芬恩呼出一口气。那一刻消失了，他不会告诉她。

"你能让我单独待几分钟吗？"

她后退一步，背起背包，大步走开了。不一会儿薄雾就吞没了她的身影，像是她从未出现在那儿一样。

事实是，芬恩不知道托比是如何进入游泳池的。他几乎不知道他自己在做什么，除了他必须坚持自己所走的路，承受随之而来的一切。他付出代价，做出补赎，并且希望一切过后，布丽姬特仍会在那儿。

这就是桑德拉的意思吗？替布丽姬特承担罪责后，他给她出了更大的难题——不得不原谅他？

这太让人头疼了，他弄不明白。他必须相信他的第一直觉，深深明白他必须为她承担这件事，永远不原谅他要好过永远不原谅她自己。他必须记住这件事，然后坚持下去，挺身而出，认罪。因为他知道这是挽救他们的最好机会，至少救了她。

律师已经寄来了一堆文件，他已经签完了。在正常案件情况下，他的妻子会行使代理人的权利，但马尔科姆警告过他不要这样做，并建议指定康纳代替。他对房子出售的事情说过一些强硬的话，建议钱直接转入信托基金，以免他进监狱后发生任何事情。"任何事"想来意味着布丽姬特离开芬恩，马尔科姆显然认为它很可能发生。

芬恩环顾四周，确定他是一个人，然后把背包放在面前，拉开。他打开一个内袋，取出一个小木盒。这是他几年前从一整块塔斯马尼亚胡恩松上取材雕刻的，没有用钉子或胶水组装，只用了燕尾榫和细木钉。

他知道，这可能是他迄今为止做出的最大的背叛，但是他不能不随身带上属于托比的一些东西就回到塔斯马尼亚。本可以是一个玩具，或一件衣服——那些他曾想过的东西，但当那一刻来临，唯一合适的似乎只有床下那个盒子里的一捧骨灰，安息在那儿的、他的儿子的一小部分。将托比的骨灰分开，算不算是一种亵渎？

他拿出他的小刀，跪了下来，在岩石旁的泥土上挖了一个浅洞。他轻轻地打开盒子，看了看。

他越过了某种界限，做出了某种不可挽回的行为。他将盒子斜放，看着骨灰移动着开始下滑，突然脑海里闪过贾拉的面庞，以及长子看着托比的画面。

他停下来。他放正盒子，抓过盖子，将它盖回去。他不会做这件事，不会一个人秘密地这么做，不会在没有贾拉和布丽姬特在场的情况下这么做。他不会将他的悲痛从他们的悲痛中分离出来。

没有人知道的那些事，他也不曾告诉任何人的事，他差点也失去贾拉的事，回忆起那晚让他身体里又涌起肾上腺素。在医院里告别已经够糟糕的了，离开贾拉无疑更痛苦。他知道贾拉第二天就会出院，家里的一切都安排好了，而布丽姬特也会在那儿；他知道他必须去塔斯马尼亚看望他的父亲，但离开贾拉无疑更痛苦。最后他选择用懦夫的方式来做这件事：在男孩睡着时亲吻他的额头，给他写下留言。在他离开时，走在那条长长的、咯吱作响的、散发着消毒水味道和死亡的恶臭气息的走廊里，他身体里的每一个细胞都在尖叫着抗议。

在案子开审前他都不能回到莫维伦巴的家中——他只有一次离开贾拉的勇气。

他把盒子滑入内袋，在他背回背包时，感受到它撞在他的皮肤上。他会随身带着它，他会抱紧托比。

贾拉

妈妈不得不外出买东西，办事情，我猜她认为我好些了，因为她留我独自在家，答应很快就会回来。车一开走，我就挂着拐杖走到外面，打开泳池门，让自己进到泳池区。

泳池里还是很糟糕。我大概能看到水中新放入的植物，有些叶子伸出来，有些伸到下面。每隔一会儿，水面就会有一点细微的动静，散开涟漪。我估计，那些可怜的鱼正试着游过这泥泞，但是妈妈保证过几天后会好一些。

我弯下身，坐在一张泳池椅上，将拐杖放在一旁。椅子闻起来有一股霉味，但我没有理会。这是事情发生后我第一次坐在泳池区。我曾不得不穿过这里几次，但从没有就这么坐着，看着托比死去的地方。

我们最后一次一起游泳是在托比溺水的前一天。爸爸高兴地走出工作室，说雕塑进展得很好，他能休息一下。妈妈跟我正和托比一起玩，帮他在我们之间游上几下。他能狗刨着游过从我们中的这个人到另一个人之间的较短的距离。我猜我当时认为那就意味着他会游泳。

爸爸坐在躺椅那儿看着我们，我记得抬头看向他时，他嘴张得大大的，露出傻乎乎的笑容，就像生活是如此美好。尽管我不太明白，但我猜当时，生活就是如此美好。

他说，这是他的错。爸爸的发明让门敞开着，然后让托比从门那儿穿过。妈妈留下托比一人待了一会儿，而爸爸背过了身。接着是妈妈在游泳池里找到了托比，然后爸爸被捕了。我想不通其中任何一件事。

我闭上眼睛，天气很热，我的腿在石膏下出汗。我能闻到我腋下的气味，我想我也能闻到水的气味，那变成了绿汤的水的气味，它令人毛骨悚然。你看不见水里，那下面可能有一具尸体，而你不会知道。

我仍然无法想象托比死去的样子。

某个瞬间袭向我。它就像是一股巨浪，凭空冒出，砸在我身上。我用双手紧握住椅子，咬紧牙齿，当这一切都不奏效时，我扭曲着面孔，发出呜咽声。我还活着，我猜我很庆幸，但这并不意味着我会忘掉托比。

过了一会儿，我又恢复了控制。我松开椅子，用T恤擦了擦脸，期望着天气不要这么热。

我再也记不起托比死的那天早上我是否和他说了再见。也许在不同的地方试着回忆会有所帮助。我闭上眼：我刚要去上学，妈妈告诉我去喷点除臭剂，然后我走回浴室。我试着在脑海中像看电影一样观看整个过程：我能看到我给托比读书，翻过书页；我抱起他，将他放入高脚椅，扣上小腰带把他固定在椅子里；妈妈游泳后走进来，问我如何做早餐；我吃完早餐，然后是一段空白；除臭剂，然后又是空白；接着我穿过草地，走到小屋那儿去取我的自行车；我推着车到外面的时候，爸爸正把垃圾桶推去排水沟那边，然后他在我出门前先进来了；爸爸拍拍我的肩膀和我告别，我记得我希望他不要来亲我，就像他有时在公共场合做的那样——我快十六岁了；我把自行车推出去，然后关上门。

有什么事令我困惑不已。

再来一遍：我关上门后转过身，看到爸爸朝着工作室走去，因为他已经把垃圾扔出去了，他没靠近泳池门，他朝着工作室的后门走去，那扇他几乎没用过的门。

我像是在电影里一样，把那天经历了一遍又一遍。听到鹦鹉的喧闹声，我记得那天是个天气很热的大晴天，就像现在一样。听到自行车的"咔嗒"声，我记起我当时在想着比我高一年级的男孩——在比萨店遇到的那些男孩，想着如何在学校避开他们，如果避不开我该怎么做，想到我很有可能在学校被称为"小妈妈"，那将结束我被人忽视的日子。我当时在想那些事情，而爸爸正朝着工作室后门走去，房子里，妈妈湿着头发吃着早餐。门在我身后发出"咔嗒"声，我将脚放在踏板上，骑走了；我在自行车上摆动着双腿，将那个世界永远留在我身后。

我想也许我终于知道了爸爸正在做的事情。

布丽姬特

你不喜欢马尔科姆，并不是因为私人恩怨——或者也许算是。假如在聚会上遇到他，或是作为同事，你都不会喜欢他。他身上有种特质，一种从他人的不幸中获利的味道，一种你无法完全理解的特质。

另外，他总会将你逼入不利的境地。

"让我们先解决这些小事情，"他说，"房屋的出售问题。如果你丈夫最终被判入狱的话，你们必须就房子的问题达成某些一致。你们都需要保护自己的利益，你可能要考虑指定你自己的律师。"

他也不喜欢你，你猜。你说道："我会考虑的。但我来是为了谈谈这个案子。"

他用惊人的耐心合上了标着"房屋出售"的文件夹。你咬住下唇粗糙的那处地方，让自己保持冷静。他打开了另一个大得多的文件夹。

"我觉得你丈夫草率地做出了认罪的决定。你们讨论过吗？"

"没有。他在我们儿子发生意外后的第二天早上做出了决定。我没有机会跟他讨论这个问题。"

"你同意他的决定吗？"

"我怎么想都无所谓，不是吗？事情已成定局。"

"你的态度很重要，你仍需要在下周二利斯莫尔的审判听证会上提供证词——我想芬恩告诉过你了。你应该争辩你的儿子需要他的父亲，那将有利于法官对芬恩的判决。所有这些都能让他免于牢狱之灾。"

自从芬恩离开，去霍巴特后，一切就平静多了。没有他在身边，你的愤怒就减轻了。你和贾拉在不幸的轨道上共存着，但不知怎么，你认为你在勉强度日，你只能专注于贾拉和你的池塘。事实是，你不想要芬恩回来，不仅仅是现在。监狱可能不是最坏的结果。然而你不能将这件事告诉他的律师：这不仅会让你成为一个糟糕的妻子，你还会是一个糟糕的母亲，因为一个男孩当然会需要他的父亲。

你晃了一下身子，坐得更直。世界上没有人——可能除了梅瑞迪斯和埃文斯探长以外——认为芬恩应该被关进监狱，在这件事上你必须帮他。

"我们应该过一遍你的警方证词。"马尔科姆说，"你会被交叉盘问，我们可以讨论一下我们的策略，预测他们可能会问的问题，这将有助于从你儿子那儿得到证词。芬恩说他不想让他出庭，尽管我建议过他。这对他可能会有帮助。如果他不提供证词，我们应当要拿到那份心理评估。你能安排吗？我可以给你一份法院认可的心理学家的名单。"

"收到。"你说，尽管你知道这样做和隐瞒贾拉企图自杀的事互相矛盾。

他摘下眼镜："我猜我们是站在同一边的，我们都试图让芬恩免于牢狱之灾。事后，你们能更轻松地解决分歧——任何分歧，如果他还是个自由人的话。"

"分歧？"你说道。

"对你的不幸我深表遗憾，布伦南夫人。"他说着，合上了文件夹，"不要觉得我不是这么想的，我无法想象你经历了什么，但我很清楚接下来会发生什么。很多人把希望寄托在法庭判决上，他们认为会有人受到惩罚，他们认为他们会得到解脱。但事实并非如此，不要以为法庭判决会让一切变得更好。"

"你闻起来有股味道。"你妈妈边说边用手在鼻子前扇着。

"是蛋糕的味道，傻瓜。"你打开纸袋，拿出纸盒，"巧克力布朗尼，刚出炉，你的最爱。"

她带着怀疑打量着蛋糕："是给谁的？"

"一个给你，一个给我，一个给——"

"托比。"

"贾拉。"你盖过她的声音，同时说道。

"托比爱吃巧克力。"

"这对他来说太浓了，他可以吃个香蕉。不过别告诉他，好吗？"

这些和你母亲的对话应该是具有毁灭性的，但你从中找到一种奇怪的安慰。有那么一刻，你几乎可以假装什么都没发生过：托比和芬恩在家里，准备因一块巧克力布朗尼而大发脾气。

你将一块布朗尼切为两半，用餐巾纸包着递给她。她咬了一大口，高兴地闭上眼睛，大声咀嚼着，然后又咬了一口。当她忙着吃的时候，你把剩下的放入袋子，然后将袋子移出她的视线——她往往会忘记她已经吃过了，还想吃更多。当她吃完后，你拿起餐巾，抹去她嘴角的巧克力。

"还是有股味道。"她说。

"我什么都没闻到。"

"鱼，我能闻到鱼的味道。"

你忙着收拾，将餐巾纸带到垃圾箱那里，慢慢打开盖子，将它扔进去，然后望向窗外的花园。你来这儿之前，曾将手伸进泳池过，希望那个生态系统能有所进展，希望能感觉到托比。她说的是真的，你的手之后闻起来有股鱼腥味。但你已经擦过手了，不应该再有味道了吧？

"我最近见过托比吗？"

这个问题让你大吃一惊，你转过身。你总是不知道她问问题时是清醒的，还是混沌的。不过这一次听上去很清醒，她镇定地看着你。

"有一段时间没见了。"你轻声说。

"我想他。"泪水在她眼中凝聚。

你自己的眼泪快抑制不住了，你厌倦了欺骗她，受够了找借口："他走了，妈妈。"

你感觉到她的目光透过她脑中聚在一起的乱麻，就那么直接地看到真实世界中的你，理解你，听到你的声音。

"别这样说！"她哭泣着，双手捂住嘴。你已经后悔说出那些话了，希望能将它们收回。但愿它们不会在她混沌的脑中找到可留之处，没有什么能抓住它们或记住它们。

"他和芬恩去霍巴特了，"你说着，强颜欢笑，"去看望家人。他们回家后我会把他带过来。"

"我们能也去霍巴特吗？"

"你想要回去吗？"

她用力地点头。

"当然可以。"你又恢复了对自己的控制，你移到她身旁，把手放在她瘦削的肩上。

"我收拾好了，"她说，"我们现在就走。"

"好的。"你边说边紧握住她的肩膀，"我去把车开来，在这儿等着。"

这是最简单的方法，你已经学会了。

你走出她的房间，用了一下洗手间，洗完手抬头时，你被镜子里自己憔悴的脸吓了一跳。距芬恩的量刑听证只有几天的时间了，一切仍然似乎不是真的。

"你应该开始做好准备了。"昨晚你们打电话的时候，芬恩这么说，"如果需要的话，我会安排汤姆帮你收拾好房子。马尔科姆起草了一些你需要签字的文件，我已经请求康纳成为我的代理人。"

这比任何事情都能说明你们之间相隔多远——他不信任你。

"我们不应该在听证会前谈谈吗？"你说，"关于策略什么的？"

"什么都没有变，你只要说出你经历的事发经过，我们让法官决定谁对谁错。确保贾拉不要在那儿。"

"你什么时候回来？"

他犹豫了一下："我会在前一晚待在悉尼，然后在审判当天坐早班机飞过来。”

　　“你甚至都不来看看贾拉吗？”

　　“这太他妈难了，布丽姬特。我会在当天和你在那儿见面，好吗？”

　　你挂断电话，一点也不明白。

　　你忌妒你母亲只活在当下的能力，相对不受过去和未来的影响。你用手指梳理了下头发，走出洗手间。阳光斜斜地射过走廊的窗户，落在带花纹的地毯上。你又等了一会儿，深呼吸，抬起头，回到门口，像是刚刚才到。

　　“嘿，妈妈。”

　　“嘿，亲爱的，”她说，“见到你真高兴。”然后皱起眉头，“那是什么味道？”

贾 拉

托比去世后的第三十四天。爸爸说这样最好，这样这件事不会在接下来的两年内一直悬在我们头顶。他说无论这事何时发生，都是件难事，最好的解决办法就是尽快了结它。

"但是在开庭前我都见不到你吗？"我问。

他停了一会儿，没有回答。"贾拉，我对你的想念超乎你的想象，"他最终说道，"我希望你能理解。我不能提前回来。太难了。我们三个人会在开庭前喝杯咖啡，然后埃德蒙德会带你回家，和你一起等着。好吗？"

"但是……"我不明白，"那是我们道别的时候吗？"

"我认为这样对我们都好。事情可能会很顺利，然后我就会回家。"

"但是爸爸，我记起来一件事。"

"无关紧要了，贾拉！"他尖声说，他回答得如此快，我被惊到了。

"但是你没有穿过——"

"无所谓了！"他提高声音，"这个案子只涉及一件事，贾拉，那就是我如何改动泳池门，因此引发托比溺水，就是这样。"他深吸了一口气，"现在，尽量不去想这件事，好吗？我不想让你担心，这件事与你无关。"

我以为我摸出点头绪了，失望感一下涌上心头："如果你两年都不回家，什么事都和我没关系了。"

"别说了。"他说，他的声音出奇的平静，"我不想你在那儿，我不想让你再听一遍这些事。你不能改变结果。"

我想要挂断他的电话，但我强迫自己不这么做。

"当你做错了事情，你就要为此付出代价。这也将带来些好处，可能会阻止其他人在他们的泳池门上装些愚蠢的玩意，或是让他们记得关上门。这可能会挽救一些孩子的生命。"

"你听起来像是那个叫梅瑞迪斯的女人。"

"是，好吧。"

"所以你前一天晚上也不回来？"

我听到在他回答前，他的喉间发出个声音，然后他说："如果我那么做了，我就再也没法走进法庭了。"

"我不明白你的意思。"

"你会的，会有那么一天。"

"但是在这段时间里，你就不能屈尊来看看我们吗？"

我想我希望他发火，但他只是不予回应。他沉默了一会儿，然后说："贾拉，我爱你胜过这个世界上的任何东西，好吗？这件事似乎令人难以接受，但我正努力为我们大家做出正确的选择。你能相信我吗？"

我凝视着外面的夜色，我只能感觉到他正离我远去。"我不知道，爸爸。"我说。

芬 恩

他现在所接触的东西都是他以前知之甚少的：医院、警局，以及法院；还有今天上午，在法院大楼外拥挤的媒体人员；也许，从今天起，还有监狱。

这一天混乱不堪，零碎散落，不真实。

从倾斜机身的飞机上的视野里，他看到自己飞过那座山、那个告示，到达蜿蜒河流的源头。

在法院拐角的一家咖啡馆里，他和布丽姬特与贾拉会面，他们像是两个陌生人。他已经封闭好自己，准备着离开他们。

法院外，摄像机和麦克风塞到他面前，冲他喊着问题。埃德蒙德试图为他们清出一条路，让他们进去。

等待开庭的人的面孔，有些是熟悉的：安吉拉和汤姆，布丽姬特的同事——他看向一旁，梅瑞迪斯——她没有别过视线，还有他记得的一些警察。余下的则是盯着他看的陌生人，或是小心翼翼不盯着看的。

他在法庭入口旁的小会议室里等待着，意识到布丽姬特必须待在法庭外，直到她作为证人被传唤出庭。

他被带进法庭，走到被告席上，明白他在整个过程中都将坐在那个显眼的位置上，除非站起来回答问题，或是在法官入席或离席时起身。这是个接受责问和监督的建筑。

他看到贾拉挤进前排，挨着康纳和埃德蒙德坐下，脸上混杂着挑衅和恳求。

法槌敲了三下，示意法官已经准备好了。全体起立，鞠躬。他看到鲜艳的红色长袍和灰色的假发、白色的衣领和褶边、皇家检察官和学友，他听到低沉的声音，他感受到密闭无窗的空间中，他的恐惧漫过地毯、椅子和他身前的木凳。整个人类世界，以及其中所有可能发生的行为，都被关在这个房间里。曾经站在他所等待处的有罪或无罪的人，生命就此被判决。

还有那句"你怎么说"。

这些法律术语比他想象的更直接，他站起来，深呼吸，宣誓。

"告诉我们那天早晨的情况。"

他穿过泳池门的路程；因一心想着其他事，忘记检查设备在他身后是否关上泳池门的疏忽——这个谎言，虽不成熟但有力；然后他在工作室里对声音的忽视。

臭氧刺鼻的气味在他的鼻孔中灼烧，这是这份行当的气味。他正双手拿着焊枪，还有它泛出的金属味道；他正在创造那件作品，组装它，看着它成长，看着从一堆垃圾和他自身的想象中浮现出来的东西。他已经丢失和忘记了那种感觉，而在他的记忆中，它就在那儿，那是对艺术的一种奇特的喜悦感。

现在他的陈述正悬挂在真相的支架上。

"你什么时候意识到出事了？"

他沉浸在焊接的乐趣中，焊接声在他耳中回响，电光和安全面罩将他与外界隔离。那是最后一次完美时刻。然后是微弱的喧闹声，他无法辨别的低沉的声音令他胳膊上的汗毛都竖了起来。是出了什么事的声音，一个在远处绝望地呼喊着他的声音。当他关掉喷枪，抬起面罩，它咆哮着冲进他的耳中——一声将他从头到脚都烧穿的哭号声。

"你做了些什么？"

他转身进入一个全新的、满是恶意的世界。他扯下面罩，跑着——被绊倒，又爬起来，被推搡着往前走——拧开推拉门。他一头冲进游泳池，像是击打着敌人一样击打着水面，到她的身边。他和水搏斗着，是它将他活生生的儿子变成这毫无生气的事物。

他发出动物般恐惧的叫声。

他的记忆出现一段无法填补的空白。

下一刻，托比躺在地上，布丽姬特跪在他身边，用手指从他嘴里挖出泡沫。她疯狂地命令着，指着——《急救指南》。

它们被钉在栅栏上，逐渐褪色，从未被读过。他跑到《指南》前，双手放在塑料板上，凑近身子，试图集中注意力。

清空呼吸道。

"慢慢来，布伦南先生，我们有时间。你向你的妻子念出《急救指南》中的方法，然后发生什么了？"

"下一步是什么？"布丽姬特冲着他尖叫。

他试着集中注意力，但文字和图片旋转移动着，他无法让它们稳定下来；他试着压下尖叫，指导布丽姬特。

将头向后仰，掰开嘴。

他说不出"托比的嘴"。

捏住受害人的鼻子，将你的嘴对紧受害人的嘴，慢慢地轻柔地吹五次，每一次隔三秒。

他转过身，布丽姬特的嘴对着托比的嘴，她抬起头，对着他吼道。

"看在上帝的分上，帮帮我，芬恩！"

布丽姬特

陈想和你一起在外面等，但你拒绝了，送他进了法庭。在这一天接受他的安慰是不对的。

人群涌进法庭，等候区几乎空无一人，只有其他几个证人，独自站着，手指划着手机，或试图看书。你不知道他们是谁，你不在乎。你静下心来等待着。

你希望贾拉没有等到昨晚才告诉你。

晚饭后，你坐在屋外，蚊香刺鼻的味道充斥着你的鼻腔，你注视着最后一道光线从天空中退去。当贾拉加入你，而不是去看电视或干别的什么时，你很惊讶。你暂时放下这件案子，放下芬恩即将进监狱的前景，很高兴有这样的陪伴。

"再告诉我一遍托比是怎么进到那里的。"他说道，"反正我明天也会听到的。"

"不，你不会。你不会去。"你下意识地回答道。

贾拉已经站起身，拄着拐杖走到走廊栏杆旁，靠在栏杆上向外看去。

"你还不明白吗？"他背对着你说，如此成熟，你几乎认不出他来，"我有权利去；你不能阻止我。"

你们对视了很长一段时间，然后你叹了口气，妥协了。

"你的父亲穿过泳池门，没有注意到它发生了故障，让门在他身后一直开着。"你解释道，"我去洗手间的时候留下托比单独待了几分钟，他进到泳池区，然后掉进去了。"

"但是托比会游泳，我们前一天还和他一起游泳。你花了多长时间找到他？"

你站起身，走到栏杆前，将手放在贾拉的手臂上："他离开我的视线——我不知道——有四五分钟吧。其中一部分时间我在房子里找他，因为我往外看，看到门关着。梅瑞迪斯告诉我，一个小孩能在六十秒内溺亡，即使是你认为会游泳的孩子。"

你们都沉默了，想象着那幅画面。

然后贾拉说道："我不明白你往外看的时候门怎么会是关上的。"

你放开他："警察花了数小时检查游泳池和栅栏，我曾一次又一次经过泳池门，试图弄清楚。托比一定是穿过敞开的泳池门时撞到门，所以它又开始工作，在他身后关上了。我想不出其他合理的原因。"

"我离开后多久发生的？"

你知道反正第二天你要在法庭上重现那一天，于是你强迫你的思绪回到那一天。你和贾拉吻别，送他回去喷除臭剂，做好托比的早餐，将他从椅子里抱出来——然后你去了洗手间。

"没过多久，贾拉，大概是在十五分钟后。"

他犹豫了一下："你还记得我有没有跟托比说再见吗？"

这个简单的问题，足以让你再次心碎。你想，至少你有能力满足他。

"别对我说谎。"他警告道。

你转过身，天快黑了，但你仍可以看到他的双眼，他紧紧盯着你的眼睛。有时他会突然变成大人的样子，会吓到你。他似乎很了解你。

"我不记得了，"你说，"我很抱歉。"

沉默持续了如此之久，你以为这次对话一定已经结束了。你不愿上床，也不希望睡觉，但似乎到时候了，你开始移动身体。

"我觉得爸爸没有穿过泳池门。"

你转过身："什么？"

"你知道我离开的时间吧？他正把垃圾桶放到街上。我出门的时候他从大门进来，然后他绕到工作室的后门。"

"我不明白。他跟你说的这件事吗？"

"不，我看见的。我看到他绕到后面。"

"但是——那不对。他告诉我他穿过了泳池门——他告诉所有人——就在事发的那天。"

"我知道。"贾拉说。

"你问过他吗？"

"他跟我说我记错了，但我认为我没有。"

你们俩默默地站着，直到他靠过来，吻上你的额头，然后跟你道晚安。

你瘫倒在藤椅上，久久地坐在黑暗中，一动不动。终于当你听到客厅内传来青少年轻柔的鼾声时，你站了起来。你踮起脚走过走廊，抬起那无声的、不会发出咯吱声的可靠的新门闩，然后推开门。你将它在你身后关上，听到门闩准确地落进插销内发出的"咔嗒"声。

池塘里爆发的原始生物体一开始吓坏了你，但经过过去的这几天，它终于平静下来了。你再次打开自动灯光，植物和鱼在两旁投下起伏的倒影，你又能看到水底了。

你曾想去里面游泳，但当你将脚伸进去的那一刻，你退缩了。有什么东西阻止了你，你甚至连手指都不再伸进水里。相反，你坐在泳池边的躺椅上，俯身前倾，看着鱼儿在植物中穿梭：银鲈、红尾白杨鱼、太平洋蓝眼鱼——都是适合孕育生态系统而不造成环境破坏的澳大利亚鱼种。绿色的灯光在它们的鳞片上和眼睛里闪烁着。

它已经变得美丽极了，已经转变成你所想象的事物：一个活着的会呼吸的系统，一个维持生命的良性循环。

你曾去游泳，就在托比溺水的那天早上。你曾在芬恩做咖啡的时候出去，以蛙泳的姿势游了几圈。你用毛巾擦干身体，靠在门上，拉下操纵"猫头鹰哨兵"的拉杆。你穿过泳池门，心无旁骛，全部注意力集中在回到屋里。你相信那个机械装置会关上泳池门。

不，你对"猫头鹰哨兵"的信任是不真实的，你从不曾想过这一点。你没有听到门关上的声音的相关记忆，你的思绪全跑到需要完成的那些事情上了，没有意识到应该回过头看一下。

也许贾拉是对的：也许芬恩根本没有穿过泳池门，也许你是那天早上唯一打开门的人。

你摇了摇头，双手按上太阳穴。这有关系吗？问题在于泳池门不够安全，问题的关键是你砸碎的那个可怕的、会出错的设备。

"他们会问到泳池门是怎么被修改的，"马尔科姆曾说过，"它出错了多少次，你或芬恩是否意识到这一点，或是他是否无视了这一点。他们需要确认过失的等级。"

你慢慢地意识到，你只是依据芬恩的话说装置发生了故障，你只是依赖芬恩的话，然后消除了其他的可能性——任何其他的可能性。

他为什么那么说？贾拉没有回答这个问题。你呢？这个问题你无法回答？还是你一直都知道答案，却无法面对？

"布伦南夫人？"芬恩的律师不得不叫了两次你的名字来引起你的注意。

你回过神，站起身。

"他们准备好见你了。"

你把头发往后拨了拨，拽了拽夹克，看着他，直到他点头，然后跟着他走到门口。

"当你进去的时候，向法官鞠躬。"他说完昂首走了进去，拖曳着他的长袍，优雅地点头示意。你跟着他，笨拙地重复着动作，然后抬起头。

在你的右边，芬恩独自坐在被告席上。法官的头顶上方，有一件巨大而精致的盾形纹章，上面有王冠、狮子、独角兽、玫瑰、竖琴和鲜花，还有精美的缎带，上面装饰着拉丁文。你以前从未注意到——或考虑过——它们授予传统和权威那艰深、晦涩而强大的分量。

这次是来真的。

芬恩

她宣过誓，在证人席上坐了下来。它在法官的右手边，远离芬恩的被告席——另一种巩固权利和权力的设计特点。

他的律师，杰克·弗格森站了起来："布伦南夫人，告诉我你儿子死去的那天发生了什么。"

布丽姬特颤抖着，开始说："他在客厅地板上看着他最爱的书，我离开他去了洗手间。"

芬恩紧紧地闭上眼睛。只是简短的复述，证实他说过的话而已。他期望她能保持简洁。

"我离开了托比，大概五分钟。"布丽姬特说道，"那段时间里他离开了厨房，不知怎么进入了泳池区。"

"当你意识到他不见了后，发生了什么？"

"我去屋外找他，看到泳池门是关闭的，所以我以为他不会在泳池区。我在花园里没看到他，我喊着他的名字，跑上楼看了看他的卧室。然后我跑过走廊，在我们的卧室里看了下——从我们卧室窗户那儿能看到游泳池。就在那时我才看到他已经掉进去了。他脸朝下躺在水里，一动不动。"

"你做了什么举动？"

房间里一片沉默。芬恩不得不睁开眼睛：布丽姬特在哭，她看向他，咽下哭声。

"我知道我得把他弄出来，我必须得叫上芬恩。我跑下楼，冲进泳池区。我开始尖声喊着芬恩。他正在工作室里工作。我知道他很难听到我的声音。我跑到水里去抓住托比，同时不停地喊着芬恩，最后他听到了我的声音出来了。我们把托比从水里抱出来，把他放到地上，我让芬恩把《急救指南》念出来。"

"你以前做过人工呼吸吗？"

布丽姬特点点头："当我有了第一个孩子的时候，我受过急救训练，在十五年前。我在训练中做过，但从没在人身上用过。"

芬恩回到了那天。他凝视着指示牌，双手放在舞动的文字的两旁，看着之前从未注意到的可怕的图片，努力念出声。布丽姬特的尖声呼救在他周围回荡，声音扭曲变形得就像是他在水下听到的声音一样。鹦鹉在他头顶的一棵树上发出尖厉的叫声，喧闹刺耳。这件事超出了他们的能力，超出了任何《指南》的范围。他以一种奇怪的慢动作，迈着如噩梦般的步伐跑去给救护车打电话，他的双腿拒绝如常工作。他用他那粗壮的手指戳着电话键，不知怎么让自己回过神来。电话那头的声音告诉他回到屋外，告知他进一步的指示，然后他转达给布丽姬特。

布丽姬特双膝跪地，气喘吁吁地向托比吹着气，为他俩呼吸，为他们所有人呼吸，可托比的小手仍旧毫无生气地摊开着。

他的耳中响起一个细小的声音："你该停止人工呼吸，开始进行胸外心脏按压。将手掌放在他的胸骨上。你要快速地按压三十下，大声计数。"

他放下电话，抓住布丽姬特的肩膀，将她往后拉。托比嘴唇发蓝。他将手放到托比的胸口，胸口是冰凉的。

"救护车到达前还发生了什么事？"

芬恩记得当时痛苦冲昏了他的头，他的手掌平摊在托比的胸口，他感觉到托比匆匆地从他小小的身体里冲出来，感觉到托比带着全部力量击向他。那一瞬间，他觉得他能抓住他的儿子，阻止他离开。

在那个念头消散之前，托比就已经走了，留下一片混乱的情绪：困惑、恐惧，还有令人奇怪的——欢乐。那是一种奇异的激动，因为他们的孩子纵身跃入了宇宙，解开了束缚，得到了自由。

然后是第一个医护人员试图拧开门的举动，他年轻的面孔上露出的表情，他试图掩饰的样子，他发出的小声的绝望的叹息，以及芬恩是如何拉起"猫头鹰哨兵"的拉杆，让医护人员跑到托比身旁。第二个医护人员跟过来，芬恩将布丽姬特从那儿拉开，在她恸哭哀号时抱住她，而他知道已经太迟了、太迟了、太迟了。

"你认为托比是怎么进入泳池区的？"

布丽姬特花了很长的时间才做出回答，就在弗格森提示时，芬恩再次睁开了眼睛。"布伦南夫人？"

"我想我们永远也不会知道。我跑到游泳池时，泳池门是关闭的。也许在我早些时候游泳时，这个装置就出现故障了，没有完全关上。也许托比自己找到了开启装置的方法。他是一个你无法控制的孩子，当他想去某个地方或做件事情时，他会找到实现它的办法。我的丈夫把这件事归咎于他自己，但我们其实并不知道发生了什么，我们甚至都不能确定当时泳池门是不是开着的。我能肯定的是，我离开了房间，留下托比无人看管。"

芬恩眨了眨眼睛。他看向贾拉，贾拉低着头。他又看向布丽姬特，她第一次真正地迎上他的目光。

贾拉

当法官终于开口说话时，就像是憋着的一大口气给放了出来。缓刑十五个月，她说道，然后宣读了一大堆能一直念下去的法律文件。我没有全听，但明白爸爸不会坐牢了。她终于读完后，堆好文件，站起身，点了点头。当她走出去的时候，所有人都站了起来，人们开始交头谈论。一些人在笑，律师们在握手，康纳抱着我，埃德蒙德则拍了拍我的背。

汤姆和他的母亲坐在后面。他们一定是在我之后才进来的，我一直不知道他们就在那儿。我低着头，待在我的座位上，避免向他们那个方向看去。爸爸碰到我的视线，笑了笑，走出了被告席。我也笑了笑，但由于拐杖，我被卡在我那一排，我向他点头示意往外走。当我走到那儿的时候，妈妈和爸爸正在拥抱。我不想打断他们，但是爸爸抬起头，把我叫了过去。我跌跌撞撞地走到他们身边，他张开双臂，把我拉过去，我们三个人抱在一起。爸爸脸上都是湿的，我也哭了。他是如此高大、真实、温暖，我意识到我是多么想念他，我想要像个孩子一样大哭，但我必须控制住自己。

人正在散去。陈一定已经走了，我看到他在我之前离开法庭，但他没在外面。我也看到梅瑞迪斯，康纳和埃德蒙德保持着距离。随后爸爸从我们的拥抱中抬起头，我们抽了抽鼻子，开始松开紧握的手。爸爸看到汤姆和他的母亲，挥手示意他们过来。我看到汤姆迟疑了。

"我们只是想看看你们没事，"他的母亲对我们说道，"我们很高兴。"

"谢谢你，"爸爸说，"感谢你们的支持。别像个陌生人一样，汤姆，过来喝杯啤酒，嗯？"

"当然。"汤姆说着，不去看我的眼睛。

他们走开了。我很确定他不会来喝啤酒，我不知道我是伤心还是解脱。无论何时我想到那一刻，我仍然局促不安。但是见到汤姆有点像是再见到爸爸一样，我不曾意识到我有多么想念他。

拥抱结束了，尽管爸爸的手臂仍然搂着妈妈的肩膀。

"我们回家吧。"她说。

我看到爸爸犹豫了。我意识到，他曾远离了托比去世的地方，他不想再回去了。

"没事的，"妈妈说，"我们现在能做些决定了。"电视摄像机和记者们都在前面采访梅瑞迪斯，但我听不见她在说些什么。她说完就离开了，没有朝我们走过来。然后爸爸的律师对着摄像机讲话，而我们站在后排。埃德蒙德开车送我们回家，前排坐着康纳，我们三个挤在后座上，我的拐杖横放在我们的腿上。妈妈和爸爸像十几岁的孩子一样手牵着手。

当我们停在房前时，我意识到没有任何东西显示出曾发生了什么——一切看上去都很正常，它看起来就像街上的其他房子一样。

"你们进去吧，"埃德蒙德说，"康纳和我要去海边看看。"

"你们不想进来吗？"爸爸问。

埃德蒙德回头看着我们三个，然后笑了："今天不行。我们明天见。"

妈妈伸出手，车门把手随着她的拉动发出巨大的声响，门"砰"的一声开了。我打开门，转到一边，摆好拐杖，这样我能将自己从车里撑出来。

当我们还站在那里时，埃德蒙德开车离开了。我们三个人靠得很近，我突然觉得不那么高兴了：爸爸不知道妈妈对泳池做了什么，他会怎么想？

爸爸的脚像是在地上生了根，就像他不能完成走到门口，然后进去这组动作。

"我感觉像是我已经离开了这里。"他说。

妈妈抓起他的手。我知道她是想着她对游泳池的所作所为会让一切好转，即使是我也知道那是一个多么愚蠢的想法，但我什么也不能说。

"你还睡在客厅里吗？"爸爸问着我，拖延时间。

我点点头。我现在可能可以挂着我的拐杖爬上楼，但我已经习惯住在下面。如果我在晚上醒来，我能打开电视，而且下面也不像楼上那么热。我有点喜欢楼下。楼上像是我的旧生活，上面有太多东西让我想起托比。

"我猜我们最好不要在这儿站上一整个下午。"爸爸说道。

　　我让他们先走。你能根据人们如何牵手来看出很多事情，我想他们也许会没事的。

　　这是托比去世后的第三十六天。

布丽姬特

　　你还不能决定任何感情，现在不行，不能在你们之间出人意料地探出一种脆弱的连接时决定。你们不会谈到它，不会谈到泳池门，谁进去或出去了，或是谁没进去。不是在现在，不是在今天。

　　现在芬恩将要看到你对泳池的所作所为，你很害怕。随着氯的蒸发和藻类在水中的繁殖，感谢上帝，它最终变得清澈了。现在你能透过树叶和海藻叶看到鱼儿飞快地游弋，落叶盘旋着沉到水底，阳光照出它的脉络。

　　你感觉到他回到房子里的不安，你知道不要带他去那里，不要立刻带过去。你把他领到客厅外面放满旧椅子的、已经成为你的户外座位区的走廊。从那个地方你能看到游泳池的围栏，但只能看到个斜面，你已经习惯了不去看它。

　　"啤酒？"芬恩弯下身子坐进沙发时你问道。

　　他深吸了一口气："好。"他抬头看着你，带着一丝微笑，"也给贾拉一瓶，嗯？"

　　你挑起一边的眉毛看向贾拉，他露出一个羞怯的表情，半笑不笑。你因酒精会对年轻大脑造成的影响而抗议的念头消散了，你想要这一刻，你们三个人平等地一起分享这一刻，喝着同样的东西会有这样的象征意义。

　　你从冰箱里拿出三瓶科罗娜啤酒，撬开盖子，拿一个新鲜的青柠切片，然后将切片压入长颈瓶中。在走出去之前，你环顾了一下厨房，并不是说陈会留下证据，不管如何，如果他有留下呢？但你感知到了一些变化：你和芬恩之间发生了一些变化，某个新的东西即将开始。你不知道它是什么，你不知道你对这个想法是惧怕还是释然。你感到震惊，像是被什么吹得飘飘然，局促不安。你已经做过某种选择，你不知道该再如何做出这样的选择，或是如何知道选择是对还是错。

　　厨房一如往常的明亮，午后的阳光顺着后窗斜斜照进来，齐聚在地板上。那是你最后一次看到活着的他，就坐在那个地方，全部注意力都集中在身前地板上摊开的书上——那是一个关于不受束缚的男孩前往荒野和远方的旅程的故事。

　　那种感觉即将升起，它升至你的喉间，你用力地吞下去，紧紧抓住啤酒瓶冰冷的长颈，然后转身离开。你不会向它屈服。天黑后，你会带芬恩去游泳池那儿，你会带他进入托比的世界，在那些时刻找到安慰。

芬恩

这是一个要大醉特醉的夜晚。自从托比去世后，他只这么做过一次——他担心喝得太多会将他带离酒精带来的安慰，转而陷入黑暗中。但现在，黄昏降临在他们周围，他和布丽姬特都喝到各自的第四瓶啤酒，吃完了配送到家的日料。蚊子发出嗡嗡声，蟋蟀鸣叫着，而蝙蝠在他们的头顶上方发出尖鸣，布丽姬特放着音乐，曲子轻柔舒适。自从托比去世后，这可能是第一次，或至少是芬恩能记得的她这么做的第一次。她曲目选得很好，是让你能陷入情绪并感到安全的音乐。

"我去看电视了。"晚饭后贾拉说道。

过去，布丽姬特会要求他清理桌子，把碗碟放进洗碗机里。过去，他不会这么成熟，成熟到他既理解他们单独留在一起的需要，也明白他们对此抱有的恐惧。就像是他知道他坐在不远的地方，对他们来说是一种安慰，而他们之间隔着的电视声和墙壁能留给他们隐私。

她站起身，绕到他的椅子旁。他感觉到她的体温融入自身的体温，伴随着一股强烈的渴望，刺痛着他的喉咙，顺势带起胸口和五脏六腑的疼意。渴望和痛苦没有任何区别，都是一样的感觉。

"我有东西要给你看，"她低声说，"来吗？"她握住他的手。这种安慰几乎和痛苦一样深沉，她的触碰带来的安慰。自从托比去世后，他第一次感受到她就在那里，就在现在，和他在一起。

他会跟着她去任何地方，但当她带着他来到泳池门前，伸出左手去拉开门闩时，他本能地退缩了。

"我们要去哪里？"

她的手紧握着他的，告诉他会安全的，但是他不想进去那里，他的身体自己控制着往后缩。

"相信我。"她说。

我一直相信你，他想要说，但是相反，他紧紧握住她的手，稳住自己，跟在她的身后。然后他停下来一动不动：水呈半透明的浅绿色，里面满是移动的影子。他退回身，吓坏了："什么在那里面？"

"是植物，"她说，用手稳稳拉住他，"还有鱼。现在它是活的了。"

"什么？"他无法理解。

"没有水泵，也没有化学物。这是一个活生生的池塘。"

他的呼吸引起胸腔一阵颤动："天哪。"他想逃离那池水和它里面那可怕的、闪烁着的生命。

"靠近些。"她拉着他向前走，带着他来到池边，转过他的身子，让他坐下来。当水面第一次碰到他的脚时，他倒吸了一口凉气，想要反抗她，但她抱住了他。他慢慢地、慢慢地放下他的脚，踏上第一个台阶，水绕过他的脚踝伸到他的小腿处。他讨厌这种感觉。

她坐在他旁边，放下自己的脚，直到她的脚踏上台阶放在他的脚旁，在闪烁的绿色中泛出白皙的肤色，植物的影子投在他们的皮肤上嬉戏。

"他在这里。"她说。

芬恩的胸口一阵紧缩。今天在法庭上的时候，他以为她到了他能理解的某种地步，他能认出的地步。他想错了吗？

她伸出一根手指放在他的双唇上："嘘。我想让你感受到。"

她脱下衬衫和胸罩，站在台阶上，脱下短裤和内裤，然后走到下一个台阶上。水面延伸到她的大腿中部，她向他伸出手。她想让自己浸入水中，难道她忘了他们的儿子是在那水中淹死的吗？

"相信我，记得吗？"她将手伸得更往前，握住他的手。

他没有选择，如果他想留住她的话。他站在那里，放开她的手，开始解开他的衬衣扣子。他感到他的身体在颤抖。

贾 拉

　　当电话响起时，我并没有马上去看。等上五分钟的时间，给我一扇可以有所希冀的窗户，让我能想象这是他发的信息，并且一切都好，想象我从不曾做过一件那么愚蠢、糊涂的事情。

　　然而这是他发的短信。

　　"跑步吗？"

　　我不由自主地笑了。

　　"击败你轻而易举。"

　　"接受挑战。出来吗？"

　　他一定就在屋前，如果他不是开玩笑的话。这个念头抹去了我脸上的笑容。我该怎么跑步？他怎么样了？这个信息还有另一层意思吗？让我们就像那件事从未发生过一样继续做朋友？

　　好吧，我能做到。他可能就要离开去上大学了，而天知道我们今后会去哪里。如果他能忘记那件事，我也可以；或者表现得像是我可以。

　　我轻轻地站起身，任由电视机开着，移开纱门。妈妈和爸爸一定是在泳池区，我能看到灯光在栅栏之间闪烁着，但是什么都听不到。我感到无论那里发生什么事情，都和我无关。

我拄着拐杖撑着自己走下台阶，穿过潮湿的草地，摸索着花园的门，推开它，走过去。我看了看四周。如果他是开玩笑的话，我会觉得自己蠢极了。

"需要热身吗？"

他在那里，就在树下，穿着他的跑步套装。当我走近的时候，我能闻到他身上的汗味和桉树树叶的味道混合在一起，这让我想到了那一晚。

这可能也唤起了他的回忆，因为他说道："你能走吗？我需要热身，我会慢慢地跑。"

我很高兴能离开那棵树。我现在拄着拐杖也能走得很快了，我沿着路晃晃悠悠地走着，汤姆在草地边慢跑着。我们从一个街灯走到下一个街灯，经过黑暗中亮着灯的游泳池。天气很热，我开始出汗。

在我们街道的尽头有一个小公园，那里有一处锻炼的地方。我们停了下来，汤姆开始做颈后推举。我在单杠下站定身子，扔下拐杖，伸出手——太高了。我不打算让他把我举起来做引体向上，我弯下腰，又拿起了拐杖，靠着它们。

"你爸爸回家了，高兴吗？"

"是的，"我说，"真的很高兴。"

他父亲不在的事实让我很为难，但我不知道该说些什么。

"你和劳拉复合了吗？"他问道。

我几乎说出"是的"，也几乎说出"不是"。我张开嘴，不知道该给出什么答案，然后又闭上了嘴。我深吸了一口气，在这个晚上和汤姆一起坐在那里，我知道了真正的答案是什么。

托比会给出答案，托比不会在乎别人的想法。

"我不会和她和好的。"我说，然后我试了一下，"我猜也许女孩子并不适合我。"

过了好一会儿，他什么也没有说，又做了一轮俯卧撑。

"所以你是同性恋。"他最后说道。这并不是一个疑问句。

我记得托比是如何争取他想要的一切，以及我对汤姆做出那件事时我的感受。在那一刻，它比我以前生活中做过的任何事都要坦然；在和劳拉发生的一切中，甚至没有一件事能与之相提并论。托比——我猜测——知道我这一点，不管怎样都会一直爱我，这件事不会吓到他。

"我想我不是那么肯定，直到那件事发生。"

我能感到汤姆的惧意在空气中传开。奇怪的是，我的害怕消失了，我现在不在乎他知道了。我已经失去了他的友谊，现在的一切都是额外赚来的。

"听着，如果你以为我——"

我打断他："别担心，那只是个错误。我不认为——"

"因为我不是。"

"我知道。总之，你没有那么性感。"

他哼了一声："谢谢。"

我几乎在黑暗中笑了。我能开玩笑，这是个进步。

"我不会对这件事大惊小怪的。"他说。

"真的吗？"

"听着，"他说，停了下来，"我想如果我保持距离会好些。这是在所有事情中你最不需要考虑的事了。"

"是的，没错，谢谢。"

"你的父母信任我，你还未成年，贾拉！如果有人发现了——还有所有其他那些事？"

"我还有八周就成年了。我猜你只是不想惹麻烦？"

"去你的！不是那个意思！"

"无所谓。"

他开始做另一轮俯卧撑，我向着公园外面看去。我能感受到它的到来，巨大而又迅猛，不可阻挡，我思念托比如狂的时刻，我就像是被撕碎了一样。

我总是会变成孤独的一个人。即使在我轻吻劳拉的时候，即使我们几乎就要做爱的时候，我都会感到孤独；现在我甚至和汤姆在一起时也感到了孤独。也许我们能成为朋友，但我不知道我是否会再有那种感觉，我们一起跑步时曾经有的那种感觉。我们两个人肩并着肩，一步一步向前，一切都好。

突然间我受够了，我不想在我仍和汤姆坐在一起时，再感受袭来的那种感觉。

"我该回去了，我没告诉妈妈和爸爸我出门了。回见。"

他开始说了些什么，但是我转过身去，不想去听，只想离开他。天很黑，那愚蠢的拐杖打滑了一下，我绊了一跤。我自己补救不了，在腿打着石膏的情况下做不到。我摔了下去，但摔得不是很重。

这不是我第一次摔倒了，这没什么大不了的，我能自己站起来，不过需要一点时间。但是我把拐杖掉地上了，它掉在我够不着的地方。

"嘿。"他不假思索地向下伸出手，我伸手握住他的手。

他把我拉起来，把我的手像烫手山芋一样扔开，伸手拿起拐杖，把它递给我。

"谢谢。"我说着，将它夹在胳膊底下。

他没有动。我们靠得很近，他的平静下有种东西毫不平静地翻涌着。我能感受到他的呼吸起伏，搅动着我周围的空气。

"噢，天哪，贾拉。"他说着，凑近我的耳边。

世界就此改变。

布丽姬特

当芬恩光着身子时，你双手握住他的手。你能感觉到他在颤抖，当你把他拉到下一个台阶上时，水面升到他的大腿处，你感觉到他深深地战栗；然后再下一个台阶，水面升上他的腰间，他呻吟出声。

夜晚炎热的空气带着压迫感，而泳池——是池塘，你提醒自己——带着美妙的凉爽，你渴望沉浸其中，去找到托比。独自一人时，你会任由身体放松，陷入水中，但是你必须带着芬恩和你一起，你必须引他进入这个世界，一步一步地，让他知道这是安全的。你不能松开他，否则他会陷入恐惧中。

"我曾在这里感受到他。"你呢喃道，走到池底，轻轻地拉着他和你一起。你能感觉到摇曳的植物那陌生的触感和脚下散落的树叶。每一次碰触都能引起芬恩的抽动和惊吓，你拉近他，让你们肌肤相触。

你能从泳池投射的光线中看清芬恩的脸，你知道他是在想你终于失去控制了，他害怕你。但你现在已经厌倦了孤独，你不想再失去他了。

"到水下来。"你耳语道。

你俩深深吸了一口气，你目光锁定在他身上，拉着他的手向下，让你自己陷入水面。

水面在你们的头顶合拢。你睁开双眼：托比？你发散着意念：我在这里！

芬恩在你手的另一端，即便是在凉爽的水中，他身形巨大而温暖，如此鲜活，也许这就是你不能感受到托比的原因。芬恩向上游去换气，你一直等到肺部开始烧得发疼才浮出水面。你还是感觉不到他。

"我会放开你，就一分钟，"你低声说，"我会找到他。你会没事的。"

你开始看到他脸上露出怜悯的表情，你吸了一口气，在那个表情还没有完全定型之前潜入了水中，你推动着身体，伸出双手，向他探去。

托比？

在你的周围，泳池里充满了生命。你能感觉到鱼儿绕着植物的茎叶来回游动，你能感觉到蜗牛缓慢而又柔软地滑动。水闻起来混合着树叶、鱼和青蛙的味道，而不是氯气的味道。

但是没有托比。

你浮出水面，呼出一口气，再次潜下，推动自己到泳池的最深处。你在植物间扭动着身子，惊起鱼群四下分散——但还是什么都没有。

你再次浮出水面。

"布丽姬特。"芬恩在浅水池那头轻声唤道。

　　"他之前在这里，"你哭诉着，"他之前在！"

　　他划过水面游向你，伸出一只手顺着你的身体滑下，停留在你的腰间。你能从他的脸上看到，在水中仅游了这么远的距离就让他付出了多少代价。

　　你转身离开他，潜入水中，蛙泳着游回台阶处，近了，更近了。你听到托比的笑声，你不是在做梦。他在哪里？整个游泳池现在都充满了生机，都是为了他。

　　而他已经死了。

　　突然间，在你的细胞深处，你意识到这一点，就像是自从他淹死的那天起你从不曾知道这一点一样。

　　芬恩来到你的身边，站在脖子深的水中，伸出双臂，将你搂在怀里，他抱起你，让你能双手双腿缠在他身上。你在他的耳边号叫，那是种能让任何人都害怕的哀号，但是他并不害怕。他收紧了手臂，就像是要把你按进他的身体里一样。

　　"他走了。"

　　"我知道。"芬恩低声说，他的声音低沉而生动。

　　你意识到，池塘并不是你的疗伤之处，随着芬恩在水中晃动着你，泛起的涟漪轻拍在你的脖颈间，你的悲伤开始碎裂。你以为你已经准备好从洞中爬出，但你至今还未进到洞中。直到今天，直到你"允许"芬恩是无辜的。

　　"我和你在一起。"他低声说，"无论多久，我们只需要原谅我们自己。"

　　"绝不会有那么一天的。"你说道。

　　"总有一天，总有一天你会做到的。"

　　你不相信他。你不可能失去像托比那么令人惊叹的事物后，还能继续生活下去。只要你的身体还有呼吸，你就必须不被饶恕地活着。

"我原谅我们。"芬恩说。

他将你再次聚为一体，就像是你还有更多碎片可聚集一样。而就在这活生生的、呼吸着的水中，托比永远地离开了，和芬恩融为一体。你开始哭泣，和以往所有的哭泣相比，这次是头一次深入痛处，头一次你允许他和你一道。你能从他的身体中感觉到他并不害怕——他不害怕这种情形，他说的是真话，而且他会留下来。在此时，你记起陈，记起那个晚上你将手放在他的胸口，而意识到之后你又移开了你的手，让这件事变得更容易接受了些。

你意识到，你能离开这里了。

芬恩的身体在你的身下挺立着，你的双腿已经缠上他的腰，而当他滑进你的身体时，只是另一阵浪潮席卷过你。你敞开自己，接纳他。

后记

男孩走进黑夜，就像是黑夜归他所有，就像他实际上是上帝，幻化出这一切：一轮新月划开天空，蝙蝠一边用舌头舔舐着桉树花的花蜜，一边竖着头用它黑色的眼睛观望着，皮革般的双翼包裹着它的身体；水拍上皮肤的凉爽，露水和草地散发的温暖的气息，昆虫们奔走、爬行和追逐发出的声响，引得鱼群转到新方向的微微颤动。

他记得这个地方。他记得，在雨后的清晨踏出房门，从四面八方涌来泥土的气息，还有青草向下不断延伸着它的根茎的芬芳。

他记得那天早晨，他考虑着他的王国的时间。今天，该去哪里做些什么？他记得他赤着一只脚踩在地上，在他的脚底下，地面潮湿而充满活力。他记得水在呼唤着他，希冀着他整个人来回应那份召唤。他还记得他面前耸立的围栏，在他拉着它摇晃时，它邀请着他将双手伸向清凉。

他还记得他喜悦的发现，边用手抓，边用脚蹬，荡起的力量能让他向上爬得越来越高，让他爬出他的世界，翻过栏杆，越过栅栏的顶端，成为他的世界的国王。

这一次没有任何东西能放慢他的速度。他毫不费力地从空中跳入水中，扩散的水面拍打着泳池边缘，化作液体，既成为容器，也成为容纳物，包含着一切：鱼，植物，水面划过的昆虫，开始腐烂的树叶、藻类，两个人的身体，以及他们周围泛起的涟漪、他们脸上咸湿的味道、拱起的脖颈、紧握的双手和呼吸声。他认识这两具身体，他记得他们。他记得那起浑身细胞都碰撞到一起的意外，一切都就此改变了的那刻，以及生命自此被分为生前和死后的瞬间。

然后她来到这个世界，就像她拥有它一样——事实上，她就像是上帝一样，她创造了这个世界，而这个世界等待着她。她纵身跃入水中，她跟随着那个召唤，她找到了那个世界，并将自己嵌入其中，欣喜若狂。接着她分裂成两个，再分为四个、八个、三十二个。她认识这些包裹在水中的身体，她属于它们。

她轻盈地漂浮着。

她在宇宙的中心。

作者的话

写这本书花了我四十多年的时间。我用了四十多年来理解我亲妹妹的死亡，以及它如何塑造了我的生活。我曾两度尝试写这本小说，讲述一个家庭面对在某种程度上和我亲身经历相似的一场悲剧。

在我十二岁的时候，我两岁的妹妹溜进一扇没有关好的泳池门，然后掉进了我们后院的游泳池里溺亡。

自1976年以来，这一事件就在我的生活中掀起了波澜，透过显而易见和不为人所知的方式影响着我。在我二十八岁，我第一次尝试写小说的时候，我写过这件事——那是一本勉强掩饰的自传，并没能出版。

直到2014年，在我逝去的妹妹四十岁生日来临的时候，这本书跃入我的脑海，它认为是时候了，它要求被写出来。作为一个作家和成人，我终于能成熟地对我妹妹的死亡做出真正富有创造性的回应。

在她生日的那天，在她被埋葬的墓园内的婴儿区，我和我的父亲、我的哥哥、我的姐妹聚集在小小的墓碑周围。我们之间仍然有太多的悲伤，但也有着难以置信的爱意。我们分享了那一刻，承认这场不幸在我们生活中的分量，承认这份悲伤和痛苦，承认这件事帮助我们成为如今的自己。

在这些可怕的事件发生的过程中，你很难去了解它们、理解它们，或者相信你会再次感受到幸福。它们是如此残忍且随机，不讲情由。大量的自我折磨源于造成意外发生的走神的那几秒，它们会导致一生的内疚。

我渐渐明白，这件突如其来的事以悲剧性的方式极大地改变了我的生活和我家人的生活。我也渐渐能看到其中的一些意义及吸引人之处。

这是一本关于在创伤性经历后，从中学会它们是生活的一部分的书。这不是我的故事，也不是我家人的故事。我并不是告诉别人他们应该如何度过悲痛，或是悲痛对他们有益处。从我这四十年来的经历来看，在我写的这个故事中，这三个人——芬恩、布丽姬特和贾拉——在他们的生活中迈出了理解这一悲剧的第一步。

致 谢

有许多人帮助我处理这部小说中所涉及的复杂的知识。

亚当·范·肯普律师为我提供了我最初想法中的法律方面的建议。大卫·赫朋法官扩展了建议，并带我了解当时正在审理的一个相关案件的背景，同时对手稿提出了建议。

肖娜·卡西迪和沃伦·迪克就溺亡给出了警方观点。凯瑟琳娜·普林特，汉娜基金会（该基金会帮助经历过溺水悲剧的家庭）创始人，提供了极具说服力的相关信息。

金属雕刻家丹尼尔·克雷蒙为我介绍了焊接力学。

即便有如此强有力的建议，我也可能犯了一些错误——我全权对这些错误负责。

特别感谢我的阿姨卡罗尔·伯瑞尔，她充满智慧，在这本书的写作过程中一直鼓励陪伴着我，包括我们在阿拉斯加西特卡岛研究所担任联合驻校作家的那一个月。

我的作家团队一直为我提供建议和支持——谢谢莎拉·阿姆斯特朗、海莉·卡曾、艾玛·阿什米尔和阿曼达·韦伯斯特。作家卡瑞格·康米克给出了详细的反馈，作家凯瑟琳·黑曼对初期手稿提出了宝贵的意见。

我的经纪人乔·巴特勒不厌其烦地多次阅读手稿，并提供了反馈。

我很感激澳大利亚艺术委员会，他们提供一笔补助金来支持我完成这本小说。

感谢哈珀柯林斯出版社全体同人的热情支持——尤其是玛丽·芮妮、贾基·阿瑟、艾丽丝·伍德、凯特·奥唐纳和艾玛·道登。

当然，还要感谢我挚爱的伴侣安迪，感谢她对我始终如一的爱与支持。

图书在版编目（CIP）数据

悠长的告别 / （澳）杰西·布拉凯德著；赵桦译
. — 北京：北京联合出版公司，2019.5
　　ISBN 978-7-5596-3002-5

　　Ⅰ.①悠… Ⅱ.①杰… ②赵… Ⅲ.①长篇小说—澳
大利亚—现代 Ⅳ.①I611.45

中国版本图书馆CIP数据核字（2019）第046979号

著作权合同登记　图字：01-2019-1688

悠长的告别

　　作　　者：［澳］杰西·布拉凯德

　　译　　者：赵　桦

　　责任编辑：刘　恒

北京联合出版公司出版
（北京市西城区德外大街83号楼9层　100088）
三河市冀华印务有限公司印刷　新华书店经销
字数257千字　880毫米×1230毫米　1/32　印张11.5
2019年5月第1版　2019年5月第1次印刷
ISBN 978-7-5596-3002-5
定价：49.80元